中华散文百家

主　编◎乔继堂
编　委◎鄢晓霞／李剑霞／李晓丽／崔人元

上海图书馆馆藏经典阅读

中华散文百家

郑振铎◎著

鄭晓霞◎选 编

鄭振鐸散文

上海科学技术文献出版社

编辑出版说明

在中国文学史上，散文具有突出的地位，这恐怕是谁也不能否认的。在文体以有韵无韵区分的时代，散文与韵文相对，固然得占大半壁江山；即使是到了诗歌、散文、小说、戏剧四大文学体裁齐备的时代，散文亦是一方重镇。近世以来，其他文学样式尤其是小说等长足发展，但散文依然焕发着耀眼的光彩，不但有作家钟情此种文体，专事散文随笔的创作而卓成大家，即使以其他体裁创作为主的作家，也或多或少地从事过散文写作；而且由于散文体裁较为广泛的适用性，众多不以作家名世的人也留下了丰富的散文作品。这些散文作品不仅是我们的文学遗产，也是我们的思想文化遗产，其所蕴涵的滋育我们的营养真可谓“无穷无尽”。正是为了较为系统地整理这笔宝藏，挖掘其丰富营养，我们编辑出版了这套丛书。

这套丛书计划以二十世纪初为起点，以人为单位，从我国历代散文作家中选取名家精品，汇成丛集。入选作者除专门的散文家之外，自然也包括其他作家，甚至不以作家名世的作者；与此相应，不仅选取狭义的纯粹散文作品，也选取那些在历史上曾经影响甚巨但不那么纯粹的大散文作品，从而不仅体现散文的文学价值，更体现散文创作在思想文化方面的价值。也可以说，这是这套散文丛书最为突出的特色——不仅是文学的，更是思想文化的；不仅关乎写作技巧，更是关乎素质养成；不仅可供了解作家作品，更可以由此体察历史洪流、社会巨变的大风景……

丛书所选各家散文的编排，或按其原集编排，或重新分辑编排，一视作者原作情况而定。选文除作必要的技术处理外，其余一仍其旧，以见作品原貌。为了阅读的方便，对一些于今天的读者不太熟悉的专门术语等作了适当的注释。关于具体的编选情况，以及作者及其作品的情况，每一集后缀以编后语，给以简略的说明。

丛书计划分批相对集中出版，先期推出二十世纪上半叶的名家名作，随后向两个方向延伸，陆续成其规模，期于有所贡献。

愿广大读者襄助之；愿广大作者襄助之。

上海科学技术文献出版社

目　录

街血洗去后

什么事也没有如“五卅”大残杀事件发生得出我意外使我惊怖的了！

那日的下午五时，我坐车至大庆里，到一家书铺里去看看有什么“线装书”好买。车子刚到浙江路南京路口，便觉得道路上的情形与往日不同。电车是照样的开行着，汽车，人力车也川流似的驶走着，两旁商店照样的开着门欢迎顾客。行人道上拥挤着人群，与往日一切相同。然而总觉得有一种绝不相同的气象在。人人都停立在那里，好像被什么大惊骇吓得痴呆了。由眼睛中显得出有的人是带着大恐怖的情绪，有的人是带着疑问而不意的惊恐。我呢，自然也是疑问而惊恐。

车子走到南京路，看见两旁站着许多气概凛然态度凶横的英捕，与不穿制服而带着枪械的英人，有的横立在路中，好像有什么严重的警备。是火灾，是什么大盗警罢，我这样的想着。市政厅与云南路一带，戒备得尤严。情形更不对了，有好几家店铺是闭上了铁门，驻足而观的人更多。

车子停在大庆里口。平素深夜绝不关闭的里门，现在也闭上一扇。我问车夫“什么事发生了”，他说：“打杀人，打杀人！”我也不能细问，便下车进了里门，到那一家熟悉的书铺里去。我见他们的店伙，都拥在靠近西藏路的里门口看什么东西。我也拥出去一看，什么也没有，只是街上的人极多，多带着惊恐未定或疑问而惊奇的神色，我明白必有什么空前的大事发生。奔进书铺，去问铺主，——我的一个朋友。“什么事？什么事?”我问他。他道：“学生闹事，不得了！不得了！巡捕开排枪，打杀了几十个学生。”这如一个惊天动地的大霹雳。使我惊吓得好一会不能开口。我如在梦中，想这也许是做梦罢！南京路，开排枪，杀死学生，这几件事怎么会联结在一起的？我绝不相信，绝不相信！我的朋友接说道："早晨，有许多学生被捕入巡捕房了。下午一时许，他们在先施公司之前，集合大队讲演，白旗满街飘扬着，车马都不能通行。巡捕捉去了好些学生，路人与其余的学生，都跟了被捕学生走，有好几万人，好几万人，拥挤在老闸捕房之前，于是巡捕开枪了！”我于是才知道这居然是真实的大事变，不是梦，绝不是梦，我全身似为愤怒的火所烧灼着。我叫道，“就是学生讲演，也不至于被杀死呀！南京路，南京路，怎样会放起排枪来！”也顾不得我的朋友，只当他是捕头，在严厉的质问着。“我们且出去看看罢。”

于是我们走在街上，由西藏路口，走到永安公司，一切情形如我在车上所见的。有一家店铺，正在打扫破玻璃。“这定是被流弹打碎的，”我想着。街道上是依然的灰色，并不见有什么血迹。——血一大堆的，一大堆的，都是冲洗去了。——要不是群众如此的惊骇而拥挤着，我几乎不能相信一点三十分钟之前，在这里正演着一出大残杀的活剧！再走下去，行人渐少，看不出什么紧张的空气，只有几个人靠在店柜上惊奇的喁语。

夜里，我又与一位前辈同到南京路去。灯火闪耀的明亮着。语声，笑声，笙歌声，依然的。店门大张着，顾客陆续进去，依然的。要不是老闸捕房门口戒备森严，要不是巡捕骑在马上，手执着鞭，跑上行人道，驱打人，我绝不相信那天下午曾有空前大残杀事件发生。转了一弯，看见宁波同乡会前拥挤着许多人。我们一惊，以为又出了什么大事。怀着戒备心走近一看，原来是南方大学平民学校在那里开游艺会！

（原刊 1925 年 7 月 10 日《小说月报》）

迂缓与麻木

自上海大残杀案发生后[①]，我们益可看出我们中国民族的做事是如何的迂缓迟钝，头脑是如何的麻木不灵。我揣想，如此的空前大残杀案一发生，南京路以及各街各路的商店总应该立刻有极严重的表示。然而竟不然！此事发生时，我不知其情形如何；然而当发生后二小时，我到了南京路，却还不见有一丝一毫的大雷雨扫荡后的征象。直到了先施公司之西，行人才渐渐的拥挤，多半伫立而偶语。至于商店呢，一若无事然，仍旧大开着门欢迎顾客。只有当枪弹之冲的七八家商店关上了店门。我不明白，我们民族的举动为什么如此的迂缓迟钝！也许是大家故示镇定，正在商议对付方法罢?!夜间，我再到外面作第二次的观察。一路上毫无什么可注意的现象。各酒楼上，弦歌之声，依然鼎沸。各商店灯火辉煌，人人在欢笑，在嘲谑。我在自疑，上海不是很大的地方，交通也不算不方便，电话、电车、汽车、马车、人力车，全都有，为什么这样重大的消息传播得如此的迂慢？我不敢相信又不能不相信："上海难道竟是一个至治之邦，'鸡犬之声相闻，民至老死不相往来'的么?"又到了南京路，各商店仍旧是大开着门欢迎顾客，灯光如白昼的明亮，人众憧憧的进出。依然的，什么大雷雨扫荡的痕迹也没有，什么特异的悲悼的表示也没有！直行至老闸捕房口，才觉得二三丈长的这一段路，灯火是较平常暗淡些，闭了的商店门也未全开。英捕与印捕[②]，乘了高头大马，闯上行人道，用皮鞭驱打行人。被打的

---

① 上海大残杀案：即 1925 年 5 月 30 日上海发生的"五卅惨案"。

② 英捕、印捕：旧时上海租界内由英国人和印度人充任的巡捕。

人在东西逃避。一个青年，穿着长衫的，被驱而避于一家商店的檐下，英捕还在驱他。他只是微笑的躲避着皮鞭。什么反抗的表示也没有。这给我以至死不忘的印象。我血沸了，我双拳握得紧紧的。他如来驱我呀，……皮鞭如打在我身上呀！……但亏得英捕印捕并不来驱逐我。当时如有什么军器在手，我必先动手打死了这些无人道的野兽再说！再走过去，景象一如平日，又是什么大雷雨扫荡的痕迹也没有。我又在自疑：为什么我们还没有什么严重的悲悼的表示呢!?难道商界领袖竟没有在商议这事么？难道在商议而尚未确定办法么？“迟钝，迟钝！”我暗暗的自叫着。回转身，到西藏路，望见宁波同乡会门口有黑压压的一大堆人。我吃了一惊：“又发生了什么事？也许商界在这里会议？群众在这里候大消息的宣布?”匆匆的走近，“失望”立刻抓住了我的心，我的热泪立刻聚挤在眼眶中了。原来是一个什么“南大附中平民学校游艺会”正在那里开会！我自己愤骂道：“还开什么游艺会！还不立刻停止么!”唉，我失望，什么也使我失望！第二天是星期日，我又出去观察一次，还是什么悲悼的表示也没有。“迟钝呀！麻木呀!!”我又在自叫着。下午是某人为他的父母在徐园做双寿，有程艳秋的堂会。我不能不去拜寿，一半因为大家都出去了，什么朋友也找不到，正好趁空到徐园去，一半也要借此探听些消息。但我揣想，堂会是一定没有了，客一定不多，也许“双寿”竟至于改期举行。到了徐园门口，又使我明白我的揣想是完全错了。什么都依旧进行。厅上黑压压的坐着许多骄贵的绅士们，艳装的太太们，都在等候着看戏。招呼了几个熟人，谈起了昨天的大残杀，他们也附和着说道：“不应该，不应该!”然而显然的，他们的脸上，眼中，没有一丝一毫的同情，没有一丝一毫的悲愤（也许我的观察错了，请他们原谅）！大家说完了话，又静静的等候着看戏。我没有听见再有什么人说起一句关于这个大残杀案的话。“麻木，淡漠，冷酷?！为什么?”我任怎样也揣想不出。

约有四十小时是在如此的平安而镇定中度过去。到了第三天早晨，商店才不复照例开门。听说还是学生们包围强迫的结果。事后，商会的副会长想登报声明，这次议决罢市是被迫的。亏得被较明白的人劝阻住了。

“唉！迂缓、麻木、冷酷！为什么？”我任怎样也揣想不出。

六，二十六，追记。

（原刊 1925 年 7 月 5 日《文学周报》第 180 期）

向光明走去

谁都喜爱光明的。虽然也许有些人和动物常要躲在黑暗之中，以便实行他们的阴险计划的，但那是贼，是恶人，是鸱，是蝙蝠，是狐。凡是人，是正直的人或物，总是喜爱光明，总是要向光明走去的。

黑漆漆的夜，独自走在路上，一点的星光，月光，灯光都没有，我们心里真有些怕。夏天的暴雨之前，天都乌黑了，无论孩子大人，心里也总多少有些凛凛然的，好像天空要有什么异样的变动。小寺的幽斋中，接连的落了几天的雨，天空是那样的灰暗，谁都要感到些凄楚之意。

但是太阳终于来了。接着夜而来的是白昼，接着暴雨而来的是晴光，接着灰暗之天空的是蔚蓝色的天空。那时，不知不觉的会有一阵慰安快乐的感觉，渗入每个人的心里，会有一种勇往活泼的精神，笼罩在每个人的脸上。

在黑暗中走着的人，在夏雨中的人，在灰暗的天空之下的人，总要相信光明的必定到来。因为继于夜之后的一定是白昼。夜来了，白昼必定不远的。继于阴雨之后的，一定是阳光之天。雨来了，太阳必定是已躲在雨云之后的。

那些只相信有阴雨之天，只相信有夜的人，且让他们去。我们是相信着白昼，相信着阳光之必定到来的。

现在，我们是什么样的时代呢？我猜一定不会错，每个人一听到这句问话，都必定要皱着眉头，在心里叹着气答道：“黑暗时代！”

是的，是的，现在是黑暗时代。

政治上，社会上，国际上，家庭上，有多少浓厚的阴影罩着！且不必多说，这许多，许多黑暗的事实，一时也诉说不尽。

但是“光明”已躲在这些“黑暗”之后了！我们要相信光明一定会到来。我们不仅相信，我们还是要迎着光明走去！譬如黑夜独行，坐在路旁等天亮，那是很可羞；如果惧怕黑夜而躲进小岩洞或小屋之内，那更是可耻。

我们相信光明必定会到来，我们迎上去，我们向着它走去！

在黑夜里，踽踽的走着，到了天亮时，我们走到目的地了，那是多么快慰的事呀！

那些见黑暗而惧怕，而失望的，让他们永躲在黑暗中吧；那些只相信有黑暗而不相信有光明的，也让他们生活于黑暗之洞里吧。我们如果是相信“光明”的，我们便要鼓足了勇气，不怖不懈，向着光明走去。

我们不彷徨，我们不回顾。人类是永续不断的一条线，人间社会是永续不断的努力的结果。我们虽住在黑暗之中。我们应努力在黑暗中进行，但也许我们自身，是见不到光明的。人类全体永续不断的向着光明走去，光明是终于会到来的。

走去、走去，向着光明走去。

光明终于是要到来的！

一九二六年五月二十二日

（原刊1926年5月30日《文学周报》第227期）

绅士和流氓

因了“海派”的一个名辞，曾引起了很大的一场误会的笔墨的官司。在上海的几家报纸上，且有了很激烈的不满的文章。险些儿不惹动南北文士们的对垒。但这都不过是误会。

地理上的界限，实在是不足以范围作家们。江南多才士，不过是一句话罢了；最伟大的两部小说，《金瓶梅》和《红楼梦》，都不是江以南的人士写的。而张凤翼，沈璟之流的剧曲，虽是出于道地的吴人之手，也未见得便如何的高明。

与其说是“地理”的区分对于作家们有了很大的影响，不如说是“时代”的压力，所给予文士的为尤大。

在这个大时代里，我们有了许多可尊敬的作家们：这些作家们的所在地是并不限定在一个区域的。譬如说吧，在上海的所谓“海派”的中心的地方，有许多作家们正在那里努力的写作，而其写作的成就，却是那样的伟大，值得我们的赞叹与崇敬。但，在北平，却也未尝没有我们所敬仰的作家们在着。即在南京以至于其他地方，也时见到我们的，可尊敬的文士们的踪迹。

那条被号为“天堑”的长江，是不能够隔断了那些被这大时代所唤醒的具有伟大的心胸与灵魂的文人们的联络的。他们在无形里，曾形成了个共同的倾向，一个向前努力的共同的目标，虽然他们不一定真的有什么“同盟”，什么“组织”。

和这些具有伟大的心胸与灵魂的作家们相对峙的，也不仅是所谓“海派”者的一个支派。还有一个更可怕的戴着正人君子的面具的绅士们，也在那里钩心斗角的想陷害，毁坏文坛的前途。如果

“海派”的文丐们是可入所谓“流氓”者的一群的话，那末绅士派的“士大夫”们也正是他们的一流；不过心计更阴险，而面目却比较的严峻，冷刻些而已。

说来，绅士和流氓，仿佛是相对峙的两种人物。其实在今日看起来，他们是各相反而实相成的；其坑害，毁坏文坛的程度，也正相类似。举一个有趣的近例：有所谓“艺术流氓”和“艺术绅士”的，曾互相攻讦过一时；而不久，却都得到他们所欲的什么，心满意足而去！虽然所使用的手段有点小小的不同。

但所谓“海派”的文氓者，为志小，为心似辣而实疏。从五四运动以来，便久成了新人们的攻击的目标。其活动的领域，也一天天的缩小；虽然不时的有一批批的新的分子加入，然而颓势却终于是不可挽救的。怪可怜的，他们的卑鄙的伎俩：至多只是放冷箭，浮夸，讽刺与冷笑，其秘密容易被拆穿，而谣言，也终于不过是谣言罢了，不会有什么重大的影响的。因为站在传统的被轻视的不利的地位上，根本上便不会有什么听者严重的在听受他们的；而他们，那冷笑与揭发，也便在怪可怜，怪狼狈的情态之下，而红了脸收场。

可怕的却是绅士的一派。那才是道地的“京朝派”。“长安居大不易”而住久了长安的，却表现出“像煞有介事”那样的一副清华高贵的气象出来！假如说文氓们是扮了丑角，向一部分的观众，打自己的嘴巴，而博得戋戋的养生之资的话，则文绅们的觅食之方，确是冠冕堂皇得多了。尽管是“暮夜乞怜”，在白昼，却终是那副骄人的相儿。因了某某种的机缘，他们是爬登上了被包买，被豢养的无形的金丝织就的笼里。也许他们本来是文氓之流，从此，却也不再放刁。反而装出正人君子的样子，道貌俨然的在给人以“师模”。刻薄话，都换上了宽厚的教训的衣衫。其可恶之处就在此。

他们是在教训，是在说正经话，是在示范于人，老实头的听众们便上了当，以为他们也是热情的，有心肝的，是要领导着人们向前走的，是和他们更尊敬的作家们走上一条路的，虽然说话的口音有些不同——所要走的路也有些两样的。但狡猾的文绅们，却早已声明过，那条路也是可以通到大道上去的。

孔子要诛少正卯，正是此故。如果是优施，优孟之流，便也不必劳动斧钺了。

他们在文坛上所做的破坏的工作，实在是大，一世纪，半世纪所打下的根基，可以破毁于一旦。

故，肃清文坛上的败类，是个紧要的事。

我们不忍看见年轻的有希望的人们，走上了小丑式的文氓的一道，天天以造谣，说谎，自己打嘴巴为职业。同时，更不忍看见一大群的有良心的人们，竟被说服，竟昧了心肝，弃了自己的前途，而群趋于卖身投靠的一途，而更领导别人去投入这火坑！

我说，做一个小工，做一个没齿无闻的田夫或小市民，也比读了几句书，便扮小丑，以打自己的嘴巴为业，或装绅士，烂掉自己的良心，以坑或扫有前途的文坛为能事的要强些。

该明白自己的作用；那支笔实在可怕；从笔尖沙沙的划着白纸的所写出的什么，其影响有非自己所知道的。

昔人有一首题“笔冢”的诗道：

> 髡友退锋郎，功成鬓发霜。
> 冢头封马鬣，不敢负恩光。

把笔锋写秃了的，曾想到自己使“笔”成就的是什么“功”么？曾想到不曾使那支无罪过的忠心的笔，受到了什么无可控诉的冤抑与不幸么？

抬起头来，看看今日的时代与中国！

有良心的作家们，还忍去欺骗，造谣，扮小丑，装绅士以自欺欺人么？

宁愿不读书，不识字，不执笔，但不愿做毁坏了文坛的尊严与前途的什么“绅”与“氓”！

以此自勉，亦以勉人！

（原刊 1934 年《文学评论》第 1 卷第 1 期）

战争与和平

和平之被蔑视，莫甚于今日。“九一八”的炮声，开始判定了和平的危机。此后，几无一年没有大战争的威胁。战神的身躯巨伟的阴影，似乎不时的徘徊在天空。

芦沟桥的炮声——他们所谓第二“九一八”事件——展开了第二幕的东亚和平——乃至世界和平的威胁。

战事有一触即发之感——笔者草此文的时候，正在和战将决的关头。

如何能够避免战争？如何能够保卫和平？

好战的侵略者在没有遇到重大的回击之前，总是趾高气扬的不会感觉到战争的可怕，像弄火的猫，在没有烫伤了足爪之前，它总以为火是可狎弄的。

只有“打击”才能终止了“打击”！

我们是爱好和平的，但也并不躲避战争。

如果好战的侵略者威胁和平，危害我们国家民族的生存，国土的完整时，我们还能高谈和平么？

侵略者已装上了刺刀，正向我们冲锋过来时，我们还能再三谦让的躲避战争么？

当侵略者以狰狞的面貌，执着上了刺刀的枪而出现时，任何有理的话都不能变更他的决心的。

狼看见一只羔羊，走了近去，说声“好大胆，你在我草地上吃草！”就要扑过去。小羊乞怜的辩道：“我还吃母亲的奶呢。”狼连忙转口道：“你为何在上流喝水，玷污了我的河流？”小羊道：“我今天刚刚走出来，还没有走到河边呢。”狼道：“那是去年的事了。”小羊辩道：“去年我还没有出生呢。”狼语塞。但仍然扑了过去，攫住小羊吃了。

当胜负之数，了然可知的时候，侵略者的狼是决不肯轻轻放过弱者的羔羊的——无论你是如何的理直气壮。

但当你不复是一只羔羊而是一只猎犬时，狼的攻击态度便要谨慎得多了——也许便要悄悄的夹尾而遁。

我们是羔羊，还是猎犬？对于那国际“狼”，我们果将如何应付？

正义和真理，都站在我们的一边。但那是不够的。我们还需要“武力”。

如果“正义”和“真理”不和“武力”在一起，那末，我们只是国际上的羔羊而已。谈不到战争，也谈不到和平。战与和的枢纽，都握在侵略者的手里。

有了“武力”，那“真理”与“正义”方能发挥它们的作用，那战争方得防止，那和平方得有真正的保障。

必须握着战与和的枢纽，方才有真正的和平可得。

所以，我们现在只有一条路：在民众拥护的基础上准备充分的武力，足够给侵略者的致命的攻击的武力！

万众一心，万流归一；凡一切努力，凡一切建设，凡一切文化，都应该以武力的蓄养为第一。

我们是爱好和平者，我们不是侵略主义者。但唯其爱好和平，愈不能不为“和平”而准备着足够回击侵略者的充足的武力！

只有与民众结合的“武力”才能防止战争，才能保卫和平。

（原刊1937年7月20日《中华公论》创刊号）

最后一课

口头上慷慨激昂的人，未见得便是杀身成仁的志士。无数的勇士，前仆后继的倒下去，默默无言。

好几个汉奸，都曾经做过抗日会的主席，首先变节的一个国文教师，却是好使酒骂座，惯出什么“富贵不能淫，威武不能屈”一类题目的东西；说是要在枪林弹雨里上课，绝对的宁为玉碎，不为瓦全的一个校长，却是第一个屈膝于敌伪的教育界之蟊贼。

然而默默无言的人们，却坚定的作着最后的打算，抛下了一切，千山万水的，千辛万苦的开始长征，绝不作什么为国家保存财产、文献一类的借口的话。

上海国军撤退后，头一批出来做汉奸的都是些无赖之徒，或愍不畏死的东西。其后，却有“我不入地狱谁入地狱”的维持地方的人物出来了。再其后，却有以“救民”为幌子，而喊着同文同种的合作者出来。到了珍珠港的袭击以后，自有一批最傻的傻子们相信着日本政策的改变，在作着“东亚人的东亚”的白日梦，吃尽了“独苦”，反以为“同甘”，被人家拖着“共死”，却糊涂到要挣扎着“同生”。其实，这一类的东西也不太多。自命为聪明的人物，是一贯的利用时机，作着升官发财的计划。其或早或迟的蜕变，乃是作恶的勇气够不够，或替自己打算得周到不周到的问题。

默默无言的坚定的人们，所想到的只是如何抗敌救国的问题，压根儿不曾梦想到“环境”的如何变更，或敌人对华政策的如何变动、改革。

所以他们也有一贯的计划，在最艰苦的情形之下奋斗着，绝对的不作“苟全”之梦；该牺牲的时机一到，便毫不踌躇的踏上应走的大道，义无反顾。

十二月八号是一块试金石。

这一天的清晨，天色还不曾大亮，我在睡梦里被电话的铃声惊醒。

“听到了炮声和机关枪声没有?”C在电话里说。

“没有听见。发生了什么事?”

“听说日本人占领租界，把英国兵缴了械，黄浦江上的一只英国炮舰被轰沉，一只美国炮舰投降了。”

接连的又来了几个电话，有的从报馆里的朋友打来的。事实渐渐的明白。

英国军舰被轰沉，官兵们凫水上岸，却遇到了岸上的机关枪的扫射，纷纷的死在水里。

日本兵依照着预定的计划，开始从虹口或郊外开进租界。

被认为孤岛的最后一块弹丸地，终于也沦陷于敌手。

我匆匆的跑到了康脑脱路的暨大。

校长和许多重要的负责者们都已经到了。立刻举行了一次会议。简短而悲壮的，立刻议决了：

“看到一个日本兵或一面日本旗经过校门时，立刻停课，将这大学关闭结束。”

太阳光很红亮的晒着，街上依然的熙来攘往，没有一点异样。

我们依旧的摇铃上课。

我授课的地方，在楼下临街的一个课室，站在讲台上，可以望得见街。

学生们不到的人很少。

“今天的事，”我说道，“你们都已经知道了吧，”学生们都点点头。“我们已经议决，一看到一个日本兵或一面日本旗经过校门，立刻便停课，并且立即的将学校关闭结束。”

学生们的脸上都显现着坚毅的神色，坐得挺直的，但没有一句话。

“但是我这一门功课还要照常的讲下去，一分一秒也不停顿，直到看见了一个日本兵或一面日本旗为止。”

我不荒废一秒钟的工夫，开始照常的讲下去。学生们照常的笔记着，默默无声的。

这一课似乎讲得格外的亲切，格外的清朗，语音里自己觉得有点异样；似带着坚毅的决心，最后的沉着；像殉难者的最后的晚餐，像冲锋前的士兵们的上了刺刀，“引满待发”。

然而镇定，安详，没有一丝的紧张的神色。该来的事变，一定会来的。一切都已准备好。

谁都明白这“最后一课”的意义。我愿意讲得愈多愈好；学生们愿意笔记得愈多愈好。

讲下去，讲下去，讲下去。恨不得把所有的应该讲授的东西，统统在这一课里讲完了它；学生们也沙沙的不停的在抄记着。心无旁用，笔不停挥。

别的十几个课室里也都是这样的情形。

对于要“辞别”的，要“离开”的东西，觉得格外的恋恋。黑板显得格外的光亮，粉笔是分外的白而柔软适用，小小的课桌，觉得十分的可爱，学生们靠在课椅的扶手上，抚摩着，也觉得十分的难分难舍。那晨夕与共的椅子，曾经在扶手上面用钢笔，铅笔，或铅笔刀，有意识或无意识的涂写着，刻划着许多字或句的，如何舍得一旦离别了呢！

街上依然的平滑光鲜，小贩们不时的走过，太阳光很有精神的晒着。

我的表在衣袋里低低的嗒嗒的走着，那声音仿佛听得见。

没有伤感，没有悲哀，只有坚定的决心，沉毅异常的在等待着；等待着最后一刻的到来。

远远的有沉重的车轮辗地的声音可听到。

几分钟后，有几辆满载着日本兵的军用车，经过校门口，向东向西，徐徐的走过，当头一面旭日旗，血红的一个圆圈，在迎风飘荡着。

时间是上午十时三十分。

我一眼看见了这些车子走过去，立刻挺直了身体，作着立正的姿势，沉毅的阖上了书本，以坚决的口气宣布道：

“现在下课！”

学生们一致的立了起来，默默的不说一句话；有几个女生似在低低的啜泣着。

没有一个学生有什么要问的，没有迟疑，没有踌躇，没有彷徨，没有顾虑。个个人都已决定了应该怎么办，应该向那一个方面走去。

赤热的心，像钢铁铸成似的坚固，像走着鹅步的仪仗队似的一致。

从来没有那末无纷纭的一致的坚决过，从校长到工役。

这样的，光荣的国立暨南大学在上海暂时结束了她的生命。默默的在忙着迁校的工作。

那些喧哗的慷慨激昂的东西们，却在忙碌的打算着怎样维持他们的学校，借口于学生们的学业，校产的保全与教职员们的生活问题。

（收入 1951 年上海出版公司版《蛰居散记》）

我的邻居们

我刚刚从汶林路的一个朋友家里，迁居到现在住的地方时，觉得很高兴；因为有了两个房间，一作卧室，一作书室，显得宽敞得多了；二则，我的一部分的书籍，已经先行运到这里，可读可看的东西，顿时多了几十倍，有如贫儿暴富；不像在汶林路那里，全部的书，只有两只藤做的书架，而且还放不满。这个地方是上海最清静的住宅区。四周围都是蔬圃，时时可见农人们翻土、下肥、播种；种的是麦子、珍珠米、麻、棉、菠菜、卷心菜以至花生等等。有许多树林，垂柳尤多，春天的时候，柳絮在满天飞舞，在地上打滚，越滚越大。一下雨，处处都是蛙鸣。早上一起身，窗外的鸟声仿佛在喧闹。推开了窗，满眼的绿色。一大片的窗是朝南的，一大片的窗是朝东的；太阳光很早的便可以晒到。冬天不生火也不大嫌冷。我的书桌，放在南窗下面，总有整整的半天，是晒在太阳光下的。有时，看书看得久了，眼睛有点发花发黑。读倦了的时候，出去走走，总在田地上走，异常的冷僻，不怕遇见什么熟人。我很满足，很高兴的住着。

正门正对着一家巨厦的后门。那时，那所巨厦还空无人居，不知是谁的。四面的墙，特别的高，墙上装着铁丝网，且还通了电。究竟是谁住在那里呢？我常常在纳罕着。但也懒得去问人。

有一天早上，房东同我说，“到前面房子里去看看好么？”

我和他们，还有几个孩子，一同进了那家的后门。管门人和我的房东有点认识，所以听任我们进去。一所英国的乡村别墅式的房子，外墙都用粗石砌成，但现在已被改造得不成样子。花园很大，也是英国式的，但也已部分的被改成日本式的。花草不少；还有一个小池塘，无水，颇显得小巧玲珑，但在小假山上却安置了好些廉价的磁鹅之类的东西，一望即知其为“暴发户”之作风。

盆栽的紫藤，生气旺盛，最为我所喜，但可知也是日本式的东西。

正宅里布置得很富丽堂皇，但总觉得“新”，有一股无形的“触目”与触鼻的油漆气味。

“这到底是谁的住宅呢?”我忍不住的问道，孩子们正在草地上玩，不肯走。

房东道：“我以为你已经知道了；这是周佛海的新居[①]，去年向英国人买下的，装修的费用，倒比买房的钱花得还多。”

过了几个月，周佛海搬进宅了，整夜的灯火辉煌，笙歌达旦，我被吵闹得不能安睡。我向来喜欢早睡，但每到晚上九、十点钟，必定有胡琴声和学习京戏的怪腔送到我房里来。恨得我牙痒痒的，但实在无奈此恶邻何!

更可恨的是，他们搬进了，便要调查四邻的人口和职业；我们也被调查了一顿。

我的书房的南窗，正对着他们的厨房，整天整夜的在做菜烧汤，烟突里的煤烟，常常飞扑到我书桌上来。拂了又拂，终是烟灰不绝。弄得我不敢开窗。我现在不能不懊悔择邻的不谨慎了。

“一二·八”太平洋战争起来后，我的环境更坏了。四周围的英美人住宅都空了起来，他们全都进了集中营。隔了几时，许多日本人又搬了进来。他们男人大都是穿军装的。还有保甲的组织，防空的练习，吵闹得附近人家，个个不安。

在防空的时候，他们干涉邻居异常的凶狠，时时有被打的。有时，我晚上回家，曾被他们用电筒光狠狠的照射着过。

有一天，厨房的灯光忘了关，也被他们狠狠的敲门打窗的骂了

---

① 周佛海（1897—1948）：中国共产党早期领导人，后叛党成为国民党政府要员。抗战时成为汪伪政府重臣，沦为汉奸。

一顿过。

一个早晨，太阳光很好，出去走走，恰遇他们在练习空防。路被阻塞不通，只好再回过来。

说到通路，那又是一个厄运。本来有一条通路，可以直达大道，到电车站很近便。自从周佛海搬来后，便常常被阻塞。日本人搬来后，索性的用铁丝网堵死了。我上电车站，总要绕了一个大圈，多花上十分钟的走路工夫。

胜利以后，铁丝网不知被谁拆去了。我以为从此可以走大道了。不料又有什么军队驻扎在小路上看守着，不许人走过。交涉了几回也没用。只好仍旧吃亏，改绕大圈子走。

和敌伪的人物无心的做了邻居，想不到也会有那末多的痛苦和麻烦。

汉奸是怎样造成的

我为了暨大招生的事，到过香港一趟，住了近一个月。在这一个月里，因为教育部驻港办事处附设在蔚蓝书店里，我不得不常常到那边去，有时为了收寄信件，有时为了有事要接头。

这时在蔚蓝书店里办公的，有林柏生、梅思平、朱朴之、樊仲云几个人①。除了林柏生，其他的人都很熟悉。他们天天在蔚蓝书店会面，没有什么公可办，便群居终日，言不及义。发发牢骚，骂骂人，成了习惯。他们都是自命为郁郁不得志的人物，仿佛国家亏待了他们什么的。虽然他们各有“使命”在香港，但好像都未能满其所欲，抗战正在“白热”的时候，然而他们不谈那一套，他们谈的是他们自己的切身的事。

有一天，他们谈起，某一个地方有一个谈相的人很高明，他们都曾找他相过，说的话很灵验。

“你何妨也去试试看呢?”

我摇摇头，并不去答理他们。“不疑何卜!”

再有一天，一位朋友，在某军里服务的，经过香港。他说，会相面。于是，他们这一批人，个个都要他相相。

他们说的什么“眉毛运”、“鼻头运”等等，我一句也听不懂。

他说，某某人近五十岁正走运，应该可以发达，某某人便大为高兴。

他说，某某人现正“走”着某某运，他也十分的有兴头。

---

① 这里的几个人都曾任汪伪政府高官或效力汪伪政府，其中林、梅二人后被以汉奸罪枪决。

“你为什么不也来相一下呢？”又是一次的邀请。

我实在觉得厌恶极了！我忍耐不住，便正颜厉色的说道：“为什么要算什么命，看什么相呢？我们国家民族正在与敌人作生死战的时候，我们的运命与国家的运命是分不开的。国家胜利了，我们的运命当然是不会坏的；万一不幸抗战失败了，我们还会有什么好运可走呢？”

他们默默的不作一声。

我自觉做了一次傻事。为什么要对他们讲这种大道理呢？

那时候，我还不知道他们正在进行着卖国的勾当，所以才会那样的“患得患失”，要是知道一点风声，也许把“话”还要说得凶些。

过了几天，李圣五到旅馆里找我。谈了一会，他也是满肚子的牢骚，把那些执政的人说得一文不值。那时，他也正在失意的时代，方由外交部某官“下台”，重进商务印书馆编辑《东方杂志》。

伪组织在南京“成立”的时候，那一批失意的“官僚”，便都到了南京来，走马上任，过其“官瘾”。

我到这时候，方才恍然大悟，明白他们所以要不时的“求神告佛”、“看相问卜”的原因。

因之，我也顿时恍然大悟，凡是患得患失，时时要求神告佛，看相问卜的，到底那是些什么人。

官僚政治，在中国已是根深柢固，不易拔除，像是一座大洪炉。凡投到这大洪炉里的，不问是什么顽铁，无不立被炼成“绕指柔”的精钢；除非他本是一颗金刚钻一类的人物，才不会“同流合污”。要是曾一日为官，似乎终身便带些官脸、官气、官味。据说，曾经做过“总长”的人，这个头衔便终身不会除脱开去。有一位素来可敬的学者，不幸“出山”过一次，便被人称为“总长”“总长”的直到于死。听人说，他自己也并不以此称号为忤。

林、梅、李诸逆，都是曾经尝过“官”趣的。所以一旦下野域“还我初服”，便有些不甘寂寞，静极思动起来；无时无刻，都想要重行登台。此路走不通，便要走他路；大道走不通，便要走小路；此处不留人，便别求留人处。他们所追求的是个人的功名利禄，富贵荣华，以及居室、姬妾、饮食等等的享用。

这样的“官僚们”，天天都在寻找“知己”，寻找“用我者”，寻找他们的主子。只要主子肯垂青到他们，置之左右，饵以高官厚禄，便会鞠躬尽瘁，为其所用，那主子是何等样人，他们却不想去问一下的。

得意时恣意享受，失意时求神问卜，便是他们生成的“面相”。一日无“君”，便觉得栖栖惶惶，寝食难安。国家民族的存亡，老百姓们的生死，饥馑，与他们根本痛痒无关。他们是极端的个人主义者。宁愿做汉奸，受万人唾骂，受万世唾骂，却不肯寂寞自安。

这便是汉奸之所以造成的原因，也便是中国官僚主义的深厚的流毒所聚之结果。

官僚主义不从根铲尽，汉奸是永远不会绝迹人间的！

（收入1951年上海出版公司版《蛰居散记》）

鹈鹕与鱼

夕阳的柔红光，照在周围十余里的一个湖泽上，没有什么风，湖面上绿油油的像一面镜似的平滑。一望无垠的稻田。垂柳松杉，到处点缀着安静的景物。有几只渔舟，在湖上碇泊着。渔人安闲的坐在舵尾，悠然的在吸着板烟。船头上站立着一排士兵似的鹈鹕，灰黑色的，喉下有一大囊鼓突出来。渔人不知怎样的发了一个命令，这些水鸟们便都扑扑的钻没入水面以下去了。

湖面被冲荡成一圈圈的粼粼小波。夕阳光跟随着这些小波浪在跳跃。

鹈鹕们陆续的钻出水来，上了船。渔人忙着把鹈鹕们喉囊里吞装着的鱼，一只只的用手捏压出来。

鹈鹕们睁着眼望着。

平野上炊烟四起，袅袅的升上晚天。

渔人拣着若干尾小鱼，逐一的抛给鹈鹕们吃，一口便咽了下去。

提起了桨，渔人划着小舟归去。湖面上刺着一条水痕。鹈鹕们士兵似的齐整的站立在船头。

天色逐渐暗了下去。湖面上又平静如恒。

这是一幅很静美的画面，富于诗意，诗人和画家都要想捉住的题材。

但隐藏在这静美的画面之下的，却是一个惨酷可怖的争斗，生与死的争斗。

在湖水里生活着的大鱼小鱼们看来，渔人和鹈鹕们都是敌人，都是蹂躏它们，致它们于死的敌人。

但在鹈鹕们看来，究竟有什么感想呢？

鹈鹕们为渔人所喂养，发挥着它们捕捉鱼儿的天性，为渔人干着这种可怖的杀鱼的事业。它们自己所得的却是那么微小的酬报！

当它们兴高采烈的钻没入水面以下时，它们只知道捕捉，吞食，越多越好。它们曾经想到过：钻出水面，上了船头时，它们所捕捉、所吞食的鱼儿们依然要给渔人所逐一捏压出来，自己丝毫不能享用的么？

它们要是想到过，只是作为渔人的捕鱼的工具，而自己不能享用时，恐怕它们便不会那末兴高采烈的在捕捉、在吞食罢。

渔人却悠然的坐在船梢，安闲的抽着板烟，等待着鹈鹕们为他捕捉鱼儿。一切的摆布，结果，都是他事前所预计着的。难道是“运命”在播弄着的么，渔人总是在“收着渔人之利”的；鹈鹕们天生的要为渔人而捕捉、吞食鱼儿；鱼儿们呢，仿佛只有被捕捉、被吞食的份儿，不管享用的是鹈鹕们或是渔人。

在人间，在沦陷区里，也正演奏着鹈鹕们的“为他人作嫁衣裳”的把戏。

当上海在暮影笼罩下，蝙蝠们开始在乱飞，狐兔们渐渐的由洞穴里爬了出来时，敌人的特工人员（后来是“七十六号”里的东西），便像夏天的臭虫似的，从板缝里钻出来找“血”喝。他们先拣肥的，有油的，多血的人来吮，来咬，来吃。手法很简单：捉了去，先是敲打一顿，乱踢一顿，——掌颊更是极平常的事——或者吊打一顿，然后对方的家属托人出来说情。破费了若干千万，喂得他们满意了，然后才有被释放的可能。其间也有清寒的志士们只好挺身牺牲。但不花钱的人恐怕很少。

某君为了私事从香港到上海来，被他们捕捉住，作为重庆的间谍看待。囚禁了好久才放了出来。他对我说：先要用皮鞭抽打，那尖长的鞭梢，内里藏的是钢丝，抽一下，便深陷在肉里去，抽了开去时，留下的是一条鲜血痕。稍不小心，便得受一掌、一拳、一脚。说时，他拉开裤脚管给我看，大腿上一大块伤痕，那是敌人用皮靴狠踢的结果。他不说明如何得释，但恐怕不会是很容易的。

那些敌人的爪牙们，把志士们乃至无数无辜的老百姓们捕捉着，吞食着。且偷、且骗、且抢、且夺的，把他们的血吮着、吸着、喝着。

爪牙们被喂得饱饱的，肥头肥脑的，享受着有生以来未曾享受过的“好福好禄”。所有出没于灯红酒绿的场所，坐着汽车疾驰过街的，大都是这些东西。

有一个坏蛋中的最坏的东西，名为吴世宝的①，出身于保镖或汽车夫之流，从不名一钱的一个街头无赖，不到几时，洋房有了，而且不止一所；汽车有了，而且也不止一辆；美妾也有了，而且也不止一个。有一个传说，说他的洗澡盆是用银子打成的，金子熔铸的食具以及其他用具，不知有多少。

他享受着较桀纣还要舒适奢靡的生活。

金子和其他的财货一天天的多了，更多了，堆积得恐怕连他自己也不知其数。都是从无辜无告的人那里榨取偷夺而来的。

怨毒之气一天天的深，有无数的流言怪语在传播着。

群众们侧目而视，重足而立；吴世宝这三个字，成为最恐怖的“毒物”的代名辞。

他的主人（敌人）觉察到民怨沸腾到无可压制的时候，便一举手的把他逮捕了，送到监狱里去。他的财产一件件的被吐了出来。——不知到底吐出了多少。等到敌人，他的主人觉得满意了，而且说情的人也渐渐多了，才把他释放出来。但在临释的时候，却嗾使狗咬断了他的咽喉。他被护送到苏州养伤，在受尽了痛苦之后，方才死去。

这是一个最可怖的鹈鹕的下场。

敌人博得了“惩”恶的好名，平息了一部分无知的民众的怨毒

① 吴世宝（？—1942）：20世纪上半叶上海黑社会著名人物。1939年加入汪伪政府76号特工总部，任警卫总队副队长。

的怒火，同时却获得了吴世宝积恶所得的无数掳获物，不必自己去搜括。

这样的效法喂养鹈鹕的渔人的办法，最为恶毒不过。安享着无数的资产，自己却不必动一手，举一足。

鹈鹕们一个个的上场，一个个的下台。一时意气昂昂，一时却又垂头丧气。

然而没有一个狐兔或臭虫视此为前车之鉴的。他们依然的在搜括，在捕捉，在吞食，不是为了他们自己，却是为了他们的主人。

他们和鹈鹕们同样的没有头脑，没有灵魂，没有思想。他们一个个走上了同样的没落的路，陷落在同一的悲惨的命运里。然而一个个却都踊跃的向坟墓走去，不徘徊，不停步，也不回头。

（收入 1951 年上海出版公司版《蛰居散记》）

从“轧”米到“踏”米

江南人的食粮以稻米为主。“八·一三”后，米粮的问题，一天天的严重起来。其初，海运还通，西贡米，暹罗米还不断的运来。所以，江南的米粮虽大部分已为敌军所控制，所征用，而人民们多半改食洋米，也还勉强可以敷衍下去。其时米价大约二十元左右一担。但平民们已有亟亟不可终日之势。“工部局”开始发售平价米。平民们天一亮便等候在米店的门口，排了队，在“轧”米。除了排队上火车之外，这“轧”米的行列，可以说是最“长”，最齐整的了。穿制服的人，“轧”米有优先权。他们可以后到而先购，毋须排队。平民们都有些侧目而视，敢怒而不敢言。

有些维持“秩序”的人，拿粉笔在每个排队的人的衣服上写上了号码。其初是男女混杂的，后来，分成了男女两队。每一家米店门前，每一队的号码有编到一千几百号的。有的小贩子，“轧”到了米，再去转卖。一天可以“轧”到好几次米，便集起来到里弄里去叫卖。以此为生的人很不少。

后来，主持平卖的人觉得这方法不好，流弊太多，小贩子可以得到米，而正当的籴米的人却反而挤不上去，便变更了方法，不写号码，而将每一个购过米的人的手指上，染了一种不易褪色的紫墨水。这一天，已染了紫色的人便不得再购第二次米。

但这方法也行了不久。“工部局”所储的米，根本不能维持得很久。洋米的来源也渐渐的困难起来。米价飞跃到八十余元一担。

“轧”米的队伍更长了。常常的排到了一两条街。有的实在支持不住了，便坐在地上。有的带了干粮来吃。小贩们也常在旁边叫卖着大饼、油条一类的充饥物。开头，“轧”米的人，以贫苦者为多，以后，渐有衣衫齐整的人加入。他们的表情，焦急，不耐，忍辱，等候，麻木，激动，无所不有，但都充分的表示着无可奈何的忍受。为了太挤了，有的被挤得气都喘不过来。为了要“活”，什么痛苦都得忍受下去。有执鞭子或竹棒的人在旁，稍一不慎，或硬“轧”进队伍去，便被打了出去。有的，在说明理由，有的，只好忍气吞声而去。强有力的人，有时中途插了进去，后边的人便大嚷起来，制止着；秩序顿时乱了起来。为了一升米，或两升米，为了一天的粮食，他们不能不忍受了一切从未经过的“忍耐”、“等候”与“侮辱”。

米价更涨了。一升米的平售价值，也一天天的不同起来。然而较之黑市价格还是便宜得多，所以“轧”米的行列，更加多，更加长。

有办法的人会向米店里一担两担的买。然已不能明目张胆的运送着了。在黑夜里，从米店的后门，运出了不少的米。但也有纠纷，时有被群众阻止住了，不许运出。

最大的问题是“食”，是米粮。无办法的人求能一天天的“轧”得一升半升的米，已为满足；有办法的人储藏了十担百担的米，便可安坐无忧。平民们食着百元一担，或十元一升的米时，有办法的人所食的还是八元十元一担的米。

有许多“轧”米的悲惨的故事在流传着。因为“轧”不到米，全家挨饿了几天，不得不悬梁自尽的有之。因为“轧”米而家里无人照料，失了窃，或走失了儿女的有之。因为“轧”米而不能去教书，或办事，结果是失了业的，也有之。携男带女的去“轧”米，结果还是空手而回。将旧衣服去当了钱，去“轧”米，结果，那仅有的养命的钱，却在排队拥挤中为弄手所窃去。

大多数的人家，米缸都是空的，米是放在钵里，罐里或瓶里，却不会放在缸里的。数米为饭的时候已经到了。有的人在计数着，一合米到底有几粒。他们用各种方法来延长“米”的食用的次数。

有的搀合了各种的豆类，蚕豆、红豆、绿豆、黄豆，有的与山薯或土豆合煮。吃“饭”的人一天天的少了。能够吃粥的，粥上浮有多半的米粒的，已是少数的人家了。

如果有画家把这一时期的“轧米图”绘了出来，准比《流民图》还要动人，还要凄惨。那一张张不同的憔悴的面容，正象征着经历了许多年代的痛苦与屈辱的中国人民们的整个生活的面容。

到了后来，“工部局”的储粮空了，同时，敌人们的压力也更大，更甚了，便借着实行“配给制度”的诱惑力，开始调查户口，编制“保甲”；百数十年来向来乱丝无绪的“租界”的户口，竟被他们整理得有条有理。

所谓“配给制度”，便是按着户口，发给“配给证”，凭证可以购买白米及其他杂粮和日用品。开头，倒还有些白米配给出来。渐渐的米的“质”“江河日下”了；渐渐的米的“量”也一天天的少下去了；渐渐的用杂粮来代替一部分的白米了。米的“质”变成了“糠”多“米”少，变成了泥沙多，米质有臭味，不能入口，变成了空谷多于米粒。这些，都是日本人所不能入口，所不欲入口的，所以很慷慨的分了一部分出来。至于我们所生产的香糯的白米呢，那是敌人们的军粮，老百姓们是没有份吃到的。

有几个汉奸，勾结了管理军粮的敌人们，窃出了若干白米或军粮，在黑市上卖了出来。上海人总有半年以上，能够在黑市上买得到真正的白米或杜米，那不能不归功于那些汉奸们的作弊之功——从老虎嘴里偷下了一小部分的肥肉出来。后来这事被他们发现了，两个汉奸，侯大椿和胡政，便被他们枪决。从此以后，白米或杜米，在市面上便更少见到了。“一二·八”珍珠港事变以后，海运完全断绝了，连日本本土的白米也要“江南”地方来供给，白米的来源，便更加艰难，稀少起来。

上海区的人民们，如果有力量，不愿吃杂粮或少吃杂粮的，只好求之于少数的米贩子，那便是所谓“踏”米的人们。“踏”米的人，不过是一个代表的名辞，指的便是那批用自行车偷偷的从敌人的封锁线上，载运了少数米粮过来的人，他们都是年轻力壮的汉子，冒着生命的危险，做着这种黑市交易，其他妇孺们和老年的人们也常常带了些米粮来卖。身上穿了特制的“背身”，“背身”前后面都有的，其中便储藏着白米，很机警的偷过了敌人的“检问所”——其实，还是用金钱来买“过”的居多。他们常常的发生“麻烦”；最轻的处罚是将食米充公。封锁线的边缘上常见有许多的“没收”的白米堆积着。有的是“没收”后还被“打”被“罚跪”。遇到敌人们不高兴的时候，便用刺刀来戳毙他们。如此遭害的人很不少。友人程及君曾绘了一幅《踏米图》，那幅图是活生生的一幅表现得很真切的凄惨的水彩画，是沦陷区人民的生活的烙印。

为了食米的输入一天天的艰难起来，敌人们的搜刮，一天天的加强加多起来，米价便发狂的飞涨着。从伪币一千元两千元一担，到四千元，八千元一担。后来便是一万元，五万元的狂跳着。最后，竟狂跳到一百万元左右一担；最高峰曾经到过二百万一担的关口。平民们简直没有吃到“白米”的福气。连所谓“二号米”，“三号米”也难得到口。许多人都被迫改食杂粮，从面粉到蚕豆、山薯，只要是能够充饥的东西，没有不被一般人搜寻着。饭店里也奉命不许出卖白米饭；有的改用面食；有的改用所谓“麦饭”。白米成了最奢侈的、最珍贵的东西。“配给制度”也在无形中停顿了。——从半个月配给一次，到一个月两个月配给一次，直到了“无形停顿”为止。

食粮缺乏的威胁，不仅使一般平民们感受到，即有力食用白米者们也都感受到了。肉和鱼和蔬菜还有得见到，白米却都到了敌人们的“仓库”里去了。前些时，听说烟台的人请客，食米要自己随身带去。江南产米区的人们，这时也有同样的情形。历史上有一个笑话，说有一个皇帝，遇到荒年，饥民遍野，他提议说，“何不吃肉糜?”这时，倒的确有这样的“事实”了。吃肉糜易，吃白米饭却难。

假如胜利不在八月里到来的话，在冬天，饿死的人一定要成坑成谷的。然而江南产米区并不是没有米。米都被堆藏在敌人的仓库里，一包包，一袋袋堆积如山，任其红腐下去。他们还将米煮成了“饭”，做成了罐头，一罐罐的堆积着，以备第二年，第三年的军粮。

什么都被掠夺，但食粮却是他们主要的掠夺的目的物。我常经过几个大厦，那里面的住户都已被赶了出去，无数的卡车，堆载着白米，往这些大厦里搬运进去。雪白香糯的米粒，漏得满地，这不是白米！然而沦陷区的人民们是分润不到一粒的！德国人对占领地的许多欧洲人说，“德国人是不会饿死的；你们不种田，不生产，饿死的是你们；最后饿死的才是德国人。”这话好不可怕！日本人虽然没有公开的说这句话，然而他们实实在在是这样做着的。

假如天不亮，我们是要首先饿死了的！

好不可怕的一场噩梦！

在腐烂着的人们

在腐烂着的人们——已没有人的味儿，已没有人的灵魂，只是多呼吸着一口气的行尸走肉——渐渐的在大扫除——抗战——之下被清扫出人群去。

在腐烂着的人们无目的地在漫游着；他们对于自己没有信任，对于朋友没有信任，对于国家的前途没有信任；他们自己觉得在黑漆漆的长夜漫游着。这漫漫长夜，他们觉得永远不会变为灿烂光明的白昼。他们以此便觉得自己也是没有“前途”的——除非有奇迹的突现。

在腐烂着的人们相信着突现的奇迹。以此，他们相信神道，相信星相，相信命运。他们相信：他们的命运也许会突然的转入光明之运；当他们到了交“运”——什么“眼运”或“眉运”——之年，他们自然便会飞黄腾达起来，一切事自然的便会光明起来。以此，他们委身待运。他们为他们看相算命；为友朋们看相算命；计算着生辰的年月日，排列着甲辰、乙丑、丙子之类的神秘的号码。痴人说梦，瞎子摸象，也许连他们在清夜问心之时也不会自己相信这一套把戏的。他们只知像银钱业的司账员似的，在排列，估计着自己的运命，却忘记了估计整个民族，整个国家的前途。也许他们竟相信民族国家的前途和个人的前途是分歧的，不相关连的。

“算命这件事大有道理！不过交关难。看几本书唔没用格。要十多年工夫笃。”

面团团的中年人这样的说，一脸的正经相。

“说老林倒交关灵来些；一个算命先生前两年算他五十岁格大

关恐怕难过去。果不其然，老林的大关过不去!”

“耐格工夫也勿推板哇，阿要替俚笃算算看?”

一窝蜂似的围了一桌子的中年人，人人在痴人说梦，瞎子摸象似的乱谈着。

在腐烂着的人们这样的在委身待运，成了前进的绊脚石。

在腐烂着的人们鬼影憧憧的在人群里进出；没有目的，没有方向，没有趣味，没有活力，只是漫游着，漫游着，过着行尸走肉的生活。

一窝蜂似的在赌博，一窝蜂似的在沉醉，在享受，在寻找刺激，在斗室里幻变出地狱的形相。不由衷的笑声像猫头鸟似的啼嚎着。

一窝蜂似的来，一窝蜂似的去。(何所为而来，何所得而去?)大时代的一天两天的“时间”这样的被屠杀着，被一块块的零星碎割着。

中年人该是社会的柱石，却成为国家的害虫，前进的绊脚石，大时代的被扫除了去的人！该多么痛心！

远处，灿烂的霓虹灯在霎着怪眼；什么俱乐部的市招在沉痛的一明一灭的亮暗着。在腐烂着的人们一窝蜂的拥进去，麻醉着他们自己，满足于小小绝对无危险的战斗得失之场。几个豹形大汉暗带着“家伙”站在那里监视着进出于大门的人物。不知什么时候，什么这一类的门内，有手榴弹的炸声，几个血肉模糊的肉体被杠抬上了白色红十字的车上，呜呜的开走了。不知什么时候，在什么一个冷僻的路口，有一个两个满意的胜利者被暗地里跟了下来的强盗劫掠去了他所有的一切。然而，在腐烂着的人们还是不断的进进出出。夜天无垠的伸延开去。远处的一明一灭的什么俱乐部的市招显得那样的邈小与无灵魂。在腐烂着的人们便自安自适于这样邈小与无灵魂的得失斗争之场里。

远处，在红绿灿烂，此明彼灭的灯光之下，在腐烂着的人们一窝蜂的在那些腐烂的百货商店，旅舍，戏馆以及酒馆里进进出出。

从酒馆里出来的是红红的脸，带着微醺，一支牙签还斜衔在嘴角。给晚上的西北风一吹，更显得酒力的微妙作用；觉得这便是抗抵，这便是争斗。

而咯咯的鞋履声，杂乱的踏在人行道上的却是戏馆里出来的；这是一个大的队伍，一个争奇斗艳的化装展览会。他们满足于悲剧的演出，笑剧的胡闹；这刹那间的人生的死生争斗之剧，只赢得了他们片刻的满足与欣赏。

在腐烂着的人们便这样荒淫无耻的一步步走向他们的应该去的地方——坟墓。像苍蝇似的无目的，无意志的飞着奔逐着。像蛆虫似的无目的，无意志的在粪缸里翻腾着。大扫除的日子已经到了，这一切在腐烂着的人们，迟或早，总要被扫清到他们应该去的地方——坟墓。

青天白日的下面，覆照的只是壮健的，有生命，有意志的“人”。

（原刊 1939 年 1 月 21 日《华美》周刊第 1 卷第 40 期）

五四运动的意义

今天是五四运动的第二十七个纪念日。我们都知道五四运动是由于外交失败而起的一个学生爱国的运动。但其意义实远超出于单纯的学生的爱国运动之上。

自从道光间鸦片战争以后，欧洲的许多国家，都看中国是一块未被开垦的绝好的殖民地，你也来争，我也来夺。他们的目的，说是要来做买卖，其实，他们的野心恐怕要更大。经过了咸丰时的英法联军之役，经过了庚子八国联军之役，就是最顽固的庭臣们也知道非输入“富国强兵”的西洋文化不可了，那时候，他们提倡的是“中学为体，西学为用”的口号，也知道派学生出来学海军，学机械、枪炮之学了；也知道开兵工厂，造船厂，办学校，设银行了。然而，甲午之役，依然一败涂地。于是，一般有远见的人，知道中国的积弱，其原因乃别有所在，于是，有的人便鼓吹革命；有的人便提倡立宪。到了辛亥革命成功之后，中国却依然积弱如故，受侮如故。这到底是什么原故呢？

政治革命的不彻底，以袁世凯为领袖的北洋军阀依然不失其势力，这固然是其原因之一，但思想的顽固，文艺的衰颓，社会上封建力量的丝毫未动摇，乃是其主因。

于是，在第一次世界大战中间，许多学者们便提出了思想革命，社会革命，家庭革命，文学革命的主张来，向顽强的封建势力进攻。一般青年们正在彷徨苦闷，觉得无路可走的时候，这一把火，便把整个火药库爆炸开来。而这时，大战结束，中国以参战之胜利国，而尚受种种不平等条约的拘束，特别是日本人欲亡我国的二十一条也竟还没有取消。青年们便借此为由而掀起了五四运动。

这运动开始于北京东城赵家楼曹汝霖住宅的一火，其光芒竟不数月而普照于整个中国。中国的现代化运动乃由此而急骤的进行着。封建的最顽固的壁垒，最后竟被攻破了。思想的解放，文艺的解放，使后来的青年们得到了自由观察、自由思想、自由写作的机会。这二十多年的比较蓬勃的学术文艺的发展，可以说都是导源于五四运动之一举的。

所以，“五四”是一个特别值得纪念的一个划时代的日子。

五四运动所要求的是科学与民主。这要求在今日也还继续着。

我们纪念“五四”，我们不要忘记了五四运动所要求而今日仍还没有完全达到的两个目标：“科学与民主”。

我们现在还要高喊着，要求“科学与民主”！

（原刊 1946 年 5 月 4 日《民主》第 29 期）

春天在呼唤

一大早就听见炮仗的声音，劈劈拍拍地在大门外响着。这欢乐的呼唤，是唤起了潜伏的春天，也是唤起了亿万人民的起来更加起劲地干活的信号。炮仗的火药味儿是够刺激的，带给人们一股说不出的既愉快又振奋的劲头。震撼人心的霹雳般的响声，使孩子们掩着双耳又喜又惊地在尖叫。一切都是春天将要到来的征兆。

冬天的太阳光特别和暖，田野的空气显得特别新鲜。千千万万的人，从东方刚露出桃红色的曙光的火苗儿，就纷纷地起来下地了。他们在紧张地兴修水库，开沟，挖渠，打井，积肥，要把千千万万亩的旱田化为水田，要和大自然争个胜负，把世世代代，自有人类以来，吃尽无量数的苦头的涝、旱和虫灾，一下子扫除干净。“人定可以胜天”这句话，在这个大时代里是可以实现的了。

有句老话“一年之计在于春”。现在是走在时间的前头了。不仅是，“一年之计在于冬”。而且是，“一年之计在于秋”。

农民热火朝天地在秋收一完毕，就不曾歇一口气地继续地赶作着田间的活计。翻地，积肥，开沟，挖渠，打井，修建着大、中、小型的水库，都已经在秋收刚完的时候就开始动手了。“秋收冬藏”是句过时的话了。如今，即在秋、冬二季，也是农村里十分忙碌的时候。农民兄弟们正和工人兄弟们在竞赛，全都鼓足了干劲，一刻也不曾让时间从指缝里滑溜过去。他们现在是不受任何时间的限制了。封建时代的“农历”和规律，在社会主义里是完全不合用的了。一切是为了社会主义的建设和生产服务。秋天和冬天打破“常规”的忙碌，不仅为了“春耕”做好准备工作，而且，也是为了世世代代的农业生产准备更好的条件而努力着。

今年的春耕，有了去年的秋冬二季的准备工作，包括积肥和兴修水利在内，条件是大为不同了。社会主义本来是革命嘛。农业生产也是同样地要来一个革命。向来不能种水稻的地方，如今也种上了。“非不能也，是不为也”。向来是一带荒山，一片草原，一区洼地，如今是要变成碧油油的田地和水果累累，压弯树枝的果园地带了。向来是黄沙蔽天，白霜满地的塞北，如今是，将要使之成为“杂花生树”春水漭漭的江南了。

这个春天，是好一个愉快而热烈的春天呀！是打破一切常规的春天。是从旧式的农业生产走向新的科学的农业生产的开始。是“人定胜天”，是打破大自然的束缚与限制的开始。

将怎样描绘这样的一幅“春景”呢？

将怎样叙状大自然的古老面貌的“改头换面”的经过呢？

弘伟的场面就将在江南开始了，也就将在黄河南北开始了，也就将在塞北漠南等等地区开始了。

千千万万的人，掮着锄头，赶着牛群和马匹，走向广漠无边的田野，在晨曦的柔光之下，一齐动手，播种的播种，插秧的插秧。千千万万的人，像一个人似的，在辛劳地工作着，人们在齐声地唱着“青年突击队”的歌，歌声高响入云，把几万年来就飞集在新翻过的田地上啄食虫儿的乌鸦都吓得远走高逃了。这弘壮的歌声，这社会主义的歌声，唱出了亿万农民的内心的感情与欢乐。这就是解放了的生产力的伟大的表现；这就是无穷大的人民的“原子能”的解放！

人们浑身是劲，浑身是力。是无穷尽的光与热的放射，是无比光辉的集体力量的显示。不管冬天是多末寒冷，是零下二十度还是更冷的天气吧，人们还是照旧地辛劳地下地干活。人们所放射出来的光与热，把严寒赶跑了。是从来不曾有过的现象，出现在从来不曾有过的大时代里。到了春天，这股不可测知的力量就要更加巨大了。

这一声声的炮仗的响亮的呼唤，就是春的呼唤，就是无穷大的解放了的人民的力量的呼唤。

街树的枝头上已经泛出了隐隐的绿意。黑色的和黄色的田野上，一堆堆的积放着肥料。只等待到地上开了冻，春耕就要开始了。

春天在呼唤着呢。

一九五八年二月十八日晨写

（原刊 1958 年 2 月 25 日《人民日报》）

离　别

一

别了，我爱的中国，我全心爱着的中国。当我倚在高高的船栏上，见着船渐渐的离岸了，船与岸间的水面渐渐的阔了，见着许多亲友挥着白巾，挥着帽子，挥着手，说着 Adieu，Adieu![1] 听着鞭炮劈劈拍拍的响着，水兵们高呼着向岸上的同伴告别时，我的眼眶是润湿了，我自知我的泪点已经滴在眼镜面了，镜面是模糊了，我有一种说不出的感动!

船慢慢的向前驶着，沿途见了停着的好几只灰色的白色的军舰。不，那不是悬着青天白日满地红的国旗的，它们的旗帜是“红日”，是“蓝白红”，是“红蓝条交叉着”的联合旗，是有“星点红条”的旗!

两岸是黄土和青草，再过去是两条的青痕，再过去是地平上的几座小岛山，海水满盈盈的照在夕阳之下，浪涛如顽皮的小童似的跳跃不定。水面上呈现出一片的金光。

别了，我爱的中国，我全心爱着的中国!

我不忍离了中国而去，更不忍在这大时代中放弃每人应做的工作而去，抛弃了许多亲爱的勇士们在后面，他们是正用他们的血建造着新的中国，正在以纯挚的热诚，争斗着，奋击着。我这样不负

---

① 法语：“再会，再会!”

责任的离开了中国，我真是一个罪人！

然而我终将在这大时代中工作着的，我终将为中国而努力，而呈献了我的身，我的心；我别了中国，为的是求更好的经验，求更好的奋斗的工具。暂别了，暂别了。在各方面争斗着的勇士们，我不久即将以更勇猛的力量加入你们当中了。

当我归来时，我希望这些悬着“红日”的，“蓝白红”的，有“星点红条”的，“红蓝条交叉着”的一切旗帜的白色灰色的军舰都已不见了，代替它们的是我们的可喜爱的悬着我们的旗帜的伟大舰队。

如果它们那时还没有退去中国海，还没有为我们所消灭，那末，来，勇士们，我将加入你们的队中，以更勇猛的力量，去压迫它们，去毁灭它们！

这是我的誓言！

别了，我爱的中国，我全心爱着的中国！

二

别了，我最爱的祖母、母亲、妹妹以及一切亲友们！我没有想到我动身得那末匆促。我决定动身，是在行期前的七天；跑去告诉祖母和许多亲友们，是在行期前的五天。我想我们的别离至多不过是两年、三年，然而我心里总有一种离愁堆积着。两三年的时光，在上海住着是如燕子疾飞似的匆匆滑过去了，然而在孤身栖止于海外的游子看来，是如何漫长的一个时间呀！在倚闾而望游子归来的祖母、母亲们和数年来终日聚首的爱友们看来，又是如何漫长的一个时期呀！祖母在半年来，身体又渐渐的回复康健了，精神也很好，所以我敢于安心远游。要在半年前，我真的不忍与她相别呢！然而当她听见我要远别的消息时，她口里不说什么，还很高兴的鼓励着我，要我保重自己的身体，在外不像在家，没有人细心照应了，饮食要小心，被服要盖得好些，落在床下是不会有人来拾起了；又再三叮嘱着我，能够早回，便早些回来。她这些话是安舒的慈爱的说着的，然而在她慢缓的语声中，在她微蹙的眉尖上，我已看出她是满孕着难告的苦闷与别意。不忍与她的孩子离别，而又不忍阻挡他的前进，这其间是如何的踌躇苦恼，不安！人非铁石，谁不觉此！第二天，第三天，她的筋痛的旧病，便又微微的发作了。这是谁的罪过！行期前一天的晚上，我去向她告别；勉强装出高兴的样子，要逗引开她的忧怀别绪；她也勉强装着并不难过的样子，这还不是她也怕我伤心么？在强装的笑容间，我看出万难遮盖的伤别的阴影。她强忍着呢！以全力忍着呢！母亲也是如此，假定她们是哭了，我一定要弃了我离国的决心！一定的！这夜临别时，我告诉她们说，第二天还要来一次。但是，不，第二天，我决不敢再去向她们告别了。我真怕摇动了我的离国的决心！我宁愿负一次说谎的罪，我宁愿负一次不去拜别的罪！

岳父是真希望我有所成就的，他对于我的离国，用全力来赞助。他老人家仆仆的在路上跑，为了我的事，不知有几次了！托人，找人帮忙，换钱，……都是他在忙着。我不知将如何说感谢的话好！然而临别时，他也不免有戚意。我看他扶着箴，在太阳光中，忙乱的码头上站着，挥着手，我真的感动得说不出话来。

许多朋友，亲戚……他们都给我以在我预想以上之帮忙与亲切的感觉，这使我更不忍于离别了！

果然如此的轻于言离别，而又在外游荡着，一无成就，将如何的伤了祖母、母亲、岳父以及一切亲友的心呢！

别了，我最爱的祖母以及一切亲友们！

三

当我与岳父同车到商务去时，我首先告诉他我将于二十一日动身了。归家时，我将这话第二次告诉给箴，她还以为我是与她开开玩笑的。

“那里的话！真的要这末快就动身么？”

“那一个骗你，自然是真的，因为有同伴。”

她还不信，摇摇头道：“等爸爸回来问他看。你的话不能信。”

岳父回家，她真的去问了。

“那里会假的；振铎一定要动身了，只有六七天工夫。快去预备行装！”他微笑的说着。

箴有些愕然了，“爸爸也骗我！”

“并没有骗你，是一点不假的事。”他正经的说道。

她不响了，显然的心上罩了一层殷浓的苦闷。

“铎，你为什么这样快动身？再等几时，八月间再走不好么？”箴的话有些生涩，不如刚才的轻快了。

一天天的过去，我们俩除同出去置办行装外，相聚的时候很少。我每天还去办公，因为有许多事要结束。

每个黄昏，每个清晨，她都以同一的凄声向我说道：“铎，不要走了吧！”

“等到八月间再走不好么？”

我踌躇着，我不能下一个决心，我真的时时刻刻想不走。去年我们俩一天的相离，已经不可忍受了，何况如今是两三年的相别呢？

我真的不想走！

“泪眼相见，觉无语幽咽，”在别前的三四天已经是如此了。每天的早餐，我都咽不下去，心上似有千百重的铅块压着，说不出的难过。当护照没有签好字时，箴暗暗的希望着英、法领事拒绝签字，于是我可以不走了。我也竟是如此的暗暗的希望着。

当许多朋友请我们饯别宴上，我曾笑对他们说道：“假定我不走呢，吃了这一顿饭要不要奉还？”这不是一句笑话，我是真的这样想呢。即在整理行装时，我还时时的这样暗念着：“姑且整理整理，也许去不成。”

然而护照终于签了字，终于要于第二天动身了。

只有动身的那一天早晨，我们俩是始终的聚首着。我们同倚在沙发上。有千万语要说，却一句也都说不出，只是默默的相对。

箴呜咽的哭了，我眼眶中也装满了热泪。谁能吃得下午饭呢！

码头上，握了手后，我便上船了，船上催送客者回去的铃声已经丁丁的摇着了。我倚在船栏上，她站在岳父身边，暗暗的在拭泪。中间隔的是几丈的空间，竟不能再一握手，再一谈话。此情此景，将何以堪！最后，岳父怕她太伤心了，便领了她先去。那临别的一瞬，她已经不能再有所表示了，连手也不能挥送，只慢慢的走出码头，她的手握着白巾，在眼眶边不停的拭着。我看着她的黄色衣服，她的背影，渐渐的远了，消失在过道中了！

“黯然魂消者惟别而已矣！”

Adieu！Adieu！

希望几个月之后——不敢望几天或几十天，在国外再有一次“不速之客”的经历。

“别离”那真不是容易说的！

（收入1932年新中国书局版《海燕》）

海燕

乌黑的一身羽毛，光滑漂亮，积伶积俐，加上一双剪刀似的尾巴，一对劲俊轻快的翅膀，凑成了那样可爱的活泼的一只小燕子。当春间二三月，轻飔微微的吹拂着，如毛的细雨无因的由天上洒落着，千条万条的柔柳，齐舒了它们的黄绿的眼，红的白的黄的花，绿的草，绿的树叶，皆如赶赴市集者似的奔聚而来，形成了烂熳无比的春天时，那些小燕子，那末伶俐可爱的小燕子，便也由南方飞来，加入了这个隽妙无比的春景的图画中，为春光平添了许多的生趣。小燕子带了它的双剪似的尾，在微风细雨中，或在阳光满地时，斜飞于旷亮无比的天空之上，唧的一声，已由这里稻田上，飞到了那边的高柳之下了。再几只却隽逸的在粼粼如縠纹的湖面横掠着，小燕子的剪尾或翼尖，偶沾了水面一下，那小圆晕便一圈一圈的荡漾了开去。那边还有飞倦了的几对，闲散的憩息于纤细的电线上，——嫩蓝的春天，几支木杆，几痕细线连于杆与杆间，线上是停着几个粗而有致的小黑点，那便是燕子，是多么有趣的一幅图画呀！还有一家家的快乐家庭，他们还特为我们的小燕子备了一个两个小巢，放在厅梁的最高处，假如这家有了一个匾额，那匾后便是小燕子最好的安巢之所。第一年，小燕子来往了，第二年，我们的小燕子，就是去年的一对，它们还要来住。

燕子归来寻旧垒①。

---

① 燕子归来寻旧垒：语出北宋阮逸女《浣溪沙》词，后续两句为“风华尽处是离人，花随柳絮落纷纷”。

还是去年的主，还是去年的宾，他们宾主间是如何的融融泄泄呀！偶然的有几家，小燕子却不来光顾，那便很使主人忧戚，他们邀召不到那么隽逸的嘉宾，每以为自己运命的蹇劣呢。

这便是我们故乡的小燕子，可爱的活泼的小燕子，曾使几多的孩子们欢呼着，注意着，沉醉着，曾使几多的农人们市民们忧戚着，或舒怀的指点着，且曾平添了几多的春色，几多的生趣于我们的春天的小燕子！

如今，离家是几千里！离国是几千里！托身于浮宅之上，奔驰于万顷海涛之间，不料却见着我们的小燕子。

这小燕子，便是我们故乡的那一对，两对么？便是我们今春在故乡所见的那一对，两对么？

见了它们，游子们能不引起了，至少是轻烟似的，一缕两缕的乡愁么？

海水是皎洁无比的蔚蓝色，海波是平稳得如春晨的西湖一样，偶有微风，只吹起了绝细绝细的千万个翻翻的小皱纹，这更使照晒于初夏之太阳光之下的、金光烂灿的水面显得温秀可喜。我没有见过那末美的海！天上也是皎洁无比的蔚蓝色，只有几片薄纱似的轻云，平贴于空中，就如一个女郎，穿了绝美的蓝色夏衣，而颈间却围绕了一段绝细绝轻的白纱巾。我没有见过那么美的天空！我们倚在青色的船栏上，默默的望着这绝美的海天；我们一点杂念也没有，我们是被沉醉了，我们是被带入晶天中了。

就在这时，我们的小燕子，二只，三只，四只，在海上出现了。它们仍是隽逸的从容的在海面上斜掠着，如在小湖面上一样；海水被它的似剪的尾与翼尖一打，也仍是连漾了好几圈圆晕。小小的燕子，浩莽的大海，飞着飞着，不会觉得倦么？不会遇着暴风疾雨么？我们真替它们担心呢！

小燕子却从容的憩着了。它们展开了双翼，身子一落，落在海面上了，双翼如浮圈似的支持着体重，活是一只乌黑的小水禽，在随波上下的浮着，又安闲，又舒适。海是它们那么安好的家，我们真是想不到。

在故乡，我们还会想象得到我们的小燕子是这样的一个海上英雄么?

海水仍是平贴无波，许多绝小绝小的海鱼，为我们的船所惊动，群向远处窜去；随了它们飞窜着，水面起了一条条的长痕，正如我们当孩子时之用瓦片打水漂在水面所划起的长痕。这小鱼是我们小燕子的粮食么?

小燕子在海面上斜掠着，浮憩着。它们果是我们故乡的小燕子么?

啊，乡愁呀，如轻烟似的乡愁呀!

（收入 1932 年新中国书局版《海燕》）

同 舟 者

今天午餐刚毕，便有人叫道："快来看火山，看火山！"

我们知道是经过意大利了，经过那风景秀丽的意大利了，来不及把最后的一口咖啡喝完，便飞快的跑上了甲板。

船在意大利的南端驶过，明显的看得见山上的树木，山旁的房屋。转过了一个湾，便又看见西西利岛的北部了①，这个山峡，水是镜般平。有几只小舟驶过，那舟上的摇橹者也可明显的数得出是几个人。到了下午二时，方才过尽了这个山峡。

啊，我们是已经过意大利了，我们是将到马赛了，许多人都欣欣的喜色溢于眉宇，而我们是离家远了，更远了！

啊，我们是将与一月来相依为命的"阿托士"告别了，将与许多我们所喜的所憎的许多同舟者告别了。这个小小的离愁也将使我们难过。真的是，如今船中已是充满了别意了；一个军官走过来说：

"明天可以把椅子抛在海上了。"

一个葡萄牙水兵操着同我们说的一般不纯熟的法语道：

"后天，早上，再会，再会！"

有的人在互抄着各人的通讯地址，有的人在写着要报关的货物及衣服单，有的人在忙着收拾行装。

别了，别了，我们将与这一月来所托命的"阿托士"别了！

在这将离别的当儿，我们很想恰如其真的将我们的几个同舟者

---

① 西西利岛：今通译西西里岛。

写一写，他们有的是曾给我们以许多帮忙，有的是曾使我们起了很激烈的恶感的。然而，谢上帝，我是自知自己的错误了，在我们所最厌恶者之中，竟有好几个是使我们后来改变了厌恶的态度的。愿上帝祝福他们！我是如何的自惭呀！我觉得没有一个人是压根儿的坏的，我们应该爱人类，爱一切的人类！

第一个使我们想起的是一位葡萄牙太太和她的公子。她是一位真胖的女子，终日喋喋多言。自从香港上船后，一班军官便立刻和她熟悉了，有说有笑的，态度很不稳重。许多正人君子，便很看不起她。在甲板上，在餐厅中，她立刻是一个众目所注的中心人物了。然而，后来我们知道她并不是十分坏的人。在印度洋大风浪中的几天，她都躺在房中没出来。也没人去理会她——饭厅中又已有了一个更可注目的人物了，谁还理会到她。这个后来的人物，我下文也要一写——据说，她晕船了，然而在头晕脚软之际，还勉强的挣扎着为她儿子洗衣服。刚洗不到一半，便又软软的躺在床上轻叹了一口气。她同我们很好。在晕船那几天，每天傍晚，都借了我的藤椅，躺在甲板上休息着。那几天，刚好魏也有病，他的椅子空着，我自然是很乐意的把自己所不必用的椅子借给她。她坐惯了我的椅子，每天都自动的来坐。她坐在那里，说着她的丈夫；说着她的跳舞，“别看我身子胖，许多人和我跳舞过的，都很惊诧于我的‘身轻如燕’呢！”还说着她女儿时代的事；说着她剖了肚皮把孩子取出的事，说着她儿子的不听话而深为叹息。她还轻声的唱着，唱着。听见三层楼客厅里的隐约的音乐声，便双脚在甲板上轻蹬着，随了那隐约的乐声。船过了亚丁，是风平浪静了，许多倒在床上的人都又立起来活动着，魏的病也好了。我于每日午晚二餐后，便有无椅可坐之感，然而我却是不能久立的。于是，踌躇又踌躇，有一天黄昏，只得向她开口了：

“夫人，我坐一会椅子可以不可以。”

她立刻站起来了，说道：“拿去，拿去！”

“十分的对不起！”

“不要紧，不要紧。”

我把我的椅子移到西边坐着，我们的几个人都在一处。隔了不久，她又立在我们附近的船栏旁了，且久立着不走。我非常难过，很想站起来让她，然怕自此又成了例，只得踌躇着，踌躇着，这些时候是我在船上所从没有遇到的难过的心境。然而她终于走开了。自此，她有一二天不上甲板。还有一顿饭是在房里吃的。后来，即使上了甲板，也永远不再坐着我们的椅子。

我一见她的面，我便难过，我只想躲避了她。

她的儿子 Jim 最初也使我们不喜欢。一脸的顽皮相，我们互相说道：“这孩子，我们别惹他吧。”真的，我们一个人也不曾理他。他只同些军官们闹闹。隔了好几天，他也并不见怎么爱闹。我开始见出我的错误。到西贡后，船上又来了二个较小的孩子。Jim 带领了他们玩，也不大欺侮他们。我们看不出他的坏处。在他的十岁生日时，我还为他和他母亲照了一个相。然而他母亲却终于在这日没有一点举动，也没有买一点礼物给他。在这一路上，没有见他吃过一点零食，没有见他哭过一声；对母亲也还顺和。别人上岸去，带了一包一包东西回来，他从来没有闹着要，许多卖杂物的人上船来，他也从不向他母亲要一个两个钱来买。这样的孩子还算是坏么？我颇难过自己最初对他之有了厌恶心。学昭女士还说——她本来是与他们同一个房间的——每天早晨起来时，或每晚就寝时，这个孩子，一定要做一回祷告；这个小小的人儿，穿着睡衣，赤着足儿，跪在地上箱上，或板上，低声合掌的念念有词；念完了，便睁开眼望着他母亲叫了声“妈！”这幅画够多末动人！

一位白发萧萧的老头儿，在西贡方才上船来；他的饭厅上的座位，恰好可以给我们看得见。我不晓得他已有了多少年纪，只看他向下垂挂着的白须，迎着由窗口吹进来的风儿，一根根的微飘着；那样的银须呀，至少增加他以十分的庄严，十二分的美貌。他没有一个朋友，镇日坐着走着，精神仿佛很好。过了好几天，他忽然对我们这几个人很留意。他最先送了一个礼物来，那是由他亲手做成的，一个用线和硬纸板剪缀成的人形，把线一拉手足便会活动着。纸上还用钢笔画了许多眉目口鼻之类。老实说，这人形并不漂亮，然而这老人的皱纹重重的手中做出的礼物，我们却不能不慎重的领受着，慎重的保存着。他很好事，常常到我们桌子上来探探问问。什么在他都是新奇的；照相机也要看看，饼干也要问这是中国的或别国的；还很诧异的看着我们写字；我写着横形的字，这使他更奇怪："是中国字么？中国是直行向下写的。"直到了我们告诉他这是新式的写法，他方才无话，然而"诧异"似还挂在他的眉宇间。有一天，他看见一位穿着牧师的黑衣的西班牙教士来探望我们，他一直注目不已。这位教士刚走出饭厅门口，他便跑来殷殷的查问了："是中国人么？是天主教牧师么？"人家说，老人是像孩子的。这句话真不错。他简直是一位孩子。听说——因为我没有看见——那几天他执了剪刀，硬纸板，针和线，做了不少这些活动的人形分给同饭厅的孩子们。然而没有一个孩子和他亲热，军官们，少年们，太太们，没有一个人理会他。这几天，他是由房里取出一个袋子来，独自坐在椅上，把袋子里的绒线长针都搬出，在那里一针一针的编织着绒线衣衫。他织得真不坏！这绒线衫是做了给谁的呢？我猜不出，我也不想猜。然而我每见了这位白发萧萧而带着童心的孤独的老人，我便不禁有一种无名的感动。

一位瘦瘦的男人，和一位瘦瘦的他的妻，最惹我们讨厌。第一天上船，他们的一个小孩子便啼哭不止，几乎是整夜的哭。徐袁魏三位的房门恰对着他的房门，他们谈话的声音略高，那瘦丈夫便跑来干涉，说是怕扰了孩子的睡眠。他们门窗没有放下，那瘦丈夫又跑来说，有女太太在对门不方便。这使他们非常的气愤。那样瘦得只剩皮和骷髅的脸，唇边两撇乌浓的黑胡子，一见面就使人讨厌。后来，他们终于迁居了一个房间。仿佛孩子也从此不哭了。他们夫妻俩似乎也很沉默，不大和人说话，我们也不大理会他。他们那两个孩子可真有趣。大的女孩不过五岁，已经能够做事了；当她母亲晕船的那几天，她每顿饭总要跑好几趟路，又是面包，冷水，又是菜。我见了那小小的人儿，小小的手儿，慎重其事的把大盆子大水杯子捧着，走过我的面前，我几乎要脱口的说道："小小的朋友，让我替你拿去了吧。"当然，这不过是一瞬间的幻想，并没有真的替她拿过。他们的小女孩子，那是更小了，须有人领着，才会在甲板上走。她那双天真的小黑眼，东方人的圆圆的小脸，常常笑着看着人。我不相信，她便是那位终夜啼哭过的孩子。

再有，上文说起过的那位胖女人；她也是由西贡上船来的。我不是说过了么，有了她一上船，那位葡萄牙太太便失了为军官们所注意的中心人物么？她胖得真可笑，身重至少比那位葡萄牙的胖太太要加重二分之一。她终日的笑声不绝，和那些军官玩笑得更为下流。我们不由得不疑心她是一个妓女。那些和她开玩笑的军官，都是存心要逗她玩玩的，只要看他们那样的和同伴们挤小眼儿便可见。然而她似乎一点也没有觉到这些。她是真心真意的说着，笑着，唱着，闹着，快乐着，不惜以她自己为全甲板，全饭厅的笑料。没有一个人见了她不摇摇头。她常不穿袜子，裸着半个上身，半个下身，拖着一双睡鞋，就这样的入饭厅，上甲板。啊，那肥胖到褶挂下来的黄色肌肉，走一步颤抖一下的，使我见了几乎要发呕。我躺在藤椅上，一见她走过便连忙闭了眼不敢望她一下。没有一个同舟的人比之她使我更厌恶的。有一次，她忽然和一位兔脸儿的军官大开玩笑。她收集了好几瓶的未吃的红酒，由这桌到那桌的收集着，尽往兔脸军官那儿送去。兔脸军官立了起来，满怀抱都是酒瓶。他做的那副神情真使人发笑。于是全饭厅的人都拍了掌。从这一天起，她便每天由这桌到那桌的收集了红酒往兔脸军官那儿送去。只有我们这个桌子，她没有来光顾过；她往往望着我们的酒瓶，我们的酒瓶早已空了。有一天，隔壁桌儿上的军官，故意的把水装满了一瓶放在我们桌上。她来取了，倒还机伶，先倒来一试，说道："水。"又还给我们了。总算我们的桌上，她是始终没有光顾过。后来，船到了波赛，不知什么时候她已上岸了。她的座位上换了一个讨厌的新闻记者，而饭厅里不复闻有笑声。

讲起兔脸军官，我也觉得了自己的错误，有一天，他在Lavatory门口对我说了一声“Bonjour”，我勉强的还了一声。然而他除了和胖女人逗趣外，并无别的讨厌的事。在甲板上，他常常带领了几个孩子们玩耍，细心而且体贴。Jim连连的捏了他的红鼻子，他并不生气，只是笑嘻嘻的，还替两个孩子造了两个小车，放在满甲板上跑. 他总是嘻嘻笑的，对了我总是点头。

啊，在这里，人是没有讨厌的，我是自知自己的错误了。

然而那瘦脸的新闻记者，那因偷钱而被贬入四等舱而常到三等舱来的魔术家，我却是始终讨厌他们的。

不，上帝原谅我，我并没有和他们深交，作兴他们也有可爱之处而为我们所不知道呢！

还有许许多多的军官，同伴，帮忙我们不少的，早有别的人写了，我且不重复，姑止于此。

我在此，得了一个大教训，是：人都是好的。

（收入1932年新中国书局版《海燕》）

宴之趣

虽然是冬天，天气却并不怎么冷，雨点淅淅沥沥的滴个不已，灰色云是弥漫着；火炉的火是熄下了，在这样的秋天似的天气中，生了火炉未免是过于燠暖了。家里一个人也没有，他们都出外“应酬”去了。独自在这样的房里坐着，读书的兴趣也引不起，偶然的把早晨的日报翻着，翻着，看看它的广告，忽然想起去看 *Merry Widow* 吧[①]。于是独自的上了电车，到派克路跳下了。

在黑漆的影戏院中，乐队悠扬的奏着乐，白幕上的黑影，坐着，立着，追着，哭着，笑着，愁着，怒着，恋着，失望着，决斗着，那还不是那一套，他们写了又写，演了又演的那一套故事。

但至少，我是把一句话记住在心上了：

“有多少次，我是饿着肚子从晚餐席上跑开了。”

这是一句隽妙无比的名句；借来形容我们宴会无虚日的交际社会，真是很确切的。

每一个商人，每一个官僚，每一个略略交际广了些的人，差不多他们的每一个黄昏，都是消磨在酒楼菜馆之中的。有的时候，一个黄昏要赶着去赴三四处的宴会；这些忙碌的交际者真是妓女一样，在这里坐一坐，就走开了，又赶到另一个地方去了，在那一个地方又只略坐一坐，又赶到再一个地方去了。他们的肚子定是不会饱的，我想。有几个这样的交际者，当酒阑灯灺，应酬完毕之后，定是回到家中，叫底下人烧了稀饭来堆补空肠的。

---

① *Merry Widow*：美国电影名《风流寡妇》。

我们在广漠繁华的上海，简直是一个村气十足的“乡下人”；我们住的是乡下，到“上海”去一趟是不容易的，我们过的是乡间的生活，一月中难得有几个黄昏是在“应酬”场中度过的。有许多人也许要说我们是“孤介”，那是很清高的一个名辞。但我们实在不是如此，我们不过是不惯征逐于酒肉之场，始终保持着不大见世面的“乡下人”的色彩而已。

“偶然的有几次，承一二个朋友的好意，邀请我们去赴宴。在座的至多只有三四个熟人，那一半生客，还要主人介绍或自己去请教尊姓大名，或交换名片，把应有的初见面的应酬的话讷讷的说完了之后，便默默的相对无言了。说的话都不是有着落，都不是从心里发出的；泛泛的，是几个音声，由喉咙头溜到口外的而已。过后自己想起那样的敷衍的对话，未免要为之失笑。如此的，说是一个黄昏在繁灯絮语之宴席上度过了，然而那是如何没有生趣的一个黄昏呀？

有几次，席上的生客太多了，除了主人之外，没有一个是认识的；请教了姓名之后，也随即忘记了。除了和主人说几句话之外，简直的无从和他们谈起。不晓得他们是什么行业，不晓得他们是什么性质的人，有话在口头也不敢随意的高谈起来。那一席宴，真是如坐针毡；精美的羹菜，一碗碗的捧上来，也不知是什么味儿。终于忍不住了，只好向主人撒一个谎，说身体不大好过，或说是还有应酬，一定要去的。——如果在谣言很多的这几天当然是更好托辞了，说我怕戒严提早，要被留在华界之外——虽然这是无礼貌的，不大应该的，虽然主人是照例的殷勤的留着，然而我却不顾一切的不得不走了。这个黄昏实在是太难挨得过去了！回到家里以后，买了一碗稀饭，即使只有一小盏萝卜干下稀饭，反而觉得舒畅，有意味。

如果有什么友人做喜事，或寿事，在某某花园，某某旅社的大厅里，大张旗鼓的宴客，不幸我们是被邀请了，更不幸我们是太熟的友人，不能不到，也不能道完了喜或拜完了寿，立刻就托辞溜走的，于是这又是一个可怕的黄昏。常常的张大了两眼，在寻找熟人，好容易找到了，一定要紧紧的和他们挤在一起，不敢失散。到了坐席时，便至少有两三人在一块儿可以谈谈了，不至于一个人独自的局促在一群生面孔的人当中，惶恐而且空虚。当我们两三个人在津津的谈着自己的事时，偶然抬起眼来看着对面的一个坐客，他是凄然无侣的坐着；大家酒杯举了，他也举着；菜来了，一个人说："请，请，"同时把牙箸伸到盘边，他也说，"请，请，"也同样的把牙箸伸出。除了吃菜之外，他没有目的，菜完了，他便局促的独坐着。我们见了他，总要代他难过，然而他终于能够终了席方才起身离座。

宴会之趣味如果仅是这样的，那末，我们将咒诅那第一个发明请客的人；喝酒的趣味如果仅是这样的，那末，我们也将打倒杜康与狄奥尼修士了①。

然而又有的宴会却幸而并不是这样的；我们也还有别的可以引起喝酒的趣味的环境。

独酌，据说，那是很有意思的。我少时，常见祖父一个人执了一把锡的酒壶，把黄色的酒倒在白磁小杯里，举了杯独酌着；喝了一小口，真正一小口，便放下了，又拿起筷子来夹菜。因此，他食得很慢，大家的饭碗和筷子都已放下了，且已离座了，而他却还在举着酒杯，不匆不忙的喝着。他的吃饭，尚在再一个半点钟之后呢。而他喝着酒，颜微酡着，常常叫道："孩子，来，"而我们便到了他的跟前。他夹了一块只有他独享着的菜蔬放在我们口中，问道"好吃么？"我们往往以点点头答之，在孙男与孙女中，他特别的喜欢我，叫我前去的时候尤多。常常的，他把有了短髭的嘴吻着我的面颊，微微有些刺痛，而他的酒气从他的口鼻中直喷出来。这是使我很难受的。

这样的，他消磨过了一个中午和一个黄昏。天天都是如此。我

---

① 杜康：中国传说中酒的发明者、酿酒行业祖师爷。狄奥尼修士：今通译狄俄尼索斯，希腊神话中的酒神。

没有享受过这样的乐趣。然而回想起来，似乎他那时是非常的高兴，他是陶醉着，为快乐的雾所围着，似乎他的沉重的忧郁都从心上移开了，这里便是他的全个世界，而全个世界也便是他的。

别一个宴之趣，是我们近几年所常常领略到的，那就是集合了好几个无所不谈的朋友，全座没有一个生面孔，在随意的喝着酒，吃着菜，上天下地的谈着。有时说着很轻妙的话，说着很可发笑的话，有时是如火如剑的激动的话，有时是深切的论学谈艺的话，有时是随意的取笑着，有时是面红耳热的争辩着，有时是高妙的理想在我们的谈锋上触着，有时是恋爱的遇合与家庭的与个人的身世使我们谈个不休。每个人都把他的心胸赤裸裸的袒开了，每个人都把他的向来不肯给人看的面孔显露出来了；每个人都谈着，谈着，谈着，只有更兴奋的谈着，毫不觉得“疲倦”是怎么一个样子。酒是喝得干了，菜是已经没有了，而他们却还是谈着，谈着，谈着。那个地方，即使是很喧闹的，很湫狭的，向来所不愿意多坐的，而这时大家却都忘记了这些事，只是谈着，谈着，谈着，没有一个人愿意先说起告别的话。要不是为了戒严或家庭的命令，竟不会有人想走开的。虽然这些闲谈都是琐屑之至的，都是无意味的，而我们却已在其间得到宴之趣了；——其实在这些闲谈中，我们是时时可发现许多珠宝的；大家都互相的受着影响，大家都更进一步了解他的同伴，大家都可以从那里得到些教益与利益。

“再喝一杯，只要一杯，一杯。”

“不，不能喝了，实在的。”

不会喝酒的人每每这样的被强迫着而喝了过量的酒。面部红红的，映在灯光之下，是向来所未有的壮美的丰采。

“圣陶，干一杯，干一杯，”我往往的举起杯来对着他说，我是很喜欢一口一杯的喝酒的。

“慢慢的，不要这样快，喝酒的趣味，在于一小口一小口的喝，不在于‘干杯’，”圣陶反抗似的说，然而终于他是一口干了，一杯又是一杯。

连不会喝酒的愈之、雁冰，有时，竟也被我们强迫的干了一杯。于是大家哄然的大笑，是发出于心之绝底的笑。

再有，佳年好节，合家团团的坐在一桌上，放了十几双的红漆筷子，连不在家中的人也都放着一双筷子，都排着一个座位。小孩子笑孜孜的闹着吵着，母亲和祖母温和的笑着，妻子忙碌着，指挥着厨房中厅堂中仆人们的做菜，端菜，那也是特有一种融融泄泄的乐趣，为孤独者所妒羡不止的，虽然并没有和同伴们同在时那样的宴之趣。

还有，一对恋人独自在酒店的密室中晚餐；还有，从戏院中偕了妻子出来，同登酒楼喝一二杯酒；还有，伴着祖母或母亲在熊熊的炉火旁边，放了几盏小菜，闲吃着宵夜的酒，那都是使身临其境的人心醉神怡的。

宴之趣是如此的不同呀！

（收入1932年新中国书局版《海燕》集）

暮影笼罩了一切

“四行孤军”的最后枪声停止了。临风飘荡的国旗，在群众的黯然神伤的凄视里，落了下来。有低低的饮泣声。

但不是绝望，不是降伏，不是灰心，而是更坚定的抵抗与牺牲的开始。

苏州河畔的人渐渐的散去。灰红色的火焰还可望得到。

血似的太阳向西方沉下去。

暮色开始笼罩了一切。

是群鬼出现，百怪跳梁的时候。

没有月，没有星，天上没有一点的光亮。黑暗渐渐的统治了一切。

我带着异样的心，铅似的重，钢似的硬，急忙忙的赶回家，整理着必要的行装，焚毁了有关的友人们的地址簿，把铅笔纵横写在电话机旁墙上的电话号码，用水和抹布洗去。也许会有什么事要发生。准备着随时离开家。先把日记和有关的文稿托人寄存到一位朋友家里去。

小箴已经有些懂事，总是依恋在身边。睡在摇篮里的倍倍，却还是蒙蒙懂懂的。看望着他们，心里浮上了一缕凄楚之感。生活也许立刻便要发生问题。

但挺直着身体，仰着头，预想着许多最坏的结果，坚定的作着应付的打算。

下午，文化界救亡协会有重要的决议，成为分散的地下的工作机关。《救亡日报》停刊了。一部分的友人们开始向内地或香港撤退。他们开始称上海为“孤岛”。但我一时还不想离开这“孤岛”。

夜里，我手提着一个小提箱，到章民表叔家里去借住。温情的招待，使我感到人世间的暖热可爱。在这样彷徨若无所归的一个时间，格外的觉到“人”的同情的伟大与“人间”的可爱可恋。个个人都是可亲的，无机心的，兄弟般的友爱着，互助着，照顾着。他们忘记了将临的危险与恐怖，只是热忱的容留着，招待着，只有比平时更亲切，更关心。

白天，依然到学校里授课，没有一分钟停顿过讲授。学生们在炸弹落在附近时，都镇定的坐着听讲；教授们在炸声轰隆，门窗格格作响时，曾因听不见语声而暂时停讲半分数秒，但炸声一息，便又开讲下去。这时，师生们也格外的亲近了；互相关心着安全。他们谈说着我们的“马其诺防线”的可靠，信任着我们的军官与士兵。种种的谣传都像冰在火上似的消融无踪。可爱的青年们是坚定的。没有凄惋，没有悲伤，只是坚定的走着应走的路。有的，走了；从军或随军做着宣传的工作。不走的，更热心的在做着功课，或做着地下的工作。他们不知恐怖，不怕艰苦，虽然恐怖与艰苦正在前面等待着他们。教员休息室里的议论比较复杂，但没有一句“必败论”的见解听得到。

后来，“马其诺防线”的防守，证明不可靠了；南京被攻下，大屠杀在进行。“马当”的防线也被冲破了。但一般人都还没有悲观。“信仰”维持着“最后胜利”的希望。“民族意识”坚定着抵抗与牺牲的决心。

同时，狐兔与魍魉们却更横行着。“大道市政府”成立，“维新政府”成立。暗杀与逮捕，时时发生。“苏州河北”成了恐怖的恶魔的世界。“过桥”是一个最耻辱的名辞。

汉奸们渐渐的在“孤岛”似的桥南活动着，被杀与杀人。有一个记者，被杀了之后，头颅公开的挂在电竿上示众。有许多人不知怎样的失了踪。

极小的一部分知识分子动摇了。

学生们常常来告密，某某教员有问题，某某人很可疑。但我还天真的不信赖这些“谣言”。在整个民族作着生死决战的时期，难道知识分子还会动摇变节么？这简直是不可思议的“盲猜”与“瞎想”。

但事实证明了他们情报的真确不假。

有一个早上，与董修甲相遇，我在骂汉奸，他也附和着。但第二天，他便不来上课了。再过了几天，在报上知道他已做了伪官。

张素民也总是每天见面，每天附和着我的意见，但不久，也便销声匿迹，之后，也便公开的做了什么“官”了。

还有一个张某，和陈柱，因受伪方的津贴，这事，我也不相信。但到了陈柱（这个满嘴的“威武不能屈，富贵不能淫”的东西）“走马上任”，张某被友人且劝且迫的到了香港发表“自首文”时，我也才觉得自己是被骗受欺了。

可怕的“天真”与对于知识分子的过分看重啊！

学生里面也出现“奸党”。好在他们都是“走马上任”去的，不屑在学校里活动；也不敢公开的宣传什么，或有什么危害。他们总不免有些“内愧”。学校里面依然是慷慨激昂的我行我素。

虽然是两迁三迁的，校址天天的缩小，但精神却很好；很亲切，很温暖，很愉快。

青年们还在举行“座谈会”什么的。也出版了些文艺刊物；还做着民众文艺的运动，办着平民夜校。和平时没有什么不同；只不过多带着些警觉性。可爱与骄傲，信仰与决心，交织成了这一时期的青年们活动的趋向。

我还每夜都住在外面。有时候也到古书店里去跑跑。偶然的也挟了一包书回来。借榻的小室里，书又渐渐的多起来。生活和平常差不了多少，只是十分小心的警觉着戒备着。

有一天到了中国书店，那乱糟糟的情形依样如旧。但伙计们告诉我：日本人来过了，要搜查《救亡日报》的人；但一无所得。《救亡日报》的若干合订本放在阴暗的后房里，所以他们没有觉察到。搜查时，汪馥泉恰好在那里。日本人问他是谁。他穿着一件蓝布长衫，头发长长的，长久不剪了，答道："是伙计"。也真像一个古书店的伙计，才得幸免。以后，那一批"合订本"便由汪馥泉运到香港去。敌人的密探也不曾再到中国书店过。亏得那一天我没有在那里。

还有一天，我坐在中国书店，一个日本人和伙计们在闲谈，说要见见我和潘博山先生。这人是清水，管文化工作的。一个伙计偷偷的问我道，"要见他么?"我连忙摇摇头。一面站起来，在书架上乱翻着，装着一个购书的人。这人走了后，我向伙计们说道："以后要有人问起我或问我地址的，一概回答不知道，或长久没有来了一类的话。"为了慎重，又到汉口路各肆嘱咐过。

我很感谢他们，在这悠久的八年里，他们没有替我泄露过一句话，虽然不时的有人去问他们。

隔了一个多月，好像没有什么意外的事会发生，我才再住到家里去。

夜一刻刻的黑下去。

有人在黑夜里坚定的守着岗位，做着地下的工作；多数的人则守着信仰在等待天亮。极少数的人在做着丧心病狂的为虎作伥的事。

这战争打醒了久久埋伏在地的"民族意识"；也使民族败类毕现其原形。

(收入 1951 年上海出版公司版《蛰居散记》)

秋夜吟

幸亏找到了小石。这一年的夏天特别热，整个夏天我以面包和凉开水作为午餐；等太阳下去，才就从那蛰居小楼的蒸烤中溜出来，嘘一口气，兜着圈子，走冷僻的路到他家里，用我们的话，“吃一顿正式的饭”。

小石是一个顽皮的学生，在教室里发问最多，先生们一不小心，就要受窘。但这次在忧患中遇见，他却变得那么沉默寡言了。既不问我为什么不到内地去，也不问我在上海有什么任务，当然不问我为什么不住在庙弄，绝对不问我如今住在什么地方。

我突然的找到他了，突然每晚到他家里吃饭了，然而这仿佛是平常不过的事，早已如此，一点不突然。料理饮食的也是小石一位朋友的老太太，我们共同享用着正正式式的刚煮好的饭，还有汤，——那位老太太在午间从不为自己弄汤菜，那是太奢侈了。——在那里，我有一种安全的感觉。直到有一次我在这“晚宴”上偶然缺席，第二天去时看到他们的脸上是怎样从焦虑中得到解放，才知道他们是如何理解我的不安全。那位老太太手里提着铲刀，迎着我说：“哎呀，郑先生，您下次不来吃饭最好打电话来关照一声啊，我们还当您怎么了呢。”

然而小石连这个也不说。

于是只好轮到我找一点话，在吃过晚饭之后，什么版画，元曲，变文，老庄哲学，都拿来乱谈一顿，自己听听很像是在上文学史之类，有点可笑。

于是我们就去遛马路。

有时同着二房东的胖女孩，有时拉着后楼的小姐L，大家心里舒舒坦坦的出去“走风凉”，小石是喜欢魏晋风的，就名之谓“行散”。

遛着遛着也成为日课，一直到光脚踏屐的清脆叩声渐渐冷落下来，后门口乘风凉的人们都缩进屋里去了，我们行散的兴致依然不减。

秋天的黄昏比夏天的更好，暮霭像轻纱似的一层一层笼罩上来，迷迷糊糊的雾气被凉风吹散。夜了，反觉得亮了些，天蓝的清清净净，撑得高高的，嵌出晶莹皎洁的月亮，真是濯心涤神，非但忘却追捕，躲避，恐怖，愤怒，直要把思维上腾到国家世界以外去。

我们一边走着，一边谈性灵，谈人类的命运，争辩月之美是圆时还是缺时，是微云轻抹还是万里无垠。……

小石的住所朝南再朝南。是徐家汇路，临着一条河，河南大都是空地和田，没有房子遮着，天空更畅得开，我们从打浦桥顺着河沿往下走往下走，把一道土堆算城墙，又一幢黑的房屋算童话里的堡垒，听听河水是不是在流。

走得微倦，便靠在河边一株横倒的树干上，大家都不谈话。

可是一阵风吹过来了，夹着河水污浊的气味，薰得我们站起来。这条河在白天原是不可向迩的。“夜只是遮盖，现实到底是现实，不能化朽腐为神奇！”小石叹了口气。

觉着有点凉，我随手取起了放在树干上的外衣，想穿。“嗄！”L叫了起来：“有毛毛虫，”外衣上附着两只毛虫呢，连忙抖拍了下去。大家一阵忙，皮肤起着栗，好像有虫在爬。

“不要神经过敏了，听，叫哥哥在叫呢。”

“不，那是纺织娘。”

“哪里，那一定是铜管娘。”

“什么铜管娘，昆虫学里没有的名字。”

其实谁也没有研究过昆虫学。热心的争论起来了，把毛毛虫的不快就此抖掉。

“听，那边更多呢，”“那边更多呢。”

一路倾听过去，忽然有一个孩子的声音叫：

“在这里了。”

那是一个穿了睡衣裤的小孩，手里执着小竹笼，一条辫子梢上还系着红线，一条辫子已经散了，大概是睡了听见叫哥哥叫的热闹又爬起来的。

“你不要动，等我捉，”铁丝网那边的丛莽中有一个男人在捉，看样子很是外行，拿了盒火柴，一根根划着。

秋虫的声音到处都是，可是去捉呢，又像在这里，又像在那里，孩子怕铁丝网刺他，又急着捉不到，直叫。

小石也钻进丛莽里去了。

一个骑自行车的人经过，也停下来，放好了车，取下了车上的电石灯，也加入去捉了。

这人可是个惯家，捉了一会，他说，“不行，这样，你拿着灯，我们来捉，”原来的男人很听话的赶快把灯接过来，很合拍的照亮着。

果然，不一会，骑自行车的人就捉到了一只，大家钻出来，孩子喜欢得直跳。

骑自行车的人大大的手里夹着叫哥哥，因为感觉到大家欣赏他的成功而害羞，怯怯的说道：“给谁呢？给谁呢？”

原来在捉的男人就推给小石说：“先给他吧，他不会捉的。”孩子也说：“给你吧，我们还好再捉。”

小石被这亲热的退让和赠予弄得不好意思起来，连忙走开去，说：“哪里，哪里，我原不想要，我是帮你们捉的，”想想自己又不会捉，又改说：“我不过凑凑热闹。”

我们也说：“小妹妹别客气了，把它放在笼子里吧，看跳掉了。”

那个孩子才欢欢喜喜感谢地要了，男人和骑自行车的又钻进丛莽中去。

小石一边走，一边笑，一边咕噜，“我又不是小孩子。推给我做什么。”

L说：“人家当你比那个小孩还小啦。这又有什么可脸红的呢。”

于是小石就辩了：“月亮光底下看得出脸红脸白么。”

其实我们大家都饫饮这善良的温情而陶然了。

走得很远，回过头去，还看得见从莽里一闪一闪亮着自行车的摩电灯。

蝉与纺织娘

你如果有福气独自坐在窗内，静悄悄的没一个人来打扰你，一点钟，两点钟的过去，嘴里衔着一支烟，躺在沙发上慢慢的喷着烟云，看它一白圈一白圈的升上，那末在这静境之内，你便可以听到那墙角阶前的鸣虫的奏乐。

那鸣虫的作响，真不是凡响；如果你曾听见过曼杜令的低奏，你曾听见过一支洞箫在月下湖上独吹着，你曾听见过红楼的重幔中透漏出的弦管声，你曾听见过流水淙淙的由溪石间流过，或你曾倚在山阁上听着飒飒的松风在足下拂过，那末，你便可以把那如何清幽的鸣虫之叫声想象到一二了。

虫之乐队，因季候的关系而颇有不同，夏天与秋令的虫声，便是截然的两样。蝉之声是高旷的，享乐的，带着自己满足之意的；它高高的栖在梧桐树或竹枝上，迎风而唱，那是生之歌，生之盛年之歌，那是结婚曲，那是中世纪武士美人的大宴时的行吟诗人之歌。无论听了那叽……叽……的曼长声，或叽格……叽格……的较短声，都可同样的受到一种轻快的美感。秋虫的鸣声最复杂。但无论纺织娘的咭嘎，蟋蟀的唧唧，金铃子之叮令，还有无数无数不可名状的秋虫之鸣声，其声调之凄抑却都是一样的，它们唱的是秋之歌，是暮年之歌，是薤露之曲。它们的歌声，是如秋风之扫落叶，怨妇之奏琵琶，孤峭而幽奇，清远而凄迷，低徊而愁肠百结。你如果是一个孤客，独宿于荒郊逆旅，一盏荧荧的油灯，对着一张板床，一张木桌，一二张硬板凳，再一听见四壁唧唧知知的虫声间作，那你今夜便不用再想稳稳的安睡了，什么愁情，乡思，以及人生之悲感，都会一串串的从根儿勾引起来，在你心上翻来复去，如白老鼠在戏笼中走轮盘一般，一上去便不用想下来憩息。如果你不是一个客人，你有家庭，你有很好的太太，你并没有什么闲愁胡想，那末，在你太太已睡之后，你想在书房中静静的写些东西时，这唧唧的秋虫之声却也会无端的窜入你的心里，翻掘起你向不曾有过的一种凄感呢。如果那一夜是一个月夜，天井里统是银白色，枯秃的树影，一根一条的很清朗的印在地上，那末你的感触将更深了。那也许就是所谓悲秋。

秋虫之声，大都在蝉之夏曲已告终之后出现，那正与气候之寒暖相应。但我却有一次奇异的经验；在无数的纺织娘之鸣声已来了之后，却又听得满耳的蝉声。我想我们的读者中有这种经验的人是必不多的。

我在山中，每天听见的只有蝉声，鸟声还比不上。那时天气是很热，即在山上，也觉得并不凉爽。正午的时候，躺在廊前的藤榻上，要求一点的凉风，却见满山的竹树梢头，一动也不动，看看足底下的花草，也都静静的站着，如老僧入了定似的。风扇之类既得不到，只好不断的用手巾来拭汗，不断的在摇挥那纸扇了。在这时候，往往有几缕的蝉声在槛外鸣奏着。闭了目，静静的听了它们在忽高忽低，忽断忽续，此唱彼和，仿佛是一大阵绝清幽的乐队在那里奏着绝清幽的曲子，炎热似乎也减少了，然后，朦胧的朦胧的睡去了，什么都不觉得。良久，良久，清梦醒来时，却又是满耳的蝉声。山中的蝉真多！绝早的清晨，老妈子们和小孩子们常去抱着竹竿乱摇一阵，而一只二只的蝉便要跟随了朝露而落到地上了。每一个早晨，在我们滴翠轩的左近，至少是百只以上之蝉是这样的被捉。但蝉声并不减少。

常常的，一只蝉两只蝉，叽的一声，飞入房内，如平时我们所见的青油虫及灯蛾之飞入一样。这也是必定被人所捉的。有一天，见有什么东西在槛外倒水的铅斗中咯笃咯笃的作响，俯身到槛外一看，却又是一只蝉，这当然又是一个俘虏了。还有好几次，在山脊上走时，忽见矮林丛中有什么东西在动，拨开林丛一看，却也是一只蝉。它是被竹枝竹叶挡阻住了不能飞去。我把它拾在手中。同行的心南先生说，“这有什么稀奇，放走了它吧。要多少还怕没有!”我便顺手把它向风中一送，它悠悠扬扬的飞去很远很远，渐渐的不见了。我想不到这只蝉就在刚才是地上拾了来的那一只!

初到时，颇想把它们捉几个寄到上海去送送人。有一次，便托了老妈子去捉。她在第二天一早，果然捉了五六只来放在一个大香烟纸盒中，不料给依真一见，她却吵着，带强迫的要去。我又托那个老妈子去捉。第二天，又捉了四五只来。依真的纸盒中却只剩下两只活的，其余的都死了。到了晚上，我的几只，也死了一半。因此，寄到上海的计划遂根本的打消了。从此以后，便也不再托人去捉，自己偶然捉来的，也都随手的放去了。那样不经久的东西，留下了它干什么用！不过孩子们却还热心的去捉。依真每天要捉至少三只以上用细绳子缚在铁杆上。有一次，曾有一只蝉居然带了红绳子逃去了；很长的一根红绳子，拖在它后面，在风中飘荡着，很有趣味。

半个月过去了；有的时候，似乎蝉声略少，第二天却又多了起来。虽然是叽……叽……的不息的鸣着，却并不觉喧扰；所以大家都不讨厌它们。我却特别的爱听它们的歌唱，那样的高旷清远的调子，在什么音乐会中可以听得到！所以我每天以蝉声将绝为虑，时时的干涉孩子们的捕捉。

到了一夜，狂风大作，雨点如从水龙头上喷出似的，向槛内廊上倾倒。第二天还不放晴。再过一天，晴了，天气却很凉，蝉声乃不再听见了！全山上的鸣唱着的却换了一种咭嘎……咭嘎……的急促而凄楚的调子，那是纺织娘。

“秋天到了，”我这样的说着，颇动了归心。

再一天，纺织娘还是咭嘎咭嘎的唱着。

然而，第三天早晨，当太阳晒得满山时，蝉声却又听见了！且很不少。我初听不信；叽……叽……叽格……叽格……那确是蝉声！纺织娘之声却又潜踪了。

蝉回来了，跟它回来的是炎夏。从箱中取出的棉衣又复放入箱中。下山之计遂又打消了。

谁曾于听了纺织娘歌声之后再听见蝉的夏曲呢？是我的一个有趣的经验。

十一月八日夜补记

（收入1927年开明书店版《山中杂记》）

苦 鸦 子

乌鸦是那末黑丑的鸟，一到傍晚，便成群结阵的飞于空中，或三两只栖于树下，苦呀，苦呀的叫着，更使人起了一种厌恶的情绪。虽然中国许多抒情诗的文句，每每的把鸦美化了，如“寒鸦数点”“暮鸦栖未定”之类，读来未尝不觉其美，等到一听见其声，思想的美感却完全消失了，心上所有的只是厌恶。

在山中也与在城市中一样，免不了鸦的干扰。太阳的淡金色光线，弱了，柔和了，暮霭渐渐的朦胧的如轻纱似的幔罩于岗峦之腰，田野之上，西方是血红的一个大圆盘悬在地平上，四边是金彩斑斓的云霞，点染在半天；工作之后，躺在藤榻上，有意无意的领略着这晚霞天气的图画。经过了这样静谧的生活的，准保他一辈子不会忘了，至少是要在城市的狭室中不时想起的。不幸这恬静可爱的山中的黄昏，却往往为苦呀！苦呀的鸦声所乱。

有一天，晚餐吃得特别的早；几个老婆子趁着太阳光未下山，把厨房中盆碗等物都收拾好了，便也上楼靠在红栏杆上闲谈。

“苦呀！苦呀!”几只乌鸦栖在对面一株大树上，正朝着我们此唱彼和的歌叫着。

“苦鸦子！我们乡下人总说她是嫂嫂变的。”汤妈说。

江妈接着道:“我们那里也有这话。婆婆很凶，姑娘又会挑嘴，弄得嫂嫂常常受婆婆的气，还常常的打她，男人又一年间没有几时在家。有一次，她把米饭从后门给了些叫化的；她姑娘看见了，马上去告诉她的娘。还挑拨的说：‘嫂嫂常常把饭给人家。’于是婆婆生了大气，用后门的门闩，没头没脑的打了她一顿，她浑身是伤。

气不过，就去投河。却为邻居看见了救起，把她湿淋淋的送回家。她婆婆姑娘还骂她假死吓诈人。当夜，她又用衣带把自己吊死在床前了。过了几个月，她男人回家，他的娘却淡淡的说，她得病死了。但她的灵魂却变了乌鸦，天天在屋前树上苦呀！苦呀的叫着。”

“做人家媳妇实在不容易。”江妈接着说：“像我们那里媳妇吃苦的真不少！”

汤妈说，“可不是！前半年在少爷家里用的叶妈还不是苦到无处说！一天到晚打水，烧饭，劈柴，种田，摘豆子，她婆婆还常常的叽哩咕噜骂她。碰到丈夫好些的，也还好，有地方说说。她的丈夫却又是牛脾气，好赌。输了，总拿她来出气，打得呀，浑身是伤！有一次，她给我看，一身的青肿，半个月一个月还不会退。好容易来帮人家，虽然劳碌些，比在家里总算是好得多了。一月三块半工钱，一个也不能少，都要寄回家。她丈夫还时时来找她要钱！她说起来常哭！上一次，她不是辞了回家么？那是她丈夫为了赌钱的事，被人家打伤了，一定要她回去服侍。这一向都没有信来，问她乡里人也不知道。这一半年总不见得会出来了。”

江妈道：“汤奶奶你是好福气！说是童养媳，婆婆待你比自己的女儿还好。男人又肯干，家里积的钱不少了，去年不是又买了几亩田么？你真可以回去享福了，汤奶奶！”

“那里的话！我们那里说得上享福两个字！我们的婆婆待我可真不差，比自己的姆妈还好！”

这时，一声不响的刘妈插嘴道：“汤奶奶待她婆婆也真是好；自己的娘病，还不大挂心，听说她婆婆有什么难过，就一定要回去看看的了！上次她婆婆还托人带了大棉袄给她，真是疼她！”

汤妈指着刘妈向江妈道：“她真可怜！人是真好，只可惜有些太老实，常给人欺负。她出来帮人家也是没法的。她家里不是少吃的，穿的，只是她婆婆太厉害了，不是打，就是骂；没有一天有好日子过。自从她男人死了，婆婆更恨她入骨，说她是克夫。她到外边来，赛如在天堂上！”

刘妈一声不响的听着她在谈自己的身世。栏杆外面乌鸦还是一声苦呀！苦呀在叫着，夜色已经成了深灰色了。

“刘妈，天黑了，怎么还不点灯？天天做的事都会忘了么！”她主妇的声音，严厉的由后房传出。

“噢，来了，”刘妈连忙的答应，慌慌张张的到后面去了。

“真作孽，像她这样的人，到处要给人欺负。”江妈说。“还好她是个呆子，看她一天到晚总是嘻嘻的笑脸。”

“不，”汤妈说，“别看她呆头呆脑的；她和我谈起来，时时的落泪呢。有一次，给她主妇大骂了一顿以后，她便跑到自己房里痛哭。到了夜里，我睡时，还听见她在呜咽的抽泣！”

想不到刘妈是这样的一个人，自到山中来后，我们每以她为乐天的痴呆人，往往的拿她来取笑，她也从没有发怒过，谁晓得她原是这样的一个“苦鸦子”！

这时，黑夜已经笼罩了一切。江妈说：“我也要去点灯了。”

“苦呀，苦呀！”的乌鸦已经静止，大约它们是栖定在巢中了。

十一月十二日夜追记

（收入 1927 年开明书店版《山中杂记》）

售书记

嗟食何如售故书，疗饥分得蠹虫余。
丹黄一付绛云火，题跋空传士礼居。
展向晴窗胸次了，抛残午枕梦回初。
莫言自有屠龙技，剩作天涯稗贩徒。

以上是一个旧友的售书诗，这个旧友和我常在古书店里见到。从前，大家都卖书，不免带点争夺的情形，彼此有些猜忌。劫中，我卖书，他也卖书，见了面，大家未免常常叹气，谈着从来不会上口的柴米油盐的问题。他先卖石印书，自印的书，然后卖明清刊本的书。后来，便不常在古书店见到他了。大约书已卖得差不多，不是改行做别的事，便是守在家里不出门。关于他，有种种的传说。我心里很难过，实在不愿意在这里再提起，这是一位在这个大时代里最可惜、惨酷的牺牲者。但写下他抄给我的这首诗时，我不能不黯然！

说到售书，我的心境顿时要阴晦起来。谁想得到，从前高高兴兴，一部部，一本本，收集起来，每一部书，每一本书，都有它的被得到的经过和历史；这一本书是从那一家书店里得到的，那一部书是如何的见到了，一时踌躇未取，失去了，不料无意中又获得之；那一部书又是如何的先得到一二本，后来，好容易方才从某书店的残书堆里找到几本，恰好配全，配全的时候，心里是如何的喜悦；也有永远配不全的，但就是那残帙也很可珍贵，古宫的断垣残刻，不是也足以令人留连忘返么？那一本书虽是薄帙，却是孤本单行，极不易得；那一部书虽是同光间刊本，却很不多见；那一本书虽已收入某丛书中，这本却是单刻本，与丛书本异同甚多；那一部书见于禁书目录，虽为陋书，亦自可贵。至于明刊精本，黑口古装者，万历竹纸，传世绝罕者，与明清史料关系极巨者，稿本手迹，从无印本者，等等。则更是见之心暖，读之色舞。虽绝不巧取豪夺，却自有其争斗与购取之阅历。差不多每一本，每一部书于得之之时都有不同的心境，不同的作用。为什么舍彼取此，为什么前弃今取，在自己个人的经验上，也各自有其理由。譬如，二十年前，在中国书店见到一部明刊蓝印本《清明集》和一部道光刊本《小四梦》，价各百金，我那时候倾囊只有此数，那末，还是购《小四梦》吧。因为我弄中国戏曲史，《小四梦》是必收之书。然而在版本上，或在藏书家的眼光看来，那《清明集》，一部极罕见的古法律书，却是如何的珍奇啊！从前，我不大收清代的文集，但后来觉得有用，便又开始大量收购了。从前，对于词集有售书记偏嗜，有见必收。后来，兴趣淡了些，便于无意中失收了不少好词集。凡此种种，皆寄托着个人的感情。如鱼饮水，冷暖自知。谁想得到，凡此种种，费尽心力以得之者，竟会出以易米么？谁更会想得到，从前一本本，一部部书零星收得，好容易集成一类，堆作数架者，竟会一捆捆，一箱箱的拿出去卖的么？我从来不肯好好的把自己的藏书编目，但在出卖的时候，买书的先要看目录，便不能不咬紧牙关，硬了头皮去编。编目的时候，觉得部部书本本书都是可爱的，都是舍不得去的，都是对我有用的，然而又不能不割售。摩挲着，仔细的翻看着，有时又摘抄了要用的几节几段，终于舍不得，不愿意把它上目录。但经过了一会，究竟非卖钱不可，便又狠了狠心，把它写上。在劫中，像这样的“编目”，不止三两次了。特别在最近的两年中，光景更见困难了，差不多天天都在打“书”的主意，天天在忙于编目。假如天还不亮的话，我的出售书目又要从事编写了。总是先去其易得者，例如《四部丛刊》，百衲本《廿四史》之类，《四部丛刊》，连二三编，我在前年，只卖了伪币四万元，百衲本《廿四史》，只卖了伪币一万元。谁想得到，在今年今日，要想再得到一部，便非花了整年的薪水还不够么？只好从此不作再收藏这一类大部书的念头了。最伤心的是，一部石印本《学海类编》，我不时要翻查，好几次书友们见到了，总要怂恿我出卖，我实在舍不得。但最后，却也不得不卖了。卖得的钱，还不够半个月花，然而如今再求得一部，却也已非易了。其后，卖了一大批明本书，再后来，又卖了八百多种清代文集，最后，又卖了好几百种清代总集文集及其他杂书。大凡可卖的，几乎都已卖尽了！所万万舍不得割弃的是若干目录书，词曲书，小说书和版画书。最后一批，拟目要去的便是一批版画书。天幸胜利来得恰如其时，方才保全了这一批万万舍不得去的东西。否则，再拖长了一年半载，恐怕连什么也都要售光了。但我虽然舍不得与书相别，而每当困难的时光，总要打它的主意，实在觉得有点对不起它！如果把积“书”当作了囤货——有些暴发户实在有如此的想头，而且也实在如此的做，听说，有一个人，所囤积的《四部丛刊》便有廿余部——那末，售去倒也没有什么伤心。不幸，我的书都是“有所谓”而收集起来的，这样的一大批一大批的“去”，怎么能不痛心呢？售去的不仅是“书”，同时也是我的“感情”，我的“研究工作”，我的“心的温暖”！当时所以硬了心肠要割舍它，实在是因为“别无长物”可去。不去它，便非饿死不可。在饿死与去书之间选择一种，当然只好去书。我也有我的打算，每售去一批书，总以为可以维持个半年或一年。但物价的飞涨，每每把我的计划全部推翻了。所以只好不断的在编目，在出售；不断的在伤心，有了眼泪，只好望肚里倒流下去。忍着，耐着，叹着气，不想写，然而又不能不一部部的编写下去。那时候，实在恨自己，为什么从前不藏点别的，随便什么都可以，偏要藏什么劳什子的书呢？曾想告诉世人说，凡是穷人，凡是生活不安定的人，没有恒产、资产的人，要想储蓄什么，随便什么都可以，只千万不要藏书。书是积藏来用，来读的，不是来卖的。卖书时的惨楚的心情实在受得够了！到了今天，我心上的创伤还没有愈好；凡是要用一部书，自己已经售了去的，想到书店里去再买一部，一问价，只好叹口气，现在的书已经不是我辈所能购置的了。这又是用手去剥创疤的一个刺激。索性狠了心，不进书店，也决心不再去买什么书了。书兴阑珊，于今为最。但书生积习，扫荡不易，也许不久还会发什么收书的雅兴吧。

但究竟不能不感谢“书”，它竟使我能够度过这几年难度的关头。假如没有“书”，我简直只有饿死的一条路走！

（收入1951年上海出版公司版《蛰居散记》）

烧书记

我们的历史上，有了好几次的大规模的“烧书”之举。秦始皇帝统一六国后，便来了一次烧书。“史官非《秦纪》，皆烧之。非博士官所职，天下敢有藏‘诗’‘书’百家语者，悉诣守尉杂烧之。有敢偶语‘诗’‘书’者弃市。以古非今者族。吏见知不举者与同罪。令下三十日，不烧，黥为城旦。所不去者，医药卜筮种树之书。若欲有学法令，以吏为师。”这是最彻底的烧书，最彻底的愚民之计，和一般殖民地政府，不设立大学而只开设些职业、工艺学校者，有异曲同工之妙。此后，烧书的事，无代无之。有的烧历史文献，以泯篡夺之迹；有的烧佛教、道教的书，以谋宗教上的统一；有的烧淫秽的书，以维持道德的纯洁。近三百年，则有清代诸帝的大举烧书。我们读了好几本的所谓“全毁”“抽毁”书目，不禁凛然生畏；至今尚觉得在异族铁蹄下的文化生活的如何窒塞难堪！

“八·一三”后，古书、新书之被毁于兵火之劫者多矣。就我个人而论，我寄藏于虹口开明书店里的一百多箱古书，就在八月十四日那一天被烧，烧得片纸不存。我看见东边的天空，有紫黑色的烟云在突突的向上升，升得很高很高，然后随风而四散，随风而淡薄，被烧的东西的焦渣，到处的飘坠。其中就有许多有字迹的焦纸片。我曾经在天井里拾到好几张，一触手便粉碎；但还可以辨识得出些字迹，大约是教科书之类居多。我想，我的书能否捡得到一二张烧焦了的呢？——那时，我已经知道开明书店被烧的情形——当然，这想头是很可笑的。就捡得到了又有什么意义；还不是徒增忉但与愤激么？

这是兵火之劫；未被劫的还安全的被保存着。所遭劫的还只是些不幸的一二隅之地。但到了“一二·八”敌兵占领了旧租界后，那情形却大是不同了。

我们听到要按家搜查的消息，听到为了一二本书报而逮捕人的消息，还听到无数的可怖的怪事，奇事，惨事。

许多人心里都很着急起来，特别是有“书”的人家。他们怕因“书”惹祸，却又舍不得割爱，又不敢卖出去——卖出去也没有人敢要。有好几个友人，天天对书发愁。

“这部书会有问题么？”

“这个杂志留下来不要紧么？”

“到底是什么该留的，什么不该留的？”

“被搜到了，有什么麻烦没有？”

个个人在互相的询问着，打听着。但有谁能够说明那几部书是有问题的，或那些东西是可留的呢？

我那时正忙于烧毁往来有关的信件，有关的记载，和许多报纸、杂志及抗日的书籍——连地图也在内。

我硬了心肠在烧。自己在壁炉里生了火，一包包，一本本，撕碎了，扔进去，眼看它们烧成了灰，一蓬蓬的黑烟从烟通里冒出来，烧焦了的纸片，飞扬到四邻，连天井里也有了不少。

心头像什么梗塞着，说不出的难过。但为了特殊的原因，我不能不如此小心。

连秋白送给我的签了名的几部俄文书，我也不能不把它们送进壁炉里去。

我觉得自己实在太残忍了！我眼圈红了不止一次，有泪水在落。是被烟熏的吧？

实在舍不得烧的许多书，却也不能不烧。踌躇又踌躇，选择又选择，有的头一天留下了，到了第二三天又狠了心把它们烧了。有的，已经烧了，心里却还在惋惜着，觉得很懊悔，不该把它们烧去。

但有了第一次淞沪战争时虹口、闸北一带的经验——有《征倭论》一类的书而被杀，被捉的人不少——自然不能不小心。对于发了狂的兽类，有什么理可讲呢！

整整的烧了三天。我翻箱倒箧的搜查着，捧了出来，动员孩子们在撕在烧。

“爸爸，这本书很好玩，留下来给我吧。”孩子们在恳求着。

我难过极了！我也何尝不想留下来呢？但只好摇摇头，说道：“烧了吧，下回去买好一点的书给你。”

在这时候，就有好些住在附近的朋友们在问，什么书该烧，什么书不必烧。

我没法回答他们，领了他们到壁炉边去。

“你自己看吧。我在烧着呢。但我的情形不同。你自己斟酌着办吧。”

这一场烧书的大劫，想起来还有余栗与余憾。

不烧，不是至今还无恙么？

但谁能料得到呢？

把它们设法寄藏到别的地方去吧。

但为什么要“移祸”呢？这是我所绝对不肯做的事。

这是我不能不狠心动手烧的一个原因。

但也实在有些人把自认为“不安全”的书寄藏到别人家里去的。

这还是出于自动的烧。究竟自动烧书的人还不多。大量的“违碍”的书报还储藏在许多人家里。有许多人不肯烧，不想烧，也有人不知道烧，甚至有人压根儿没有想到这件事。

过了不久，敌人的文化统制的手腕加强了。他们通过了保甲的组织，挨户按家的通知，说：凡有关抗日的书籍、杂志、日报等等，必须在某天以前，自动烧毁或呈缴出来。否则严惩不贷。

同时，在各书店，各图书馆，搜查抗日书报，一车车的载运而去，不知运向何方，也不知它们的运命如何。

这一次烧书的规模大极了！差不多没有一家不在忙着烧书的。他们不耐烦呈缴出去，只有出于烧之一途。最近若干年来的报纸、杂志遭劫最甚。有许多人索性把报纸、杂志全都烧毁了，免得惹起什么麻烦。

外间谣传说，连包东西的报纸，上面有了什么抗日的记载，也要追究、捕捉的。

因之，旧报纸连包东西的资格也被取消了。

最可怜的是，有的朋友已经到了内地去，他们的书籍还藏在家里，或寄存在某友处。家里的人到处打听，问要紧不要紧，甚至去问保甲处的人。他们当然说要紧的，甚至还加上些恫吓的话。

于是，不分青红皂白的，他们把什么书全都付之一炬；只要是有字的，无不投到了火炉里去。

记得清初三令五申的搜求"禁书"的时候，有些藏书家的后人，为了省得惹祸，也是将全部古书整批的烧了去。

这个书劫，实在比兵，比火，比水等等大劫更大得多，更普遍而深入得多了！

这样纷扰了近一个多月，始终不曾见敌伪方面有什么正式的文告。又有人说，这是出于误会，日本人方面并没有这个意思。

于是烧书的火渐渐的又灭了，冷了，终至不再有人提起这件事。

不烧的人，忘了烧的人，特地要小心保存这类抗日文献的人，当然也有。

许多抗日文献还保存得不少。像《文汇年刊》之类，我家里便还保存着，忘记了烧。

书如何能烧得尽呢？"野火烧不尽，春风吹又生。"以烧书为统制的手法，徒见其心劳日拙而已。

但愿这种书劫，以后不再有！

（收入 1951 年上海出版公司版《蛰居散记》）

谈读书

死读书便会成了书呆子，成为教条主义者，也可能会成为四体不勤，五谷不分的废物。所以善读书者，必须深入社会生活里，深入斗争生活里，取得活的知识，使自己成为博古通今的有用、有益的人。但单凭经验办事，也有危险之处，容易流于故步自封，容易陷于主观主义。有了丰富的斗争经验的人，再加上有理论的修养，并博览群书，吸取古今人的更广泛、更复杂的知识，那末，对于繁赜的事务便可应付裕如了。

多读书，常读书，总有好处。不必“手不释卷”，但不可“目不窥书”。古语云：“开卷有益。”这是的的确确的话。常是绝早地起来，曙光刚红，晨露未晞，院子里的空气，清鲜极了，在书房里翻开一两本书看看，就会有些道理或获得些不易得到的知识。譬如，有一天清早，偶然翻翻《格致丛书》本的汉应劭著的《风俗通义》(卷六)，看到“批把”二字。应劭说道：

谨按此近世乐家所作，不知谁也。以手批把，因以为名。长三尺五寸，法天地人与五行。四弦，象四时。

这明明说的是今日的琵琶。我们总以为琵琶是外来的乐器之一，而且似乎到了唐朝才有。想不到在东汉的时候已经有了，而且字作“批把”。虽然这一则话，在类书里，像《图书集成》，也引用过，但似乎总没在应劭原书里读到的那末感到亲切有味。又像少时读到苏曼殊诗，有“春雨楼头尺八箫”句，总以为“尺八”乃是日本的箫名。的确，日本人到今天还爱吹“尺八”。后读明杨升庵（慎）的考证，才知道“尺八”乃是中国的古代管乐之一，不过到了后代失传了而已。我们“礼失而求诸野”的东西不知道有多少。一面在书本里好好寻找，好好研讨，一面还可在友好的邻邦里，得到不少活的材料。在今天研究学问，确是有“得天独厚”之感。只怕你不用功；但要用功便没有不能成功的学问。

（原刊1957年《政协会刊》第2期）

谈 买 书

买“书”不是一件简单、容易的事，也不是派某某总务科的工作人员，出去到书店里跑一趟就能解决问题的。买“书”是要花费一些工夫的，是要有些经验的，就个人说来，在书店里东张西望，东挑西选，其本身就有无穷乐趣。到布店里买花布，还得东挑西拣，何况乎买“书”。“书”是多种多样的，花色最为复杂。有中文书，有外文书；中文书里又分新书、旧书、古书，平装书、线装书，文艺书、科学书、经书、子书，和史部书、集部书等等。外文书的门类更为繁多了，除了文字的不同，像俄文、法文、英文、日文等等之外，又除了大批的文艺作品之外，单是自然科学一类，就有无数的专门项目，非搞这一行的专家来挑选，是连“书名”都不会弄得明白的。买外文杂志，更为麻烦，也必须经过专家的指定，方才可去订阅。否则花了大价钱，买了回来，“张冠李戴”，全无用处，未免要一场懊丧。国家的外汇不应该花得这样冤枉！

且说，自从提倡向科学进军以来，各个学术研究机关，各个大专科学校，都在大量的添购新书，特别是新成立或将要成立的研究机构和学校，买“书”更为积极。他们常派了专人到北京和上海来买“书”。来一趟，总是满载而归。不要说新书了，就是古、旧书也有“供不应求”之概。一家古书店印出了一册书目，不到几天，书目里的古书，不论好版、坏版，明版、清版，全都一扫而空。有若干种书，仅只有一部的，却同时有好几个单位来要。“到底给谁好呢？”他们常常这样的迟疑着。比起去年“门可罗雀”的情况来，真有天渊之别。现在看看他们几家老铺子的书架上，陈年老古董已经出脱得差不多了。架上渐渐地空虚起来。他们有些着急。“来源”问题怎么解决呢？而买的人还是源源而来，而且气魄来得大。

“你们这里一共有多少书？”一个外来的顾客向刚开张三天的上海古籍书店里的人问道。

“有十五万册上下。”

“这十五万册书，我全要！请在几天之内就开好书单，我好付款。”这家店里的许多伙计，乃至经理等，全给他吓唬住了，只开张了三天，而“书”全卖空了，以后将怎么维持下去呢？而这一大笔买卖又难于推却。怎么办呢？大费踌躇。下文不知如何？好像是不曾成交，而被他们用婉辞给挡回去了。否则，那家“古籍书店”不会到今天还开张着。这位黑旋风式的顾客，可谓勇敢无比，大胆之至的了。在那十五万册古书里，有多少复本书，有多少没用的书，有多少种的书，非对某种科目特别有研究的某些专家是根本上用不着的，甚至也不会看得懂的，他却不管三七二十一，一古脑儿“包买”了下来。前几年，有过这么一回事。每到年底，某某机关或某某大学，购书的经费有剩余，就派人到新华书店，不管有用没用，每部买个一本到三本。“我全要！”如闻其慷慨之声。更干脆的是，“替我配个三万元的书！”于是，每年在新华书店积压不销的书，至此乃出清一大部分。听说，上述的那位顾客是替一个正在筹备中的大学买“书”的。而那个大学在开头几年之内，还只办“理科”，没有“文科”。那末，买这十五万册古书何用？是为了“未雨绸缪”，生怕以后买不到？

又是一个笑话。一个买主到了上海来熏阁，看见一堵墙面的几个书架上还满满地堆满了古书，就问道：“这些架上都是些什么书？”

“是集部书。”

“是集部书，我全要！”口气好大！也不知后来究竟成交了没有。

中国科学院图书馆馆长陶孟和先生告诉我：有某一个设在外省的研究所，派人拿了好几册国际书店印的外文杂志目录，要求图书馆替他们全部预订一份。如闻其声："我全要!"但全部是三千多种呢！门类复杂得很，也有些只是"年报"或"会务报告"性质的东西，买了来，根本没用。陶先生翻了翻，就把他给顶回去了。

"要好好地挑选一下，不能全买!"

这个态度是对的。要有一个"关口"，审查一下那些乱花钱，乱买"书"的莽汉们的所作所为方是。否则，笑话还要层出不穷。闹笑话倒不打紧，损失国家有用的资金，积压应该供给别的专家们的研究的资料，那才不是"小事"呢。

我建议：如果要买"书"，书目非由"专家"开出不可。各研究单位或大学图书馆的人员，只是综合了各位"专家"所开的单子去"买"书而已。就是公共图书馆也应该时时请教当地的专家们，了解他们的需要，再动手"买"。

没有拿"书单子"而来买大批"书"的人，不论新古书店或国际书店，均可以有权给他们顶回去。

"要买什么，请拿书单子来!"

开得出"书单子"来的，那便是一位专家，或至少是一位接近于"专家"的颇有道理的，有些专门修养的人了。

谈访书

“天涯何处无芳草”，这句话对访书者说来，是最恰当不过的了。那里没有好书、奇书，有用、有益的书呢？只要有心去访求，一定可以找出不少好东西来的。我在广州图书馆里，就看到宋版的杨诚斋集，那是清末从日本流回广东的。向来杨诚斋集只见抄本，未见宋刻本，虽然这部书破烂得很，却是一个最晶莹的珍宝。广州图书馆从论担称斤的书堆里把它救出来了。如今是，物得其所，广东省把它送给北京图书馆，成为其中最好的宋版书之一。最近，北京隆福寺的文渊阁，从福建找到了不少抄本的好书，其中有一部章潢的图书编，是明抄的，有彩图。还没有仔细地和明刻本对读过，不知其异同如何。但可肯定的是，这抄本比刻本早，彩色插图，尤为重要。虽残阙十多册，北京图书馆亦收之。我也得到了三册《闽产录异》，二册《海错百一录》（均郭柏苍著，光绪间刻本），虽是近刊，却极不多见，以其是第一手的材料书，故收之。研究海产和南方的动植物者必当一读，有许多记载是第一次见之于这两部书里的。

搜集革命文献的人更常常在破烂纸堆里找到极有价值的图书资料。也是最近，北京同文书店得到了全套的《妇女日报》。他们极为高兴。这家书店的主人刘君，对于这一门文献，特别有研究。他曾从四川，从两湖、两广，从没有人注意的地方，耐心地细致地为国家得到了很多好东西。像那些的深入探索，不怕费时费力地去访求，我们的工作同志们似乎是不大有其人的。把书送上门去，有时还嫌其多事，摆出“老爷架子”，呼叱指责，动不动便戴之以“暴利”的帽子，怎能不把他们的访书的积极性，弄得像把一盆冷水泼在热炭上似的烟消火灭了呢！所谓“访书”，是应该细心地耐心地急起直追地去访求的。作为一个为图书馆采访的干部，一个负责国家搜集文献的部门的人，绝对地不能坐在家里等人送书上门。那样的老爷架子千万摆不得。那是十足的官僚主义的表现！至于送上了门还要嫌其多事，那么，那样的人物是没有资格从事于这一部门工作的。

我自己十分地困惑：为什么我去年冬天到了苏州，就会发现苏州那里有三个地方在论担称斤地把古书卖给了收废纸的人，其中一处就在城内。为什么我今年春天到了杭州，也就会发现同样的事件发生？这岂是“适逢其会”！在我未到之前，或在我离去之后，可以想象得到，这一类的事件是在不停地不断地发生着。苏州的文物干部问我：“难道绅缙录一类书也有用?”我说：“有用之至！这些书是原始史料的一种。”他说：“某处已经都称斤作废纸去了，足足有几大堆。”我问：“追得回来么?”他摇摇头。常熟翁家夹衖里的古书，已被卖给收废纸的了，急急地去追寻，只追回来一小部分。杭州吴煦家里的太平天国的和其他有关帝国主义者们侵略的资料和档案，已被卖作废纸了，亏得杭州某书店收了大部分下来。而未被某书店收下的七八百斤的资料，却已被造成纸浆，无法追回了。这是应该“传令嘉奖”的事，却反而大受批评一顿。有好些地方的同志们，平时高枕无为，自己绝不动手，耳无所闻，目无所见，等到有人“发现”了什么，便摆出“权威”面孔来，抬出“保存地方文献”的金字招牌，禁止出口。在中华人民共和国的国境之内流通，怎么会叫做“出口”？有某一个省，知道了北京的书店的人去买了不少书，就说：“不许动，我们自己要买的。”他们到底买不买呢？其实只是“禁止出口”而已，他们自己未必买。但当地古书店的收书的积极性，就受到很大的打击了。

我建议：凡到各地收古旧书刊的人，都应该受到当地文化部门的协助和鼓励。凡收得好书、好资料的，就应该加以表扬。当地如果的确有需要，可以转向他们购买下自己所需要的那一部分，完全不必要摆出那一付“禁止”、“不许动”的官僚架子。凡是能够发现好书、好资料的人，就是对国家的科学研究事业有功劳，就应该加以协助和鼓励。我们没有力量、没有时间去发掘出好书、好资料来、而那些古旧书店的收书的专家们，却能发挥其特长，为科学研究事业作出有效、有益的贡献，怎能不加以表扬呢？自从提倡科学研究和古旧书店公私合营以来，书店的营业顿时兴旺起来，好书、奇书，有用、有益的书，从前轻易看不到的，如今竟不时的出现了。像《石仓文选》（明曹学全辑）就是新出现的一部好书。最全的一部《石仓诗选》，已被我们不肖的子孙卖到海外去了。我着意搜集此书，将近三十年，已有三大箱，所缺尚多。北京图书馆藏的那部《石仓诗选》，也不全。而这部《石仓文选》却很少有人知其名（李之鼎《丛书举要》著录）。虽只二十卷，而其中好资料不少。这只是举一个例子而已。近来好书的确是像山间的清泉似的涌流不息。明刻本的《西游记》和《封神传》也已出现了。北京的古旧书店的收书专家们都已深入江南、湖、广的乡间去了。我们相信，他们将会有更多更好的收获的。

访书之道，亦不限于收书专家们的四出访购。还有更重要的一条大路，我们正要走而未走。二千年前，汉成帝就曾使谒者陈农，求遗书于天下。我们今天为什么不能派遣若干的“访书”工作团呢？在土改里，在接收各个机构的藏书时，有不少是被保存在各地文化馆里，乡、区、镇的人民委员会里，县的财政科里，其中，有的是胡里胡涂地被当作废纸卖出去了；有的是被废物利用，反折过来，当作习学簿或帐簿去了。最好的运命是被封存起来，以待处理。那些被封存的图书，究竟数量多少，很难估量。但为数极多，是可想象得到的。我亲自见到的被封存在莆田文化馆里的书，就有四万多册。最近，据江西省的文化干部报告，他的省里有万册以上图书的文化馆就不在少数。假如，全国有二千个文化馆或其他保存书籍的地方，每一处以一万册计，则已有二千万册的图书可以得到了。这二千万册图书的获得，对于科学研究工作的进行将有多么大的作用啊！而这些被保存的图书，如果不及时地加以集中，加以整理，加以使用，则必将于短时期内有散失或霉烂之虞。举一个例：苏州同里镇的人民委员会的财政科（?）里就保存了很多的古书、古画，全堆在地上，有的已经开始霉烂了。立刻就得开始工作！我建议：由中央组织十个或十个以上的“访书工作团”，每团只要一二个干部，组织古旧书店里的三四个收书专家们，一同到各省、市去，再加入各省、市的文化部门的工作同志们或专家们，就可以成为若干的分团了。他们分头工作，不出几个月，至少收集和整理的工作一定可以告成的。我们，包括我自己在内，老是“议而不决，决而不行”。这不是十足的官僚主义是什么！应该起而立行，克服一切困难而立即开始！何况这个工作并不会有什么不能克服的困难呢。

访笺杂记

我搜求明代雕版画已十余年。初仅留意小说戏曲的插图，后更推及于画谱及它书之有插图者。所得未及百种。前年冬，因偶然的机缘，一时获得宋、元及明初刊印的出相佛道经二百余种。于是宋、元以来的版画史，粗可踪迹。间亦以余力，旁骛清代木刻画籍。然不甚重视之。像《万寿盛典图》，《避暑山庄图》，《泛槎图》，《百美新咏》一类的画，虽亦精工，然颇嫌其匠气过重。至于流行的笺纸，则初未加以注意。为的是十年来，久和毛笔绝缘。虽未尝不欣赏《十竹斋笺谱》，《萝轩变古笺谱》，却视之无殊于诸画谱。

约在六年前，偶于上海有正书局得诗笺数十幅，颇为之心动；想不到今日的刻工，尚能有那样精丽细腻的成绩。仿佛记得那时所得的笺画，刻的是罗两峰的小幅山水，和若干从《十竹斋画谱》描摹下来的折枝花卉和蔬果。这些笺纸，终于舍不得用，都分赠给友人们，当作案头清供了。

这也许便是访笺的一个开始。然上海的忙碌生活，压得我透不过气来，哪里会有什么闲情逸趣，来搜集什么。

二十年九月，我到北平教书。琉璃厂的书店，断不了我的足迹。有一天，偶过清秘阁，选购得笺纸若干种，颇高兴，觉得较在上海所得的，刻工，色彩都高明得多了。仍只是作为礼物送人。

引起我对于诗笺发生更大的兴趣的是鲁迅先生。我们对于木刻画有同嗜。但鲁迅先生所搜求的范围却比我广泛得多了；他尝斥资重印《士敏土》之图数百部——后来这部书竟鼓动了中国现代木刻画的创作的风气。他很早的便在搜访笺纸，而尤注意于北平所刻的。今年春天，我们在上海见到了。他认为北平的笺纸是值得搜访而成为专书的。再过几时，这工作恐怕要不易进行。我答应一到北平，立即便开始工作。预定只印五十部，分赠友人们。

我回平后，便设法进行刷印笺谱的工作。第一着还是先到清秘阁。在那里又购得好些笺样。和他们谈起刷印笺谱之事时，掌柜的却斩钉截铁的回绝了，说是五十部绝对不能开印。他们有种种理由：板片太多，拼合不易，刷印时调色过难；印数少，板刚拼好，调色尚未顺手，便已竣工；损失未免过甚。他们自己每次开印都是五千一万的。

“那末印一百部呢?”我道。

他们答道：“且等印的时候再商量吧。”

这场交涉虽是没有什么结果，但看他们口气很松动，我想，印一百部也许不成问题。正要再向别的南纸店进行，而热河的战事开始了；接着发生喜峰口，冷口，古北口的争夺战。沿长城线上的炮声，炸弹声，震撼得这古城的人们寝食不安，坐立不宁。哪里还有心绪来继续这“可怜无补费精神”的事呢？一搁置便是一年。

九月初，战事告一段落，我又回到上海。和鲁迅先生相见时，带着说不出的凄惋的感情，我们又提到印这笺谱的事。这场可怖可耻的大战，刺激我们有立刻进行这工作的必要。也许将来便不再有机会给我们或他人做这工作!?

“便印一百部，总不会没人要的。”鲁迅先生道。

“回去便进行。”我道。

工作便又开始进行。第一步自然是搜访笺样。清秘阁不必再去。由清秘阁向西走，路北第一家是淳菁阁。在那里，很惊奇的发见了许多清隽绝伦的诗笺，特别是陈师曾氏所作的；虽仅寥寥数笔，而笔触却是那样的潇洒不俗。转以十竹斋，萝轩诸笺为烦琐，为做作。像这样的一片园地，前人尚未之涉及呢！我舍不得放弃了一幅。吴待秋，金拱北诸氏所作和姚茫文氏的《唐画壁砖笺》，

《西域古迹笺》等，也都使我喜欢。留连到三小时以上。天色渐渐的黑暗下来，朦朦胧胧的有些辨色不清。黄豆似的灯火，远远近近的次第放射出光芒来。我不能不走。那么一大包笺纸，狼狈不堪地从琉璃厂抱到南池子，又抱到了家。心里是装载着过分的喜悦与满意。那一个黄昏便消磨在这些诗笺的整理与欣赏上。

过了五六天，又进城到琉璃厂去——自然还是为了访笺。由淳菁阁再往西走，第一家是松华斋；松华斋的对门，在路南的，是松古斋。由松华斋再往西，在路北的，是懿文斋。再西，便是厂西门，没有别的南纸店了。

先进松华斋，在他们的笺样簿里，又见到陈师曾所作的八幅花果笺，说它们“清秀”是不够的；“神采之笔”的话也有些空洞。只是赞赏，无心批判。陈半丁，齐白石二氏所作，其笔触和色调，和师曾有些同流，惟较为繁缛燠暖。他们的大胆的涂抹，颇足以代表中国现代文人画的倾向；自吴昌硕以下，无不是这样的粗枝大叶的不屑屑于形似的。我很满意的得到不少的收获。

带着未消逝的快慰，过街而到松古斋。古旧的门面，老店的规模，却不料售的倒是洋式笺。所谓洋式笺，便是把中国纸染了矾水，可以用钢笔写；而笺上所绘的大都是迎亲，抬轿，舞灯，拉车一类的本地风光；笔法粗劣，且惯喜以浓红大绿涂抹之。其少数，还保存着旧式的图版画。然以柔和的线条，温茜的色调，刷印在又涩又糙的矾水拖过的人造纸面上，却格外的显得不调和。那一片一块的浮出的彩光，大损中国画的秀丽的情绪。

我的高兴的情绪为之冰结，随意的问道：都是这一类的么?”

“印了旧样的销不出去，所以这几年来，都印的是这一类的。”

我不能再说什么，只拣选了比较还保有旧观的三盒诗笺而出。

懿文斋没有什么新式样的画笺，所有的都是光、宣时所流行的李伯霖，刘锡玲，戴伯和，李毓如诸人之作；只是谐俗的应市的通用笺而已。故所画不离吉祥，喜庆之景物，以至通俗的着色花鸟的一类东西。但我仍选购了不少。

第三次到琉璃厂，已是九月底；那一天狂飙怒号，飞沙蔽天；天色是那样惨淡可怜；顶头的风和尘吹得人连呼吸都透不过来。一阵的风沙，扑脸而来，赶紧闭了眼，已被细尘潜入，眯着眼，急速的睁不开来看见什么。本想退回去。为了像这样闲空的时间不可多得，便只得冒风而进了城。这一次是由清秘阁向东走。偏东路北，是荣宝斋，一家不失先正典型的最大的笺肆，仿古和新笺，他们都刻得不少。我们在那里，见到林琴南的山水笺，齐白石的花果笺，吴待秋的梅花笺，以及齐，王诸人合作的壬申笺，癸酉笺等等。刻工较清秘为精。仿成亲王的拱花笺，尤为诸肆所见这一类笺的白眉。

半个下午便完全耗在荣宝斋；外面仍是卷尘撼窗的狂风。但我一点都没有想到将怎样艰苦地冒了顶头风而归去。和他们谈到印竹笺谱的事，他们也有难色，觉得连印一百部都不易动工。但仍是那么游移其词地回答道："等到要印的时候再商量罢。"

我开始感到刷印笺谱的事，不像预想那么顺利无阻。

归来的时候，已是风平尘静。地上薄薄地敷上了一层黄色的细泥，破纸枯枝，随地乱掷，显示着风力的破坏的成绩。

从荣宝斋东行，过厂甸的十字路口，便是海王村。过海王村东行，路北，有静文斋，也是很大的一家笺肆。当我一天走进静文的时候，已在午后。太阳光淡淡地射在罩了蓝布套的桌上。我带着怡悦的心情在翻笺样簿。很高兴地发见了齐白石的人物笺四幅。说是仿八大山人的，神情色调都臻上乘。吴待秋，汤定之等二十家合作的梅花笺也富于繁赜的趣味。清道人，姚茫父，王梦白诸人的罗汉笺，古佛笺等，都还不坏，古色斑斓的彝器笺，也静雅足备一格。又是到上灯时候才归去。

静文斋的附近，路南，有荣禄堂，规模似很大，却已衰颓不堪。久已不印笺。亦有笺样簿，却零星散乱，尘土封之，似久已无人顾问及之。循样以求笺，十不得一。即得之，亦都暗败变色。盖搁置架上已不知若干年。纸都用舶来之薄而透明的一种，色彩偏重于浓红深绿；似意在迎合光、宣时代市人们的口味。肆主人须发皆白，年已七十余，惟精神尚矍铄。与谈往事，娓娓可听。但搜求将一小时，所得仅缦卿作的数笺。于暮色苍茫中，和这古肆告别，情怀殊不胜其凄怆。

由荣禄更东行，近厂东门，路北，有宝晋斋。此肆诗笺，都为光、宣时代的旧型，佳者殊鲜。仅选得朱良材作的数笺。

出厂东门，折而南，过一尺大街，即入杨梅竹斜街。东行数百步，路北，有成兴斋。此肆有冷香女士作的月令笺，又有清末为慈禧代笔的女画家缪素筠作的花鸟笺；在光、宣时代，似为一当令的笺店。然笺样多缺，月令笺仅存其七。

再东行，有彝宝斋，笺样多陈列窗间，并样簿而无之。选得王昭作的花鸟笺十余幅，颇可观，而亦零落不全。

以上数次的所得，都陆续地寄给鲁迅先生，由他负最后选择的责任。寄去的大约有五百数十种，由他选定的是三百三十余幅，就是现在印出的样式。

这部《北平笺谱》所以有现在的样式，全都是鲁迅先生的力量——由他倡始，也由他结束了这事。

说是访笺的经过来，也并不是没有失望与徒劳。我不单在厂甸一带访求。在别的地方，也尝随时随地的留意过，却都不曾给我以满足。好几个大市场里，都没有什么好的笺样被发见。有一次，曾从东单牌楼走到东四牌楼，经隆福寺街东口而更往北走。推门而入的南纸店不下十家，大多数只售洋纸笔墨和八行素笺。最高明的也只卖少数的拱花笺，却是那么的粗陋浮燥，竟不足以当一顾。

在厂甸，也不是不曾遇见同样狼狈的事。厂甸中段的十字街头，路南，有两家规模不小的南纸店。一名崇文斋，在路东，有笺样簿，多转贩自诸大肆者。一名中和丰，在路西，专售运动器具及纸墨。并诗笺而无之。由崇文东行数十步，路南，有豹文斋，专售故宫博物院出品，亦尝翻刻黄瘿瓢人物笺，然执以较清秘、荣宝所刻，则神情全非矣。

但北平地域甚广，搜访所未及者一定还有不少。即在琉璃厂，像伦池斋，因无笺样簿，遂至失之交臂。他们所刻“思古人笺”，版已还之沈氏，故不可得；而其王雪涛花卉笺四幅，刻印俱精，色调亦柔和可爱。惜全书已成，不及加入。又北平诸文士私用之笺纸，每多设计奇诡，绘刻精丽的。惟访求较为不易。补所未备，当俟异日。

选笺已定，第二步便进行交涉刷印；淳菁，松华，松古三家，一说便无问题。荣宝，宝晋，静文诸家，初亦坚执百部不能动工之说，然终亦答应下来。独清秘最为顽强。交涉了好几次，他们不是说百部太少不能用，便是说人工不够，没有功夫印。再说下去，便给你个不理睬。任你说得舌疲唇焦，他们只是给你个不理睬！颇想抽出他们的一部分不印。终于割舍不下溥心畬，江采诸家的二十余幅作品。再三奉托了刘淑度女士和他们商量，方才肯答应印。而色调转繁的十余幅蔬果笺，却仍因无人担任刷印而被剔出。蔬果笺刻印不精，去之亦未足惜。荣禄堂的笺纸，原只想印缦卿作的四幅。他们说，年代已久，不知板片还在否，找得出来便可开印，只怕残缺不全。但后来究竟算是找全了。

最后到彝宝斋。一位仿佛湖南口音的掌柜的，一开口便说：“不能印。现在已经没有印刷这种信笺的工人了！我们自己要几千几万份的印，尚且不能，何况一百张！”我见他说得可笑，便取出些他家的定印单给他看，说道：“那末别家为什么肯印呢？”他无辞可对，只得说老实话：“成兴斋和我们是联号，您老到他们那里去看看吧。这些花鸟笺的板片他们那里也有。”我立刻明白那是怎么一回事，到成兴斋一打听，果然那板片已归他们所有。

看够了冰冷冷的拒人千里的面孔，玩够了未曾习惯的讨价还价，斤两计较的伎俩，说尽了从来不曾说过的无数恳托敷衍的话，——有时还未免带些言不由衷的浮夸，——一切都只为了这部《北平笺谱》！可算是全部工作里最麻烦，最无味的一个阶段。但不能不感激他们：没有他们的好意合作，《北平笺谱》是不会告成的。

为了访问画家和刻工的姓氏，也费了很大的功夫。有少数的画家，其姓氏是我所不知道的——我对于近代的画坛是那样的生疏！访之笺肆，亦多不知者。求之润单，间亦无之。打听了好久，有的还是见到了他的画幅，看到他的图章，方才知道。只有缦卿的一位，他的姓氏到现在还是一个谜。荣禄堂的伙计说："老板也许知道。"问之老主人则摇摇头，说："年代太久了，我已记不起来。"

刻工实为制笺的重要份子，其重要也许不下于画家。因彩色诗笺，不仅要精刻而且要就色彩的不同而分刻为若干板片；笺画之有无精神，全靠分板的能否得当。画家可以恣意的使用着颜料，刻工则必须仔细的把那么复杂的颜色，分析为四五个乃至一二十个单色板片。所以，刻工之好坏，是主宰着制笺的运命的。在《北平笺谱》里，实在不能不把画家和刻工并列着。但为了访问刻工姓名，也颇遭逢白眼。他们都觉得这是可怪的事。至多只是敷衍地回答着。有的是经了再三的追问，四处的访求，方才能够确知的。有的因为年代已久，实在无法知道。目录里所注的刻工姓名，实在是不止三易稿而后定的。宋版书多附刊刻工姓名，明代中叶以后，刻图之工，尤自珍其所作，往往自署其名，若何铃，汪士珩，魏少峰，刘素明，黄应瑞，刘应祖，洪国良，项南洲，黄子立，其尤著者。然其后则刻工渐被视为贱技；亦鲜有自标姓氏者。当此木板雕刻业像晨星似的摇摇将坠之时，而复有此一番表彰，殆亦雕板史末页上重要的文献。

淳菁阁的刻工，姓张，但不知其名。他们说，此人已死，人皆称之为张老西，住厂西门。其技能为一时之最。我根据了张老西的这个浑名，到处的打听着。后来还是托荣宝斋查考到，知道他的真名是启和。松华斋的刻工，据说是专门为他们刻笺的，也姓张。经了好几次的追问，才知道其名为东山。静文斋的刻工，初仅知其名为板儿杨；再三地恳托着去查问，才知道其名为华庭。清秘阁的刻工，也经了数次的访问后，方知其亦为张东山。因此，我颇疑刻工与制笺业的关系，也许不完全是处在雇工的地位；他们也许是自立门户，有求始应，像画家那个样子的。然未细访，不能详。

荣宝斋的刻工名李振怀，懿文斋的刻工名李仲武，松古斋的刻工名杨朝正，成兴斋的刻工名杨文，萧桂，也都颇费恳托，方能访知。至于荣禄，宝晋二家，则因刻者年代已久，他们已实在记不清了，姑缺之。刻工中，以张、李、杨三姓为多，颇疑其有系属的关系，像明末之安徽黄氏，鲍氏。这种以一个家庭为中心的手工业是至今也还存在的。

刷印之工，亦为制笺的重要的一个步骤。因不仅拆板不易，即拼板，调色，亦煞费工夫。惜印工太多，不能一一记其姓名。

对此数册之笺谱，不禁也略略有些悲喜和沧桑之感。自慰幸不辜负搜访的勤劳，故记之如右。

二十二（1933）年十一月十五日

（收入1934年2月北京荣宝斋刻印版《北平笺谱》）

论散文诗

一

散文诗在现在的根基，已经是很稳固的了。在一世纪以前，说散文诗不是诗，也许还有许多人赞成。但是立在现在而说这句话，不惟“无征”，而且是太不合理。因为许多散文诗家的作品已经把“不韵则非诗”的信条打得粉碎了。

即以古代而论，诗也不一定必用韵。“日出而作，日入而息，凿井而饮，耕田而食，帝力于我何有哉”的歌，与所有各国古代的诗歌，都是没有固定的 rhythm，没有固定的“平仄”或 metre 的。

如果必以有韵的辞句始得名为诗，则惠得曼（Walt Whitman）、卡本脱（E. Carpenter）、亨莱（Henley）、屠格涅夫（Turglnef）、王尔德（O. Wilde）、阿梅朗威尔（Amy Lowell）诸诗人的作品不能算做诗么？执“这种见解，则必要把全部的希伯莱的诗，全部的条顿民族（包括古代德国、古代英国及冰岛）的诗，与许多近代所谓自由诗，都排斥在诗的范围以外了”。

所以我们说无韵的文辞都不是诗，正如同说有韵的文辞都不是诗一样的不合理。因为诗的主要条件，决不是韵不韵的问题。有韵的文辞不一定就是诗；印度的医经或关于科学的书或中国的《汤头歌》、《舆地歌》、《三字经》，《烧饼歌》之类，它们是有韵的，但是决不能算做诗。

二

在这一层，我愿意更详细的研究一下。

诗的特质何在呢？固然有许多人说，诗的特质在于韵：如Johnson以为诗是“有韵的文章”，卡莱尔（Carlyle）以为诗即“我们所称为音乐的思想的”。阿伦坡（E. Allan Poe）以为诗是有“韵的美的创作”。Couithope以为诗是“产生愉感的艺术，用有韵的文句来适当的表现想象的思想与情感的”。Waths Dunton以为诗是“用情绪的，有韵的文辞，来具体的、艺术的表现人类的心灵的”。Winchester以为“诗可以定义为情绪的文学的分枝，用有韵的形式写出来的”。Stedman在他的著名的《诗的性质与要素》一书里也把诗的定义定为“诗是有韵的想象的文辞，表现人类灵魂的发明、趣味、思想、热情与内在的”。但是另外还有许多人却把诗的有韵与否的问题完全忽视了：最初做《诗学》的阿里史多德就是如此。他定义“诗人”为一个“作者”，就是“发明”或是“想象”的人。华资活斯（Wordsworth）则以诗为“被热情活泼泼的引入心中的真理”；“一切知识的最初与最终者”；是“一切知识的呼吸与更优美的精神”，是“从情绪上发生出来的强有力的情感的自然流溢，而在平静时重集弄来的”。蹁史金（Ruskin）则以诗为“用想象来代表高尚情绪的高尚景地的”，席勒（Shelley）在他的《诗的保护》则以诗为“想象的表现”。Hazlitt则以诗为“想象与热情的文字”。麦加莱（Macaulay）则以为诗是“在想象上发生出一种幻象的用字的艺术，就是同画家用颜料一样的用字的艺术”。马太·阿诺尔（Mathew Arnold）以为诗是“人类文字所能发达出的最愉快，最完全的写下的形式”；是人生的批评，是“在为诗的真与诗的美的定律所规定的适于这种批评的状态底下的人生的批评”。Keble以为诗是“过度的感情或是充溢的想象的泄出口”。Toyle以为诗所表现的是我们“对于现在及现实的不满足”。他们都没有讲到诗是否有韵。

在这两种诗的定义中，第二种固然有许多嫌于过于空泛，或是可以称为文学的定义，而不可称为诗的定义的，但在第一种中，他们都以诗的要素之一，或最重的，是韵（包括 metre 与 rhythm），这也未免过于忽视散文诗及自由诗的成绩了。

我们要晓得诗的要素，决不在有韵无韵。——就是有韵，也不一定是必须有韵脚，或是有什么固定的平仄——因为在诗里面，所包含的元素是：

（一）情绪　这是最重要的。抒情诗尤完全以此为主要的元素。就是史诗，也必须杂了不少的情绪要素在内。

（二）想象　许多人都定义诗为“想象的文字”。

（三）思想　诗中也是含有理性的分子的。

（四）形式　诗是用最能传达，最美丽的形式，来做传达诗的情绪与诗的想象与诗的思想的。

在形式方面，许多人都以为不大重要；因为由历史上观察，诗的形式是常常的变更；如中国的诗，最初的古诗，有的有韵，有的无韵；字数也不一定。后来一变而为五言；后来一变而为七言；再后来，又变为“律”“绝”，必须是五言，或七言，并且必须是对偶；音节的平仄必须“二四六分明”；又后来，又变为“诗余”——词——又另有一种规定的 metre。又如英国的诗 Beowulf 用的是“顶韵”；Chaucer 的诗所用的韵也与以后的不同；自 Henley 受惠得曼的影响创作自由诗，诗的形式，更是变更了。

但无论它们的形式怎么变更，诗的情绪与诗的想象总丝毫没有消失掉。决不能说用五言来表现的是诗，用七言律来表现的就不是诗；或是用有规律的韵文来表现的是诗，用“自由诗”体来表现的不是诗。

只管它有没有诗的情绪与情的想象，不必管它用什么形式来表现。有诗的本质——诗的情绪与诗的想象——而用散文来表现的是“诗”；没有诗的本质，而有韵文来表现的，决不是诗，如谓凡

“有韵的文章”都是诗，那末，就是主张，诗是有韵的情绪文学的Winchester也以为是决不能算为诗的定义了。

Spingarn在他的Creative Criticism一书里，论到“散文与韵文”，有一段话说得很好：

> 希腊人的话的重点在于：诗的试验，不在于用散文或韵文，而在于想象力，因为如果以韵之有无为真实的试验方法，那末，有韵的法律书与医书变成诗，而散文的悲剧不是诗了。这是阿里史多德的话，二千年来的批评家与思想家没有人能够举出理由把他废除。但是无论是阿里史多德或是他的继起者，在许多世纪中，他们都对于诗与韵文的分立都没有疑惑；也无论是承认阿里史多德的话的，或是反对他的话的，都一致地承认散文与韵文是分离、分立的二元，各有各的特质与它自己的生命。诗与韵文也许是合一的另辞，也许不是；但是他们却都以为散文与韵文是不同的。但是散文与韵文果是不同么？

Spingarn说到这个地方，又举出了好几个例，证明：

> 不仅只散文与韵文没有划定的界线，并且，如果说起有韵的字句与无韵的字句之间有差别的存在，那末，就是在同“平仄”的韵文中，也是同样的有差别的。

照此看来，可知散文与韵文，在形式上本来是没有什么很清楚的分别的。散文与韵文既没有什么区别，那末，诗的精神，在韵文的形式中表现出来，与在散文的形式中表现出来又有什么两样呢？

而且散文诗的成绩也已足证明散文决非不能为表现诗的情绪与情的想象的工具。——也许表现得比韵文还活泼，还完全呢！

所以我们固不必坚执地说，诗非用散文做不可，但我们也决不敢附和的以诗为“有韵的文章”，“非韵不为诗”。诗的要素，在于诗的情绪与诗的想象的有无，而决不在于韵的有无。

“诗与韵可以不必为同一的名词”，这是我们十分确信的话。

三

但又有许多人疑惑：诗可以用散文写出来，那末，同其他的散文，如小说、论文，有什么分别呢？并且 Wincheste，说，凡是文学都包含有情绪与想象与思想几个要素，这决不是诗的特质。如果诗没有韵，那末，不是同别的文学一样么？

在这一层，我也愿意略略的再说一下。

凡是文学作品都包含情绪的元素在内。这句话，我是非常相信的。因为文学与哲学或一切科学的区别就在于此。不过在诗里面，包含情绪更为丰富而感人。论文——文学化的——所含的情绪的元素较少，而智慧的元素较多。戏曲则是“表现的”作品（Moulton 的话），不如诗之含有最多量的情绪的元素。小说本是史诗的变化；它是叙述的，大部分的诗则多是直接引起读者的情绪。并且，诗的想象，另外有一种感化力，使我们看了，就知道它是诗，决不是小说，或论文或戏曲。有一种论文或叙述文，偶然带了些诗意，我们就称它做“诗的散文”。在用字方面，诗中所用的字句也有特别的选择。泰戈尔说；“诗使想选择那些有生命的字眼，——那些不是为纯粹报告之用，但能融化于我们心中，不以在市场中常用而损坏了它们的形式的字眼。”

总之诗与散文的分别在精神而不在有韵与否的形式。诗有“诗的”情绪，与“诗的”想象，我们一看，就知道，决不会与散文混杂的。

更具体的讲来，据 Rannie 的《文体纲要》所说，诗与散文、小说、论文等的分别，约有五端：

（一）诗比散文更相宜于智慧的创造。许多人都有一种强烈的创造冲动，想创造出以前没有创造过的东西，而使之不朽；诗是他们更相当的创造物；因诗的形式较整齐，且诗中更容易传达出自己的情感。

（二）诗是偏于文学的个人主义，就是适宜于表现自己，或自己的感情；散文偏于文学的实用主义。

（三）诗是偏于暗示的；散文则多为解释的。

（四）诗的感动力比散文更甚。这因为诗是纯粹的感情文学之故。

（五）诗比散文更适宜于美的表现。

这些与韵不韵无关的。只有第一节，形式较整齐，大半是周为有韵的原故，但这一节与诗文的分别无大关系——由此更可知：

诗之所以为诗，与形式的韵毫无关系了。

四

所以在理论上，散文诗的立足点，也是万分的稳固价。并且“我们固不坚执的说，诗非用散文做不可”，然而在实际上，诗确已有由“韵”趋散的形势了。

古代的文学，或科学大体都是用韵文写的。——也有不用韵文的——这大约是因为古代印刷或纸笔没有发明，思想或情绪之传达极为不易，故不得不用韵文，以期便于上口，便于传诵。但后来传写的工具，日益发达，许多做智慧的与情绪的文章的人，都嫌音韵之束缚，因而群趋于做更易自由表现自己的思想与感情的散文。小说就是由史诗蜕变出来的；现代的戏曲，也摒除“剧诗”，而改用散文来写。抒情诗也多已用散文来写。

除了英国美国的许多散文之作家以外，法国的鲍多莱耳（Baudelaire）也很早的用散文来做诗。俄国的屠格涅夫也做了五十篇的散文诗。印度的泰戈尔译他自己的著作为英文，也用的是散文诗体。中国近来做散文诗的人也极多，虽然近来的新诗（白话诗）不都是散文诗。Moulton 说：

> 古代的诗歌大部分是韵文，
> 近代的诗歌大部分是散文。

这确是极辩显现象。

许多人怀抱着“非韵不为诗”的主见，以为“散文不可名诗”，实是不合理而且无知。

本文用五点钟的工夫做成。因为不能有再多的工夫去写它了。并且手边也没有什么参考书。所以仍是很简单的略说了一下。这是对于读者非常抱歉的。有机会时还想重写一过。但是无论如何，读者看了这篇文章以后，似乎不至再对“散文诗”的存在，发生疑问了。

（原刊1922年1月1日《文学旬刊》第4期）

蝴蝶的文学

一

春送了绿衣给田野，给树林，给花园；甚至于小小的墙隅屋角，小小的庭前阶下，也点缀着新绿。就是油碧色的湖水，被春风粼粼的吹动，山间的溪流也开始淙淙汩汩的流动了；于是黄的、白的、红的、紫的、蓝的，以及不能名色的花开了，于是黄的、白的、红的、黑的，以及不能名色的蝴蝶们，从蛹中苏醒了，舒展着美的耀人的双翼，栩栩在花间，在园中飞了；便是小小的墙隅屋角，小小的庭前阶下，只要有新绿的花木在着的，只要有什么花舒放着的，蝴蝶们也都栩栩的来临了。

蝴蝶来了，偕来的是花的春天。

当我们在和暖宜人的阳光底下，走到一望无际的开放着金黄色的花的菜田间，或杂生着不可数的无名的野花的草地上时，大的小的蝴蝶们总在那里飞翔着。一刻飞向这朵花，一刻飞向那朵花，便是停下了，双翼也还在不息不住的扇动着。一群儿童们嬉笑着追逐在它们之后，见它们停下了，悄悄的便蹑足走近，等到他们走近时，蝴蝶却又态度闲暇的舒翼飞开了。

> 呵，蝴蝶！它便被追，也并不现出匆急的神气。
>
> ——日本的俳句，我乐作

在这个时候，我们似乎感得全个宇宙都耀着微笑，都泛溢着快乐，每个生命都在生长，在向前或向上发展。

二

在东方，蝴蝶是我们最喜欢的东西之一，画家很高兴画蝶。甚至于在我们古式的帐眉上，常常是绘饰着很工细的百蝶图，——我家以前便有二幅帐眉是这样的。在文学里，蝴蝶也是他们所很喜欢取用的题材之一。歌咏蝴蝶的诗歌或赋，继续的产生了不少。梁时刘孝绰有《咏素蝶》一诗：

随蜂绕绿蕙，避雀隐青薇。
映日忽争起，因风乍共归。
出没花中见，参差叶际飞。
芳华幸勿谢，嘉树欲相依。

同时如简文帝（萧纲）诸人也作有同题的诗。于是明时有一个钱文荐的做了一篇《蝶赋》，便托言梁简文与刘孝绰同游后园，“见从风蝴蝶，双飞花上”，孝绰就作此赋以献简文。此后，李商隐、郑谷、苏轼诸诗人并有咏蝶之作，而谢逸一人作了蝶诗三百首，最为著名，人称之为“谢蝴蝶”。

叶叶复翻翻，斜桥对侧门。
芦花唯有白，柳絮可能温？
西子寻遗殿，昭君觅故村。
年年方物尽，来别败兰荪。

——李商隐作

寻艳复寻香，似闲还似忙。
暖烟深蕙径，微雨宿花房。
书幌轻随梦，歌楼误采妆。
王孙深属意，绣入舞衣裳。

——郑谷作

双肩卷铁丝，两翅晕金碧。
初来花争妍，忽去鬼无迹。
——苏轼作

何处轻黄双小蝶，翩翩与我共徘徊。
绿阴芳草佳风月，不是花时也解来。
——陆游作

桃红李白一番新，对舞花前亦可人。
才过东来又西去，片时游遍满园春。
江南日暖午风细，频逐卖花人过桥。
……
——谢逸作

像这一类的诗，如要集在一起，至少可以成一大册呢。然而好的实在是没有多少。

在日本的俳句里，蝴蝶也成了他们所喜咏的东西，小泉八云曾著有《蝴蝶》一文①，中举咏蝶的日本俳句不少，现在转译十余首于下。

就在睡中吧，它还是梦着在游戏——呵，草的蝴蝶。
——护物作

醒来！醒来！——我要与你做朋友，你睡着的蝴蝶。
——芭蕉作

呀，那只笼鸟眼里的忧郁的表示呀；——它妒羡着蝴蝶！
——作者不明

① 小泉八云（1850—1904）：爱尔兰裔日本作家，以散文创作知名。

当我看见落花又回到枝上时，——呵！它不过是一只蝴蝶！

——守武作

蝴蝶怎样的与落花争轻呵！

——春海作

看那只蝴蝶飞在那个女人的身旁——在她前后飞翔着。

——素园作

哈！蝴蝶！——它跟随在偷花者之后呢！

——丁涛作

可怜的秋蝶呀！它现在没有一个朋友，却只跟在人的后边呀！

——可都里作

至于蝴蝶们呢，他们都只有十七八岁的姿态。

——三津人作

蝴蝶那样的游戏着，——一若在这个世界上没有一个敌人似的！

——作者未明

呀，蝴蝶！——它游戏着，似乎在现在的生活里，没有一点别的希求。

——一茶作

在红花上的是一只白的蝴蝶，我不知是谁的魂。

——子规作

我若能常有追捉蝴蝶的心肠呀！

——杉长作

三

我们一讲起蝴蝶，第一便会联想到关于庄周的一段故事。《庄子·齐物论》道："昔者庄周梦为蝴蝶，栩栩然蝴蝶也，自喻适志与，不知周也。俄然觉，则蘧蘧然周也。不知周之梦为蝴蝶与？蝴蝶之梦为周与？周与蝴蝶，则必有分矣。此之为物化。"这一段简短的话，又合上了"庄子妻死，惠子吊之。庄子方箕踞，鼓盆而歌"（《至乐篇》）的一段话，后来便演变成了一个故事。这故事的大略是如此：庄周为李耳的弟子，尝昼寝梦为蝴蝶，"栩栩然于园林花草之间，其意甚适。醒来时，尚觉臂膊如两翅飞动，心甚异之。以后不时有此梦。"他便将此梦诉之于师。李耳对他指出夙世因缘。原来那庄生是混沌初分时一个白蝴蝶，因偷采蟠桃花蕊，为王母位下守花的青鸾啄死。其神不散，托生于世做了庄周。他被师点破前生，便把世情看做行云流水，一丝不挂。他娶妻田氏，二人共隐于南华山。一日，庄周出游山下，见一新坟封土未干，一少妇坐于冢旁，用扇向冢连扇不已，便问其故。少妇说，她丈夫与她相爱，死时遗言，如欲再嫁，须待坟土干了方可。因此举扇扇之。庄子便向她要过扇来，替她一扇，坟土立刻干了。少妇起身致谢，以扇酬他而去。庄子回来，慨叹不已。田氏闻知其事，大骂那少妇不已。庄子道："生前个个说恩深，死后人人欲扇坟。"田氏大怒，向他立誓说，如他死了，她决不再嫁。不多几日，庄子得病而死。死后七日，有楚王孙来寻庄子，知他死了，便住于庄子家中，替他守丧百日。田氏见他生得美貌，对他很有情意。后来，二人竟恋爱了，结婚了。结婚时，王孙突然的心疼欲绝。王孙之仆说，欲得人的脑髓吞之才会好。田氏便去拿斧劈棺，欲取庄子之脑髓。不料棺盖劈裂时，庄子却叹了一口气从棺内坐起。田氏吓得心头乱跳，不得已将庄子从棺内扶出。这时，寻王孙时，他主仆二人早已不见了。庄子说她道："甫得盖棺遭斧劈，如何等待扇干坟!"又用手向外指道："我教你看两个人。"田氏回头一看，只见楚王孙及其仆踱了进来。她吃了一惊，转身时，不见了庄生，再回头时，连王孙主仆也不见了。"原来此皆庄生分身隐形之法。"田氏自觉羞辱不堪，便悬梁自缢而死。庄子将她尸身放入劈破棺木时，敲着瓦盆，依棺而歌。

这个故事，久已成了我们的民间传说之一。最初将庄子的两段话演为故事的在什么时代，我们已不能知道，然在宋金院本中，已有《庄周梦》的名目（见《辍耕录》）。其后元明人的杂剧中，更有几种关于这个故事的：

鼓盆歌庄子叹骷髅　一本（李寿卿作）

老庄周一枕蝴蝶梦　一本（史九敬先作）

庄周半世蝴蝶梦　一本（明无名氏作）

这些剧本现在都已散逸，所可见到的只有《今古奇观》第二十回《庄子休鼓盆成大道》一篇东西。然诸院本杂剧所叙的故事，似可信其与《今古奇观》中所叙者无大区别。可知此故事的起源，必在南宋的时候，或更在其前。

四

韩凭妻的故事较庄周妻的故事更为严肃而悲惨。宋大夫韩凭，娶了一个妻子，生得十分美貌。宋康王强将凭妻夺来。凭悲愤自杀。凭妻悄悄的把她的衣服弄腐烂了。康王同她登高台远眺。她投身于台下而死。侍臣们急握其衣，却着手化为蝴蝶。（见《搜神记》）

由这个故事更演变出一个略相类的故事。《罗浮旧志》说："罗浮山有蝴蝶洞在云峰岩下，古木丛生，四时出彩蝶，世传葛仙遗衣所化。"

我少时住在永嘉，每见彩色斑斓的大凤蝶，双双的飞过墙头时，同伴的儿童们都指着他们而唱道："飞，飞！梁山伯、祝英台！"《山堂肆考》说："俗传大蝶出必成双，乃梁山伯、祝英台之魂，又韩凭夫妇之魂，皆不可晓。"梁祝的故事，与韩凭夫妻事是绝不相类的，是关于蝴蝶的最凄惨而又带有诗趣的一个恋爱的故事。这个故事的来源不可考，至现在则已成了最流传的民间传说。也许有人以为它是由韩凭夫妻的故事蜕化而出，然据我猜想，这个故事似与韩凭夫妻的故事没有什么关系。大约是也许有的地方流传着韩凭夫妻的故事，便以那飞的双凤蝶为韩凭夫妻。有的地方流传着梁山伯祝英台的故事，便以那双飞的凤蝶为梁山伯祝英台。

梁山伯是梁员外的独生子，他父亲早死了。十八岁时，别了母亲到杭州去读书。在路上遇见祝英台；祝英台是一个女子，假装为男子，也要到杭州去读书。二人结拜为兄弟，同到杭州一家书塾里攻学。同居了三年，山伯始终没有看出祝英台是女子。后来，英台告辞先生回家去了；临别时，悄悄的对师母说，她原是一个女子，并将她恋着山伯的情怀诉述出。山伯送英台走了一程；她屡以言挑探山伯，欲表明自己是女子，而山伯俱不悟。于是，她说道，她家中有一个妹妹，面貌与她一样，性情也与她一样，尚未定婚，叫他去求亲。二人就此相别。英台到了家中，时时恋念着山伯，怪他为什么好久不来求婚。后来，有一个马翰林来替他的儿子文才向英台父母求婚，他们竟答应了他。英台得知这个消息，心中郁郁不乐。这时，山伯在杭州也时时恋念着英台，——是朋友的恋念。一天，师母见他忧郁不想读书的神情，知他是在想念着英台，便告诉他英台临别时所说的话，并述及英台之恋爱他。山伯大喜欲狂，立刻束装辞师，到英台住的地方来。不幸他来得太晚了，太晚了！英台已许与马家了！二人相见述及此事，俱十分的悲郁，山伯一回家便生了病，病中还一心恋念着英台。他母亲不得已，只得差人请英台来安慰他。英台来了，他的病觉得略好些。后来，英台回家了，他的病竟日益沉重而至于死。英台闻知他的死耗，心中悲抑如不欲生。

然她的喜期也到了。她要求须先将喜桥抬至山伯墓上，然后至马家，他们只得允许了她这个要求。她到了坟上，哭得十分伤心，欲把头撞死在坟石上，亏得丫环把她扯住了。然山伯的魂灵终于被她感动了，坟盖突然的裂开了。英台一见，急忙钻入坟中。他们来扯时，坟石又已合缝，只见她的裙儿飘在外面而不见人。后来他们去掘坟。坟掘开了，不惟山伯的尸体不见，便连英台的尸体也没有了，只见两个大凤蝶由坟的破处飞到外面，飞上天去。他们知道二人是化蝶飞去了。

这个故事感动了不少民间的少年男女。看它的结束甚似《华山畿》的故事。《古今乐录》说："华山畿者，宋少帝时《懊恼》一曲，亦变曲也。少帝时南徐一士子，从华山畿往云阳，见客舍有女子，年十八九。悦之无因，遂感心疾。母问其故，具以启母，母为至华山寻访，见女，具说，女闻感之，因脱蔽膝；令母密置其席下，卧之当已。少日果差。忽举席见蔽膝而抱持，遂吞食而死。气欲绝，谓母曰：'葬时，车载从华山度，'母从其意。比至女门，牛不肯前，打拍不动。女曰：'且待须臾'。装点沐浴既而出，歌曰：'华山畿，君既为侬死，独活为谁施！欢若见怜时，棺木为侬开。'棺应声开。女遂入棺。家人扣打，无如之何，乃合葬，呼曰神女冢。"也许便是从《华山畿》的故事里演变而成为这个故事的。

五

梁山伯祝英台以及韩凭夫妻，在人间不能成就他们的终久的恋爱，到了死后，却化为蝶而双双的栩栩的飞在天空，终日的相伴着。同时又有一个故事，却是蝶化为女子而来与人相恋的。《六朝录》言：刘子卿住在庐山，有五彩双蝶，来游花上，其大如燕。夜间，有两个女子来见他，说，"感君爱花间之物，故来相谐，君子其有意乎？"子卿笑曰，"愿伸缱绻。"于是这两个女子便每日到子卿住处来一次，至于数年之久。

蝶之化为女子，其故事仅见于上面的一则，然蝶却被我东方人视为较近于女性的东西。所以女子的名字用“蝶”字的不少，在日本尤其多。（不过男子也有以蝶为名）现在的舞女尚多用蝶花、蝶吉、蝶之助等名。私人的名字，如“谷超”（Kocho）或“超”（Cho），其意义即为蝴蝶。陆奥的地方，尚存称家中最幼之女为太郭娜（Tekona）之古俗，太郭娜即陆奥土语之蝴蝶。在古时，太郭娜这个字又为一个美丽的妇人的别名。

然在中国蝶却又为人所视为轻薄无信的男子的象征。粉蝶栩栩的在花间飞来飞去，一时停在这朵花上，隔一瞬，又停在那一朵花上，正如情爱不专一的男子一样。又在我们中国最通俗的小说如《彭公案》之类的书，常见有花蝴蝶之名；这个名字是给予那些喜爱任何女子的色情狂的盗贼的。他们如蝴蝶之闻花的香气即飞去寻找一样，一见有什么好女子，便追踪于她们之后，而欲一逞。

在这个地方，所指的蝴蝶便与上文所举的不同，已变为一种慕逐女子的男性，并非上文所举的女性的象征了。所以，蝴蝶在我们东方的文学里，原是具有异常复杂的意义的。

六

蝶在我们东方，又常被视为人的鬼魂的显化。梁祝及韩凭的二故事，似也有些受这个通俗的观念的感发。这种鬼魂显化的蝶，有时是男子显化的，有时是女子显化的。《春渚纪闻》说，“建安章国老之室宜兴潘氏，既归国老，不数岁而卒。其终之日，室中飞蝶散满，不知其数，闻其始生，亦复如此。即设灵席，每展遗像，则一蝶停立久久而去。后遇避讳之日，与曝像之次，必有一蝶随至，不论冬夏也。其家疑其为花月之神。”这个故事还未说蝶就是亡去少妇的魂。《癸辛杂识》所记的二事，乃直捷的以蝶为人的魂化。“杨昊字明之，娶江氏少女，连岁得子。明子客死之明日，有蝴蝶大如掌，徊翔于江氏旁，竟日乃去。及闻讣，聚族而哭，其蝶复来，绕江氏，饮食起居不置也。盖明之未能割恋于少妻稚子，故化蝶以归尔。……杨大芳娶谢氏，亡未殓。有蝶大如扇，其色紫褐，翩翩自帐中徘徊飞集窗户间，终日乃去。"

日本的故事中，也有一则关于魂化为蝶的传说。东京郊外的某寺坟地之后，有一间孤零零立着的茅舍，是一个老人名为高滨（Takahama）的所住的房子。他很为邻居所爱，然同时人又多自之为狂。他并不结婚，所以只有一个人。人家也没有看见他与什么女子有关系。他如此孤独的住着，不觉已有五十年了。某一年夏天，他得了一病，自知不起，便去叫了弟媳及她的一个三十岁的儿子来伴他。某一个晴明的下午，弟媳与她的儿子在床前看视他，他沉沉的睡着了。这时有一只白色大蝶飞进屋，停在病人的枕上。老人的侄用扇去逐它，但逐了又来。后来它飞出到花园中，侄也追出去，追到坟地上。它只在他面前飞，引他深入坟地。他见这蝶飞到一个妇人坟上，突然的不见了。他见坟石上刻着这妇人名明子（Akiko）死于十八岁。这坟显然已很久了，绿苔已长满了坟石上。然这坟收拾得干净，鲜花也放在坟前，可见还时时有人在看顾她。这少年回到屋内时，老人已于睡梦中死了，脸上现出笑容。这少年告诉母亲在坟地上所见的事，他母亲道："明子！唉！唉！"少年问道："母亲，谁是明子？"母亲答道："当你伯父少年时，他曾与一个可爱的女郎名明子的定婚。在结婚前不久，她患肺病而死。他十分的悲切。她葬后，他便宣言此后永不娶妻，且筑了这座小屋在坟地旁，以便时时可以看望她的坟。这已是五十年前的事了。在这五十年中，你伯父不问寒暑，天天到她坟上祷哭，且以物祭之。但你伯父对人并不提起这事。所以，现在，明子知他将死，便来接他：那大白蝶就是她的魂呀。"

在日本又有一篇名为《飞的蝶簪》的通俗戏本，其故事似亦是从鬼魂化蝶的这个概念里演变出。蝴蝶是一个美丽的女子，因被诬犯罪及受虐待而自杀。欲为她报仇的人怎么设法也寻不出那个害她的人。但后来，这个死去妇人的发簪，化成了一只蝴蝶，飞翔于那个恶汉藏身的所在之上面，指导他们去捉他，因此报了仇。

七

《蝴蝶梦》一剧是中国古代很流行的剧本之一。宋金院本中有《蝴蝶梦》的一个名目，元剧中有关汉卿的一本《包待制三勘蝴蝶梦》，又有萧德祥的一本同名的剧本。现在关汉卿的一本尚存在于《元曲选》中。

这个戏剧的故事，也是关于蝴蝶的，与上面所举的几则却俱不同。大略是如此：王老生了三个儿子，都喜欢读书。一天，他上街替儿子们买些纸笔，走得乏了，在街上坐着歇息，不料因冲着马头，却被骑马的一个势豪名葛彪的打死了，三个儿子听见父亲为葛彪打死，便去寻他报仇，也把他打死了。他们都被捉进监狱。审判官恰是称为中国的苏罗门的包拯[①]。当他大审此案之前，曾梦自己走进一座百花烂漫的花园，见一个亭子上结下个蛛网，花间飞来一个蝴蝶，正在打网中，却又来了一个大蝴蝶，把它救出。后来，又来第二个蝴蝶打在网中，也被大蝴蝶救了。最后来了一个小蝴蝶，打在网上，却没有人救，那大蝴蝶两次三番只在花丛上飞，却不去救。包拯便动了恻隐之心，把这小蝴蝶放走了。醒来时，却正要审问王大王二王三打死葛彪的案子。他们三个人都承认葛彪是自己打死的，不干兄或弟的事。包拯说，只要一个人抵命，其他二人可以释出。便问他们的母亲，要那一个去抵命。她说，要小的去。包拯道："为什么？小的不是你养的么？"母亲悲哽的说道："不是的，那两个，我是他们的继母，这一个是我的亲儿。"包拯为这个贤母的举动所感动，便想道："梦见大蝴蝶救了两个小蝶，却不去救第三个，倒是我去救了他。难道便应在这一件事上么？"于是他假判道："王三留此偿命，"同时却悄悄的设法，把王三也放走了。

---

① 苏罗门：今通译所罗门，古代希伯来统一王国国王。以智慧著称，曾巧断婴儿归母之案。

八

还有两则放蝶的故事，也可以在最后叙一下。

唐开元的末年，明皇每至春时，即旦暮宴于宫中，叫嫔妃们争插艳花。他自己去捉了粉蝶来，又放了去。看蝶飞止在那个嫔妃的上面，他便也去止宿于她的地方。后来因杨贵妃专宠，便不复为此戏。(见《开元天宝遗事》)

这一则故事，没有什么很深的意味，不过表现出一个淫佚的君王的轶事的一幕而已，底下的一则，事虽略觉滑稽，却很带着人道主义的精神。

长山王进士斝生为令时，每听讼，按律之轻重，罚令纳蝶自赎。堂上千百齐放，如风飘碎锦；王乃拍案大笑。一夜，梦一女子衣裳华好，从容而入曰："遭君虐政，姊妹多物故，当使君先受风流之小谴耳。"言已，化为蝶，回翔而去。明日，方独酌署中，忽报直指使至，皇遽而去，闺中戏以素花簪冠上，忘除之，直指见之，以为不恭，大受斥骂而返。由是罚蝶令遂止。(见《聊斋志异》卷十五)

(收入 1932 年新中国书局版《海燕》集)

轻歌妙舞送黄昏

——观印度卡玛拉姊妹的表演后作

假如有什么好书使你读了一次之后，还想再读两次三次的话，有什么风光明媚的山畔水涯，使你到过一次之后，还想再去两次三次的话，那末，那些好书或那些风景区的确是值得人们吟味和留恋的了，也就是古语所云："好书不厌百回读"之意。我看了印度婆罗多舞舞蹈家卡玛拉姊妹的表演就有这个感觉。我看了一次，又看了一次，但余味无穷，还想再看三次，四次，以至更多次，如果有可能的话。

那些场极高超的艺术的表演，是那末简朴，又是那末丰富多采。舞台上着不得一丁点儿背景，或道具什么的，几千只眼睛只集中在一位或两位的舞蹈者的身上，随着她或她们的一举手，一投足，一扬眉，一转眼的疾如脱兔、宛若游龙的细腻之至，却又是变化无端的动作而移转着，只恐怕疏忽了一个身段，漏掉了一个手势。她们的舞姿，是那末柔媚，却又是那末刚劲；柔若无骨，刚如利剑。也许只有一句话可以描述她们："百炼钢化为绕指柔。"不经过"百炼"，怎能如此地颈肩柔转，臂指圆融呢。卡玛拉女士的脸上表情是无穷无尽的，一会儿欢欢喜喜，一瞬间，又一变而为痛楚凄凉，又一变而为愤怒填胸，你简直有点赶不上她的变化。她的象牙色的十指，会表演出各式各样的姿态。在印度舞蹈艺术里手势的表演本来占很重要的地位。舞蹈家的十指尖尖，是会说出无穷尽的话语，无穷尽的情意来的。不仅如此，全身的各部分，特别是眉、眼、嘴、唇、面颊、颈、肩、臂、足，无不会说出各式各样的话语和情意的。卡玛拉女士的开合迅速的十指和眉、眼、颈、臂，是成功地而且优雅地达到了印度舞技的高峰了。见到她的一场舞蹈基本动作的表演。表演蜜蜂，仿佛就使观众像听到营营之声，渐飞渐近，绕着香花而转，而憩息了下来。表演双角岐嶷的牡鹿，就使我们见到它的确在惊奔着，双眼是那末恐怯。表演孔雀，就使我们觉得它是悠闲而高贵地在散步，在饮啄，在骄傲地张开锦色斑斓的尾屏。

卡玛拉姊妹是从印度的南部大海港马德拉斯来的。马德拉斯是保存着印度风趣最醇厚的地方，也是印度舞蹈艺术的重要宝库之一。卡玛拉姊妹的婆罗多舞和其他的好些舞蹈都是属于南方一派的。但那不是说，他们就不擅长别的舞蹈了。卡玛拉女士的北方卡塔克舞，是那样地迷人。随着音乐的缓奏，手、足和眼、眉，逐渐舞开了。缓缓地挥着手，缓缓地转着足，铿锵悦耳的脚铃声，有节奏地响着，像天上彩虹似的百褶裙子，也有节奏地时张时合，眉眼之间仿佛含着无限的幽怨。突然地，舞步由缓而疾，乐声也急骤地变快了，表情也顿时紧张起来。手之舞之，足之蹈之，那姿态优美极了，就像一只五色缤纷的蝴蝶，在眼前飞翔着，就像彩色幻变不穷的虹霓在眼前闪耀着。看她那脸部的表情，也便是瞬息万变，和舞蹈的动作紧紧地结合无间，配合得奇妙可喜。

卡玛拉姊妹的每场舞蹈都给予我们以二小时以上的无上的欢愉与欣爱。没有一秒钟容许你转眼他顾。一下子疏忽，或偶然地没有全神贯注的话，便会失去了一段、一节最美妙的柔姿妙态。舞蹈者以整个的身心，整个的感情，整个的灵魂在舞台上舞着，观众们也必须打叠起全副精神来观看。粗心大意的人是不会充分地欣赏得到其细致优美的好处的，但即使是他们，也绝对不会无动于衷，不会不屏息宁神在观看着，而到了红幕垂下时才轻喟一口气的。

乐队只有四个人，一位吹笛，一位击鼓，一位击磬兼歌唱，一位是导演，有时也参加歌唱。人数虽不多，却配合得十分紧凑。假如我们能够听得懂那些歌词，一定会更加感动的，但即使是不懂它们，而这场轻歌妙舞已足够使观众度过一个最有意义和最愉快的黄昏了。

印度这个伟大民族，正和中国民族似的，蕴蓄着的是多大的力量，多么繁赜，多末丰富多采的文化艺术的遗产啊！是取之不竭，用之不尽的一个世界上最优秀艺术的源泉。

（原刊 1957 年 4 月 5 日《人民日报》）

赞歌朝霞般的舞蹈

——观印度乌黛·香卡舞蹈团的演出后

桃红色的曙光从东方升起。天空一望皆碧，四散地点缀着浓厚的云块。是一个令人心身俱爽的大好晴天。还未与人见面的太阳光，先染得天上的云块陆离光怪，变幻无穷；这里是一片紫红色，那边是一块鲜红的霞光，再过去又是金黄色的一堆云块，另一边乃是黑黑的一片，边缘上却已被涂上了金红的光彩，像镶上了艳丽异常的花边，衬托着云罅的碧空，益显得逗引人欣悦。把整个天空合起来看，乃是各种各样的光与色彩的奇妙的结合；分开来看，每一片，每一块，每一堆的云层，又各自有其奥妙与变化的特点。这便是灿烂的朝霞，宇宙间的绝妙景色之一。

把这样的光与色彩捕捉入音乐里去的，便会成为一位不朽的作曲家；把这样的奇妙的良晨美景绘写到画幅上的，便会成为一位大画家。但与它最适合、最吻合无间的、最气味相投的，乃是舞蹈家们。舞蹈家们的变幻无常的手舞足蹈，变动迅速的动作，绚丽非凡的服装，最能够具体的形象化的把这样的俪天的朝霞的景色表现出来。在其间，印度的五光十色的舞蹈尤具有那末撼人心腑的魔力。在其间，印度乌黛·香卡舞蹈团尤其能够充分地表现出印度古典舞蹈与民间舞蹈的有机的奇妙的结合，而显示着朝霞般的五色缤纷的奇妙的景色。我们如果赞歌朝霞，便也不能不赞歌这朝霞般的乌黛·香卡舞蹈团。

乌黛·香卡先生今年五十六岁，他已经从事于舞蹈的编导与演出事业整整三十七年。他所编导的各种舞蹈，是古典的，又是民间的，是古老的印度民族的，又是结合着若干现代化的动作。一眼望去，乃是彻头彻尾地印度的，也是彻头彻尾地乌黛·香卡的。就在演出印度古典舞的时候，也浓厚地渗透着乌黛·香卡的气氛。乌黛·香卡的作风自成一派，很壮大的一派。

我们且看乌黛·香卡自己表演的“因陀罗舞”。他把这位至尊无上的神道，人格化了；以既柔且刚，又猛又爱，慈祥如恋子之母亲，勇烈如扑兽的狮王的瞬息百变的舞姿，曲曲传神地表现出这位神道的惊人的力量来。浑身都是劲，浑身都有动作，也就是说浑身都在舞，差不多身上的每一部分的肌肉都在活动着，柔若无骨而刚若“泰山石”。那功力深湛极了，他的“卡尔梯基亚舞”，描写着湿婆神的金儿子卡尔梯基亚在出发斩魔之前，向诸神祷告着；祷告后，就坐着战车出发。他是那么威风凛凛，英姿动人。伴奏的乐声有些特别，金声配着悠扬的笛声，骤听之，大似中国曲调。仔细推敲了之后，颇疑心是取之于印度尼西亚的。乌黛·香卡气魄弘伟，是会不怯于取材于印度本土以外的。

有他领头的许多别的舞蹈，像“锡达塔王子的伟大出家舞”（且举这个舞为例）①，整个场面全都活了起来。他是那样地善于体会或掌握那位哲人厌弃尘世的心情。脸上的表情和手足的动作都深刻细腻异常的是入骨三分，赚人酸心落泪。

亚玛娜·香卡是乌黛·香卡的夫人，也是这个舞蹈团的女主角。她的舞技是到家的。像颂神（克里希纳神）的“曼尼普里舞”，就比一般的曼尼普里舞来得丰富。眩目的盛装，多感的脸部，会说话的眉与眼，能传达出心意的迅速地变化着的手势，合拍地响着脚铃的优美地进退着的双足，凑合起来便成为醉人的美妙的一折上好的舞蹈。她的“克里希南尼舞”，在我所看过的不少次、不少人表演着这个同样的舞里面，她的确是一个杰出者。这舞是一种宗教与艺术相结合的舞蹈，充分地表现着天人相接的感情，充满了多情善感的妇女们的爱恋与思念。而其实，人格化了的神，也便是有

---

①　锡达塔王子：佛教创始人释迦牟尼出家前是古印度迦毗罗卫国的王子，名悉达多（即锡达塔）。

血有肉的人。她在这里，脸上的表情是变化多端的，或喜或愁，若慕若怨，曲尽了深刻的心理描写的能事。她的手势在朗朗地说着话，十指尖尖，忽张忽合，忽伸忽屈，配合着歌者的唱词而迅快地变换着手势。但愿我们能够听得懂那曼声长吟的歌词啊！如果懂得，将更会如何地领会到和同情于她的倾慕之心呢。

几个有亚玛娜·香卡在领头的集体舞，像“阿萨姆舞”，她也表现得很突出。她的舞姿细致曲折，转如回风之舞雪，进似猎狗之扑兔，能够把悲惨的命运和与大自然搏斗的失败，感人地体现在舞台上面，在大自然的残酷的灾害的面前，人类变得如此的嫉妒无情。两条人命被河水冲走了，那消息只是像河水上的涟漪，一转眼就消失了。战胜大自然的灾害和战胜不幸的社会的不平是不可分割的。

舞蹈团演员们表演的“收获舞”，是表现印度农村生活片断的集体舞。农村的男男女女，在收获之后，就是节日了。他们以歌舞来庆祝收获，并以种种舞姿来追忆雨天、播种、收割等等的农家的辛苦。这是一个民间舞，但经过乌黛·香卡的大手笔，成为比较现代化的一个集体舞了。我们在这里闻得出乌黛·香卡的创作的劳动之气息。他改进了民间舞蹈，磨去了其间粗糙的和原始的部分，加入了些适合于现代人的趣味的东西。这样的大气魄、大手笔的改革，很值得我们仔细的研究。

“旁遮普”民间舞蹈，也是一个集体舞，也是同样地由乌黛·香卡改编过的。“改编”耗费了他很大的苦心。但站在吸取印度民间舞蹈的优良传统的基础上，而加以提高，加以改革，加以重行整练过，乃是使印度民间舞蹈能够为现代人，特别是非印度人所能接受、所能欣赏的主要原因。也因此，印度民间舞蹈乃能更广泛地流传于世界各地了。

乌黛·香卡先生的改编与创作的勇气与雄心是令人钦佩的。他的舞蹈团是刻刻在前进，时时在发展。他没有一刻停止过。他自己告诉我说，“也希望在中国学习到些舞蹈。”

的确，他不仅吸收了印度的古典的与民间的舞蹈的精华，而且也吸收着印度以外的世界上的好东西。他是那样地博取广收，取精用弘！乃能使他的舞蹈团成为一个整体，——不是零零碎碎的乃是一个完美的整体！像陆离光怪的朝霞似的，是那末令人心醉地出现于舞台上面啊。

一九五七年七月二十六日深夜记

（原刊 1957 年 7 月 28 日《人民日报》）

大　同

十日，五时即起身。六时二十分由张家口开车。过阳高时，本想下去游白登堡，因昨夜大雨滂沱，遍地泥泞，不能下足，只好打消此议。下午一时半到大同。

大同在六朝做过北魏的都城，历代也都是大邑重镇。遗留古迹极多。在平绥路线上是一个最有过去的光荣的地方。现在车道可通太原等处。将来同蒲路修竣，这个地方在军事和商业上占的地位更为重要。

过大同的人，没有一个不耳熟于云岗石窟之名。这是北魏时代的一个伟大的艺术的宝窟。我憧憬于兹者已有好多年。到大同的目的，大半在游云岗。但并不是说，城内便没有可逛的地方。大同的城内也到处都是古迹，都有伟大的建筑物和艺术品在着。在大同，便够你逛个十天八天，逛个心满意足，还使你流连徘徊，不忍即返。

在车站上听见人说，连日大雨倾盆，通云岗的汽车道已被水冲坏，交通中断。这话使我的游兴为之减去大半。其田、文藻到骑兵司令部去打听关于云岗道上的消息，并去借汽车。——到云岗虽不过三十里，汽车一小时余可达，坐骡车骑马却都很费事，故非去借汽车不可。过了许久，他们才回来，说赵司令承绶已赴云岗，他也因路断不能回来。现在正派工兵连夜赶修，大约明天这条路可以修好。

这样的在期待中，在车厢里过了半天，夜色苍茫，如豆的电灯光照得人影如鬼影似的，实在鼓不起上街的兴趣。到这陌生的地方，也不愿意夜游。便在车上闲谈，消遣过这半夜。

十一日六时起。九时左右，司令部的载重汽车来了。先游城内。云岗的修路消息还没有来，据说，要十二时前后方才知道确实的情形。颉刚游过大同数次，他独留在车上写信，不出去。

大同旧城外，有外郭三，除兵房外，无甚商店。但马路甚好，兵士时常的在修理。一进旧城，便是县政府的范围，那马路的崎岖不平，泥泞满涂，有过于北平人所称的“无风三尺土，有雨一街泥”。我们坐在大汽车上颠簸得真够受。旧城的城楼，曾改建成西式的楼房，作为图书馆。后冯玉祥军围大同，图书馆为炮火所毁，至今未能恢复。一座破坏了的洋楼孤巍巍的耸立在城头，倒是一个奇观。

到了阳和街东，便是九龙壁的所在。这是代王邸前的一道照壁。王邸已沦为民居，仅此照壁尚存。锁上了门，须叫看守者开门进去。那九条龙张牙舞爪的显得很活泼。琉璃砖瓦砌合的东西，光彩过于辉煌耀目，火辣辣的，一看便有非高品之感。但此壁琉璃砖上的彩色已剥落了不少，却觉得古色斑斓，恬暗幽静，没有一点火气，较之北海公园的那一座九龙壁来，这一座是够得上称做老前辈的了。在壁下徘徊了好久。壁的前面是一个小池。据看守人说，池里有水的时候，龙影映在水中，活像是真龙。又说，大小龙共计一千三百八十条。此数大约不确，连琉璃瓦片上的小龙计之，也不会到此巨数的。“九龙神迹”的一碑为乾隆重修时所立。又有嘉庆及民国十九年重修的二碑。门首有一碑，题云：“奉旨传教修德立功为义殒躯杨司铎、雅各伯”，大约是拳匪时被杀者的纪念碑。

次游华严寺，这是大同城内最著名的梵刹。共有上寺下寺二所，相距甚近。当初香火盛时，或是相连的，后来寺址的一部分被侵占为民居，便隔成两地了。这是很可能的解释。上华严寺规模极大，现在虽然破坏不堪，典型犹在。旁院及后院皆夷为民居。大雄宝殿是保存得最好的一部分。终年锁上了门，可想见香火的冷落。找到了一个看守的和尚，方才开了门。此殿曾经驻过兵，被蹂躏得不堪。壁画尚完好。但都是金碧焕然，显为二三十年内所作的。有题记云："信心弟子画工董安"，又云："云中钟楼西街兴荣魁信心弟子画工董安"。这位董安，当是很近代的人。但画的佛像及布置的景色却浑朴异常，饶有古意。有好几个地方还可看出旧的未经修补涂饰的原来痕迹。大约董安只不过修补一下，加上些新鲜的颜色上去而已。原来署名的地方，一定是有古人署名的，却为他所涂却，僭写上了自己的名号了。此种壁画，当不至经过一次两次的涂饰。每经过一次的"装修"，必定会失去若干的"神韵"。凡董安所曾"装修"过的，细阅之，笔致皆极稚弱。仅存古作的躯壳耳。凡未经他的"装修"的，气魄皆很伟大，线条使色，都比较的老练，大胆。今日壁画的作家，仅存于西北一隅，而人皆视之为工匠，和土木工人等量齐观，所得也极微少，无怪他们的堕落。再过几年，恐怕连这类的"匠人"也不易找到了。北方的佛教势力实在是太微弱了，除了一年一度或数度的庙会之外，差不多终年是没有香火的。有香火的几个庙，不过是娘娘庙、城隍庙及关帝庙、玉皇庙的寥寥数座而已。为了生活的压迫，连宗教的崇拜也都专趋于与自己有切身利害关系的神祇们身上，什么释迦如来之类，只好是关上大门喝西北风了。故北方的庙宇，差不多不容易养活多少个僧侣。像灵隐寺及普陀山诸寺之每寺往往住着数百千个和尚的简直是没有。这有名的古刹华严寺，不过住着几个很穷苦的看守人而已，而其衣衫的破烂，殊有和这没落的古庙相依为命之概。北方的庙宇，听说，只有喇嘛庙还可以存在，每庙也常住着数百人。其经济的来源却是从蒙古王公们那方面供给的居多。然今日也渐渐的日见其衰颓了。

上华严寺的大殿上的佛像以及布置，都和江南及北平的不同。殿很大，共有九九八十一间。还是辽代的建筑，历经丧乱，巍然独存。佛像极庄严，至晚是金元时代的东西。供养佛前的花瓶，是石头造的。像后的焰光极繁缛绚丽，和永乐时代的木板雕刻的佛像有些相同。无疑的，木雕是从这实物上仿得的。

“大雄宝殿”四字是宣德二年写的。又有“调御丈夫”一额，是万历戊午年马林所题。此外，便无更古的题记了。

走过一条街便是下华严寺。一走进寺门，觉得气魄没有上寺大，眼界没有上寺敞。但当小和尚们——这里还有几个和尚及沙弥，庙宇保存得也还好——把大殿的门打开了时，我们的眼光突为之一亮，立刻喊出了诧异和赞叹之声。啊！这里是一个宝藏，一个最伟大的塑像的宝藏，从不曾见过那末多的那末美丽的塑像拥挤在一起的。这里的佛像确有过于拥挤之感，也许是从别的地方搬运了些过来的吧。简直像个博物院。上寺给我们的是衰败没落的感觉，到这下寺却使我们感到走进一个保存古物的金库里去。上寺的佛像是庄严的，但这里的佛像，特别倚立着的几尊菩萨像，却是那样的美丽。那脸部，那眼睛，那耳朵，那双唇，那手指，那赤裸的双足，那婀娜的细腰，几乎无一处不是最美的制造品，最漂亮的范型。那倚立着的姿态，娇媚无比啊，不是和洛夫博物院的 Venus de Melo[①] 有些相同么[②]？那衣服的褶痕、线条，哪一处不是柔和若最柔软的丝布的，不像是泥塑的，是翩翩欲活的美人。地山曾经在北平地摊上买到过一尊木雕的小菩萨像，其姿势极为相同。当为同时代之物。大约还是辽代的原物吧？否则，说是金元之间的东西，是决无疑问的。在明代，便不见了那飞动，那婀娜的作风了。明的塑像往往是庄严有余，生动不足的。清代的作物，则只有呆板的形象，连庄严慈祥的表情也都谈不到了。眼前便有一个好例：在这宝库里，同时便有几尊清代的塑像杂于其间，是那样的猥琐可怜！

我看了又看，相了又相，爬上了供桌，在佛像菩萨像之间，走着，相着，赞叹着。在殿前殿后转了好多个弯。要是我一个人在这里的话，便住在这里一天两天三天都还不能看得饱足的。可惜天已正午，不能不走。走出这拥挤的宝殿时，还返顾了好几次！

殿内有“大金国西京大华严寺重修薄伽藏教记”，为金天眷三

---

① Venus de Melo：米罗的维纳斯。

② 洛夫博物院：即卢浮宫。

年云中段子卿撰。原来这里是一个藏经殿。殿的四周，经阁尚存，但不知是否原物。打开了经阁看时，金代的藏经当然是不翼而飞了，但其中还藏着一部《正统藏》，残阙颇多，有的仅存经皮。赵城县广胜寺所藏的一部《金藏》或与这寺有些渊源关系吧。

回到车上，匆匆地吃了午饭。司令部的招待员不久便来，说云岗的汽车道已经修好了。我们便兴匆匆地又上了载重汽车。是带着那样的兴奋和期望走向我们的更伟大的佛教的宝藏云岗去！

在云岗预定至少要住两天。

（收入 1937 年商务印书馆版《西行书简》）

云　冈

云冈石窟的庄严伟大是我们所不能想象得出的。必须到了那个地方，流连徘徊了几天，几月，才能够给你以一个大略的、美丽的轮廓。你不能草草的浮光掠影的、跑着走着的看。你得仔细的去欣赏。猪八戒吃人参果似的一口吞下去，永远的不会得到云冈的真相。云冈决不会在你一次两次的过访之时，便会把整个的面目对你显示出来的。每一个石窟，每一尊石像，每一个头部，每一个姿态，甚至每一条衣襞，每一部的火轮或图饰，都值得你仔细的流连观赏，仔细的远观近察，仔细的分析研究。七十呎，六十呎的大佛，固然给你以宏伟的感觉，即小至一呎二呎，二吋三吋的人物，也并不给你以邈小不足观的缺憾。全部分的结构，固然可称是最大的一个雕刻的博物院，仅就一洞、一方、一隅的气氛而研究之，也足以得着温腻柔和，慈祥秀丽之感。它们各有一个完整的布局。合之固极繁赜富丽，分之亦能自成一个局面。

假若你能够了解，赞美希腊的雕刻，欣赏雅典处女庙的“浮雕”，假若你会在 Venus de Melo 像下①，流连徘徊，不忍即去，看两次，三次，数十次而还不知满足者，我知道你一定能够在云冈徘徊个十天八天、一月二月的。

见到了云冈，你就觉得对于下华严寺的那些美丽的塑像的赞叹，是少见多怪。到过云冈，再去看那些塑像，便会有些不足之感——虽然并不会以他们为变得丑陋。

---

① Venus de Milo：米罗的维纳斯。米罗是意大利的一个岛屿，著名的维纳斯塑像发现于该地。

说来不信，云冈是离今一千五百年前的遗物呢；有一部分还完好如新，虽然有一部分已被风和水所侵蚀而失去原形，还有一部分是被斫下去盗卖了。

那未被自然力或奸人们所破坏的完整部分，还够得你赞叹欣赏的，且仍还使你有应接不暇之慨。入了一个佛洞，你便有如走入宝山，如走到山阴，珍异之多，山川之秀，竟使你不知先拾那件好，先看那一方面好。

曾走入一个大些的佛洞，刚在那里看大佛的坐姿和面相，忽然有一个声音叫道：

“你看，那高壁上的侍佛是如何的美！”

刚刚回过头去，又有一个声音在叫道：

“那门柱上的金刚（?），有五个头的如何的显得力和威！还有那无名的鸟，躯体是这样的显得有劲！”

“快看，这边的小佛是那末恬美，座前的一匹马，没有头的，一双前腿跪在地上，那姿态是不曾在任何画上和雕刻上见到呢。”

“啊，啊，一个奇迹，那高高的壁上的一个女像，手执了水瓶的，还不活像是阿述利亚风的浮雕么？那扁圆的脸部简直是阿述帝国的浮雕的重现①。”

这样的此赞彼叹，我怎样能应付得来呢！赵君执着摄影机更是忙碌不堪。

但贪婪的眼和贪婪的心是一点不知疲倦的；看了一处还要再看一处，看了一次，还要再看一次。

云冈石窟的开始雕刻，在公元四五三年（魏兴安二年）。那时，对于佛教的大迫害方才除去，主张灭佛法的崔浩已被族诛。僧侣们又纷纷的在北朝主者的保护下活动着。这一年有高僧昙曜，来到这武周山的地方，开始掘洞雕像。曜所开的窟洞，只有五所。后来成了风气，便陆续的扩大地域，增多窟洞。佛像也愈雕愈多，愈雕愈

---

① 阿述利亚：即亚西利亚。阿述：今通译亚述。

细致。

《魏书·释老志》云："太安初，有师子国胡沙门邪奢遗多、浮难提等五人，奉佛像三，到京师，皆云备历西域诸国，见佛影迹及肉髻，外国诸王相承，咸遣工匠摹写其容，莫能及难提所造者。去十余步，视之炳然，转近转微。又沙勒湖沙门赴京师致佛钵及画像迹。初昙曜以复佛法之明年（兴安二年，公元四五三年），自中山被命赴京。帝后奉以师礼。昙曜白帝，于京城西武州塞凿山石壁，开窟五所，镌建佛像各一，高者七十，次六十，雕饰奇伟，冠于一世。"

又云："皇兴中，又构三级石佛图，榱栋楣楹，上下重结，大小皆石。高十丈，镇固巧密，为京华壮观。"（均见卷一百十四）

又《续高僧传》云："元魏北台恒北石窟通乐寺沙门解昙曜传：释昙曜，未详何些人也。少出家，摄行坚贞，风鉴闲约。以元魏和平年，任北台昭元统，绥辑僧众，妙得其心。住恒安石窟通乐寺，即魏帝之所造也。去恒安西北三十里，武州山谷，北面石崖，就而镌之，建立佛寺，名曰灵岩。龛之大者，举高二十余丈，可受三千许人，面别镌像，穷诸巧丽，龛别异状，骇动人神。栉比相连，三十余里。东头僧寺恒供千人，碑碣见存，未卒陈委。先是太武皇帝太平贞君七年，司徒崔浩，令帝崇重道士寇谦之，拜为天师，珍敬老氏，虔刘释种，焚毁寺塔。至庚寅年，太武感致疠疾，方始开始。帝既心悔，诛夷崔氏。至壬辰年，太武云崩，子文成立，即起塔寺，搜访经典。毁法七载，三宝还兴。曜慨前陵废，欣今重复（以和平三年壬寅）。故于北台石窟，集诸德僧，对天竺沙门译《付法藏传》，并《净土经》，流通后贤，意存无绝。"（卷一）

然这二书之所述，已可见开窟雕像的经过情形，不必更引它书。惟《续高僧传》所云"栉比相连，三十余里"，未免邻于夸大。武州山根本便没有绵延到三十余里之长。至多不过五六里长。还是《魏书·释老志》所述"开窟五所"的话，最可靠。但昙曜开辟了此山不久，此山便成了皇家崇佛的圣地。在元魏迁都之前，

《魏书》屡记皇帝临幸武州山石窟寺之事。·

《魏书·显祖记》:“皇兴元年八月丁酉，行幸武州山石窟寺。”(公元四六七)，以后又有七八次。

又《魏书·高祖记》：“太和四年八月戊申，幸武州山石窟寺。”以后又有三次。

但也不仅皇家在那里开窟雕像；民间富人们和外国使者们也凑热闹的在那里你开一窟，我雕一像的相竞争。就连日所得的碑刻看来，西头的好几个洞，都是民间集资雕成的。这消息，足征各洞窟的雕刻所以作风不甚相同之故。因此，不久之后，武州山便成了极热闹的大佛场。

《水经注》“㶟水”条下注云:“其水又东北流注武州川水，武州川水又东南流。水侧有石洹舍，并诸窟室，比邱尼所居也。其水又东转迳灵岩，凿石开山，因岩结构，真容巨壮，世法所希。山堂水殿，烟寺相望，林渊锦镜，缀目新眺。川水又东南流出山。《魏土地记》曰：平城西三十里，武州塞口者也。”

按《水经注》撰于后魏太和，去寺之建，不过四五十年，而已繁盛至此。所谓“山堂水殿，烟寺相望，林渊锦镜，缀目新眺”，决不是瞎赞。

《大清一统志》引《山西通志》:“石窟十寺，在大同府治西三十里，元魏建，始神瑞，终正光，历百年而工始完。其寺，一同升，二灵光，三镇国，四护国，五崇福，六童子，七能仁，八华严，九天宫，十兜率。内有元载所修石佛十二龛。”那十寺不知是那一代的建筑。所谓元载云云，到底指的是元代呢，还是指的唐时宰相元载？或为元魏二字之误吧？云冈石刻的作风，完全是元魏的，并没有后代的作品参杂在内。则所谓元载一定是元魏之误。十寺云云，也不会是虚无之谈。正可和《水经注》的“山堂烟寺相望”的话相证。今日所见，石窟之下，是一片的平原，武州山的山上也是一片的平原，很像是人工所开辟的；则“十寺”的存在，无可怀疑。今所存者，仅一石窟寺，乃是清初所修的，石窟寺的最高处，和山顶相通的，另有一个古寺的遗构。惜通道已被堵塞，不能进去。又云冈别墅之东，破坏最甚的那所大窟，其窟壁上有石孔累累，都是明显的架梁支柱的遗迹。此窟结构最为宏伟，难道便是《魏书·释老志》所称“皇兴中又构三级石佛图”的故址所在么？这是很有可能的。今尚见有极精美的两个石柱耸立在洞前。

经我们三日（十一日到十三日）的奔走周览，全部武州山石窟的形势，大略可知。武州山因其山脉的自然起讫，天然的分为三个部分；每一部分都可自成一局面。中有山涧将它们隔绝开。如站在武州河的对岸望过去，那脉络的起讫是极为分明的。今人所游者大抵为中部；西部也间有游者，东部则问津者最少。所谓东部，指的是，自云冈别墅以东的全部。东部包括的地域最广，惜破坏最甚，洞窟也较为零落。中部包括今日的云冈别墅、石窟寺、五佛洞，一直到碧霞宫为止。碧霞宫以西便算是西部了。中部自然是精华所在，西部虽也被古董贩者糟蹋得不堪，却仍有极精美的雕刻物存在。

我们十一日下午一时二十分由大同车站动身，坐的仍是载重汽车。沿途道路，因为被水冲坏的太多，刚刚修好，仍多崎岖不平处。高坐在车上，被颠簸得头晕心跳。有时，猛然一跳，连坐椅都跳了起来。双手紧握着车上的铁条或边栏，不敢放松一下，弄得双臂酸痛不堪。沿武州河而行。中途憩观音堂。堂前有三龙壁，也是明代物。驻扎在堂内的一位营长，指点给我们看道：“对山最高处便是马武塞，中有水井，相传是汉时马武做强盗时所占据的地方。惜中隔一水，山又太高，不能上去一游。”

三十华里的路，足足走了一个半钟头。渡过武州河两次，因汽车道是就河边而造的。第一次渡过河后，颉刚便叫道：

“云冈看见了！那山边有许多洞窟的就是。”

大家都很兴奋。但我只顾着坚握铁条，不遑探身外望，什么也没有见到；一半也因坐的地方不大好。

“看见佛字峪了，过了寒泉石窟了，”颉刚继续的指点道，他在三个月之前刚来过一次。

啊，啊，现在我也看见了，云冈全景展布我们之前。几个大佛的头和肩也可远远的见到。我的心是怦怦的急跳着。想望着许久的一千五百年前的艺术的宝窟，现在是要与它相见了！

三时到云冈。车停于石窟寺东邻的云冈别墅。这别墅是骑兵司令赵承绶氏建的。这时，他正在那里避暑。因为我们去，他今天便要回大同，让给我们住几天。这里，一切的新式设备俱全——除了电灯外。

这一天只是草草的一游。只到石窟寺（一作大佛寺）及五佛洞走走，别的地方都没有去。

登上了大佛寺的三层高楼，才和这寺内的一尊大佛的头部相对。四周都是黄的红的蓝的彩色，都是细致的小佛像及佛饰。有点过于绚丽失真。这都是后人用泥彩修补的，修得很不好，特别是头部，没有一点是仿得像原形的。看来总觉得又稚弱又猥琐，毫没有原刻的高华生动的气势。这洞内几乎全部是彩画过的，有的原来未毁坏的，其真容也被掩却。想来装修不止一次。最后的一次是光绪十七年兴和王氏所修的。他“购买民院地点，装采五佛洞，并修饰东西两楼，金装大佛全身。”不能不说与云冈有功，特别是购买民地，保存石窟的一事。向西到五佛洞，也因被装修彩绘而大失原形，反是几个未被“装彩”过的小洞，还保全着高华古朴的态度。

游五佛洞时，有巡警跟随着。这个区域是属于他们管辖的；大佛寺的几个窟，便是属于寺僧管辖的。五佛洞西的几个窟，有居民，可负保管之责。再西的无人居的地方，便索性用泥土封闭了洞口，在洞外写道：“内有手榴弹，游者小心！”（?）一类的话。其实没有。被封闭的无人看管的若干洞，也尽有好东西在那里。据巡长说，他们每夜都派人在外巡察。此地现已属于古物保管会管辖，故比较的不像从前那样容易被毁坏。

五佛洞西，有几尊大佛的头部，远远的可望见。很想立刻便去一游。但暮色渐渐的笼罩上来，像在这古代宝窟之前，挂上了一层纱帘。我们只好打断了游兴，回到云冈别墅。

武州山下，靠近西部，为云冈堡，一名下堡，堡门上有迎薰、怀远二额，为万历十四年所立。云冈山上还有一座土城屹立于上，那便是云冈堡的上堡。明代以大同为重镇，此二堡皆为边防兵的驻所。

晚餐后，在别墅的小亭上闲谈。东部的大佛窟，全在眼前。那两个立柱还朦朦胧胧的可见到。忽听到山下人家有击筑奏筝及吹笛的声音；乐声呜呜、托托的，时断时续。我和颉刚及巨渊寻声而往。听说是娶亲。正在一个古洞的前面，庭际搭了一个小棚，有三个音乐家在吹打。贺客不少。新娘盘膝的坐在炕上。

在这古窟宝洞之前，在这天黑星稀的时候，在当前便是一千五百年前雕刻的大佛，便是经历了不知多少次的人世浩劫的佛室，听得了这一声声的呜呜托托的乐调，这情怀是怎样可以分析呢？凄惋？眷恋？舒畅？忧郁？沉闷？啊，这飘荡着的轻纱似的无端的薄愁呀！啊，在罗马斗兽场见到黑衫党聚会，在埃及的金字塔下听到土人们作乐，在雅典处女庙的古址上见旅客们乘汽车而过，是矛盾？是调和？这永古不能分析的轻纱似的薄愁的情怀！

归来即睡。入睡了许久，中夜醒来，还听见那梆子的托托和笛声的呜呜。他们是彻夜的在奏乐。

十二日一早，我性急，便最先起身，迎着朝暾，独自向东部去周览各窟。沿着大道（这是骡车的道）向东直走，走过石窟寒泉，走过一道山涧，走过佛字峪。愈向东走，石窟愈少愈小。零零落落的简直无可称道。山涧边，半山上有几个古窟，攀登了上去一看，那些窟里是一无所有。直走到尽头处，然后再回头向西来，一窟一窟的细看。

最东的可称道的一窟，当从“左云交界处”的一个碑记的东边算起。这一窟并不大。仅存一坐佛，面西，一手上举，姿态尚好，但面部极模糊，盖为风霜雨露所侵剥的结果。

窟的前壁，向内的一部分，照例是保存得最好的，这个所在，非风势雨力所能侵及，但也一无所有，刀斧斫削之痕，宛然犹在。大约是古董贩子的窃盗的成绩。

由此向西，中隔一山涧，地势较低，即“左云交界处”。道旁零零落落的，小佛窟不少。雕刻的小佛随处可见。一窟内有较大的立佛二，但极模糊。窟西，有一小窟，沙土满中，一破棺埋在那里，尸身的破蓝衣已被狗拖出棺外，很可怕。然此窟小佛像也有不少，窟外壁上有明人朱廷翰的题诗，字很大。由此往西，明人的题刻不少，但半皆字迹剥落，不堪卒读。在明代，此处或有一大庙，为入云冈的头门，故题壁皆萃集于此。

西首有二洞，上下相连，皆被泥土所堵塞，想其中必有较完好的佛像。一大窟，在其西邻，也已被堵塞，但从洞外罅隙处，可见其中彩色黝红，极为古艳，一望而知，是元魏时代所特有的鲜红色及绿色，经过了一千五百余年的风尘所侵所曝的结果，决不是后代的新的彩饰所能冒充得来的。徒在门外徘徊，不能入内。这里便是所谓“石窟寒泉”。有一道清泉，由被堵塞的窟旁涓涓的流出，流量极微。窟上有“云深处”及“山水清音”二石刻，大约也是明人的手笔。

西边有一洞，可入。洞中有一方形的立柱，高约八尺。一佛东向，一佛西向，又一佛西南向，皆模糊不清。西南向者且为泥土所修补的，形态全非。所雕立的、坐的、盘膝的小佛像甚多，但不是模糊，便是头部或连身部俱被盗去。

再西为碧霞洞（并非原名，疑亦明人所题），窟门有六，规模不小。窟内一物无存，多斧凿痕，当然也是被盗的结果。自此以西，便没有石窟可见。颇疑自“左云交界处”向西到碧霞洞，原是以“石窟寒泉”那个大窟的中心的一组的石洞。在明代，大约这里是士人们来往最为繁密的地方，或窟下的平原上，本有一所大庙，可供士大夫往来住宿的。然今则成为云冈最寥落、最残破的一部分了。

碧霞洞以西，是另成一个局面的结构。那结构的规模的宏伟，在云冈诸窟中，当为第一。数十丈的山壁上，凿有三层的佛像，每层的中间，皆有石孔，当然是支架梁木的所在。故这里，在从前至少是一所高在三层以上的大梵刹。颉刚说："这里便是刘孝标的译经台。"正中是一个大佛窟，窟前有二方形立柱，虽柱上雕刻皆已模糊不可辨识，那希腊风的人形雕柱的格局却是一看便知的。大窟的两旁，各有一窟，规模也殊不小。和这东西二窟相连的，更有数不清的小窟小龛。惜高处无法攀缘而上，只能周览最下层的一部分。

一进了正中的那个大窟，霉土之气便触鼻而来；还夹着不少鸽粪的特有的臭味，脱落的鸽翎，满地都是。有什么动物，咕咕咕的在低鸣着。拍拍的一扑着翼，成群的飞了出来，那都是野鸽。地上很潮湿，积满了古尘，泥屑和石屑。阴阴的，温度很低冷，如入了地下的古墓室。但一抬起头来，却见的是耀眼的伟大的雕刻物。正中是一尊大佛，总有六十多呎高，是坐像，旁有二尊菩萨的大像，侍立着。诸像腰部以下皆剥落不堪，连形态都不存，但上半身却仍是完好如新。那头部美妙庄严，赞之不尽。反较大佛寺、五佛洞诸大佛之曾经修补者为更真朴可爱。这是东部唯一的一尊大佛。但除此三大佛外，这大窟中是空无所有，后壁及东西壁皆被风势及水力或人工所削平，连半点模糊的雕像的形状都看不到。壁上湿漉漉，一抹便是一手指的湿的细尘。窟口的向内的壁上，也平平的不存一物，唯一条条的极整齐的斧凿痕还很清显的在那里，一定是近十余年来的人工破坏的遗迹。

东边的一窟，其中也被破坏得无一物存在。地上堆积了不少的由壁上脱落下来的石块，被古尘沾满，和泥土成了同色，大约不是近数十年来之所为的。

西边的一窟，虽也破败不堪，却还有些浮雕可见到。副窟小龛里，遗物还不少。这西窟的东壁为泥土所堵塞，西壁及南壁，浮雕尚有规模可见。窟顶上刻有"飞天"不少，那半裸体的在空中飞舞着的姿态，是除了希腊浮雕外，他处少见的，肉体的丰满柔和，手足腰肢的曲线的圆融生动，都不是东方诸国的古石刻上所有的。我抬了头，站在那里，好久没有移开。有时，换了一个方向看去。但无论在那个方向看去，那美妙、圆融的姿态总是令人满意、赞赏的。

由此窟向西，可通另一窟，也是一个相连的副窟。我们可称它为西窟第二洞。洞中有三尊坐佛，皆盘膝而坐。这个布置，在诸窟中不多见。东壁的浮雕皆比较的完整。后壁及西壁则皆模糊不堪。

如果把这以大佛窟为中心的一组洞窟恢复起来，其宏伟是有过于其西邻的大佛寺的。可惜过于残破，要恢复也不可能。我疑心《魏书·释老志》上所说，皇兴中构的三级石佛图，其遗址便在此处。此地曾经住人，近代建的窖式的弯形洞尚存数所。

由此向西，不多数步，便是一道山涧，或小山峡，隔开了云冈别墅和这大佛窟的相连。

从云冈别墅开始向西走，便是中部。

中部又可分为五个部分来说。

我依旧是独自一个人由云冈别墅继续的向西走；他们都已出发到西头去逛了。

第一部分是云冈别墅。别墅的原址是否为一大洞窟，抑系由平地填高了的，今已不能查考。但别墅之后，今尚有好几个石窟，窟内有一佛的，有二佛对坐的，俱被风霜侵蚀得不成形体。小雕像也几于无存。但在那些洞窟中，还堆着不少烧泥的屋瓦和檐饰。显然的这别墅的原址，本是一座小庙。或竟是连合在大佛寺中的一个东偏院。惜不及详问大佛寺的住持以究竟。那些佛窟，决不能独立成为一组，也当是大佛寺的大佛窟的东边的几个副窟。但为方便计，姑算它作中部的第一部分。

第二部分包括大佛寺内的两个大窟。这两窟的前面，各有一楼，高各三层，第三层上有游廊可相通达。三楼之上，更有最高的一层，仿佛另有梯级可通，却寻不到。前面已经说过，大约是较此楼更古的一个建筑物。

第一窟通称为大佛殿；殿前有咸丰辛酉重修碑，有不知年月满文碑，有同治十二年及光绪二年的满文碑。又有明万历间吴氏的一个刻石。更无古者。

入殿后，冷气飕飕由窟中出。和尚手执一把香燃点起来，为照看雕像之用。楼下一层很黑暗，非用火光，看不到什么。正中是一尊大佛，高约六十呎，身上都装了金，四壁浮雕，都被涂饰上新的彩色。且凡原像模糊不清，或已失去之处，皆一一以彩泥为之补塑。怪不调和的。第二层楼上，光线较好，壁上也多半都是彩泥的塑像。站在这楼，正对大佛的胸部，到了三层楼上，方才和大佛的头部相对。大佛究竟还完好，故虽装了金，还不失其美妙慈祥的面姿。

第二窟俗称如来殿。窟中也极黑暗，结构和大佛殿大不相同。正中是一个方形立柱，每一面有一立佛，像支柱似的站着，柱上雕得极细。但有一佛，已毁，为彩泥所补塑。北壁为泉水所侵害，仅模糊可辨人形。东西壁尚完好，修补较少，较大佛殿稍存原形。登上了三楼，有一木桥可通那四方柱的第二层。这一层雕刻的是四尊坐像，四边浮雕极多，皆是侍像及花饰，有极美者。这立方柱当是云冈最完好的最精致的一个。

第三部分包括所谓“弥勒殿”及佛籁洞的二窟；这二窟介于大佛寺和五佛洞之间，几成了瓯脱之地，无人经管，弥勒殿前有额曰：“西来第一山”，为顺治四年马国柱所题。那结构又自不同。正壁有二佛对坐着，像在谈经。其上层则为三尊佛像。其东西二壁各有八佛龛；每龛的帏饰，各有不同；都极生动可爱。有的是圆帏半悬，有的是绣带轻飘，无不柔软圆和，一点石刻的生硬之感也没有。顶壁的“飞天”及莲花最为完整。六朵莲花，以雕柱隔为六部。每一朵莲花，四周皆绕以正在飞行的半裸体的“飞天”，隔柱上也都雕刻着“飞天”。总有四十位“飞天”，那姿态却没有一个相同的；处处都是美，都是最圆融的曲线。那设计和雕工是世界上所不多觏的。更好的是这窟中的雕像，全为原形，未经后人涂饰。

佛籁洞在其西，破坏已甚。观其结构的形势，当和弥勒殿完全相同。惟无后殿，规模较小。正中的一佛，为后人用彩泥补塑的。原来，照其佛龛的布置及大小，当也是二佛对坐谈经的姿态。

此殿前面，本来有楼，已塌毁。窟门左右，一边有五头佛，一边有三头佛，都显出有威力和严肃的样子，似是把守门口的神道们，同时用来作支柱的。窟外壁上，有浮雕的痕迹甚多，惜剥落殆甚，极为模糊。以上二窟，似也为大佛洞的西首的副窟。

第四部分就是俗称的五佛洞，不知为什么这五佛洞保护得格外周密。有巡警室在其口外。游人入内，必有一警士随之而入。其实，这一部分被装修涂改得最厉害，远不及弥勒殿和如来殿的天然秀丽。

说是五佛洞，其实却有六个大窟。最东的第一窟，分隔为三进。结构甚类大佛殿。正中有大佛一，高亦有五十余呎，尚完好。后壁低而潮湿，雕像毁败已甚，前窟的许多浮雕都被涂饰得不成形状。但也有尚存原形的。

西为第二窟，结构略同前窟，大佛已毁去。到处都是新修新饰的色彩。惟高处的飞天及立佛尚有北魏的典型。

再西为第三窟，内部较小，结构同如来殿，中为一方形立柱，一方各雕着一佛，四壁皆新修新饰者，原有浮雕皆被彩泥填平，几乎是整个重画过。

再西为第四窟，较大，有两进，外进有四支塔形的支柱，极挺秀，尚未失原形。第二进则完全被涂饰改造过。疑其结构本同弥勒殿，正中的佛龛，原分上下二层，上层为三佛，下层为二坐佛。但今则上下二龛都仅坐着泥塑的二佛。以三佛及二佛的宽敞的地位，安置了一佛，自然要显得大而无当。再西为第五窟，结构同大佛殿。大佛高约五十呎，盘膝而坐，四壁多为新修饰的彩色泥像。

又西为第六窟。此窟内部已全毁，空无所有，故后人修补，亦不及之。仅窟门的内部，浮雕尚完好。西边即为一道泥墙，和寺外相隔绝。但此窟的外壁，小佛龛颇多，有几尊尚完整的佛像，那坐态的秀美，面姿的清俊，是诸窟内所罕见的。惜头部失去的太多。

再往西走，要出大佛寺，绕过五佛洞的外墙，才是中部的第五部分。这一部分的雕像我认为最美好，最崇高；却没有人加以保护，任其曝露于天空，任其夷为民居，任其给农民们作为存放稻草及农具之处所。其尚得保存到现在的样子，实在是侥幸之至。到这几个佛窟去，我们都得叩了农民们的大门进去。有时，主人不在家，便要费了大事。有一次，遇到一个病人，躺在床上起不来，没法开门，只好不进去，直等到第二次去，方才看到。

这一部分的第一大窟亦为一大佛洞，洞中有大佛一，高在六十呎以上，远远的便可望见其肩部及头部。壁上的浮雕也有一部分可见到。洞门却被泥墙所堵塞，没法进去。此窟东边，有二小窟；最东一窟有二坐佛，对坐谈经，却败坏已甚。较近的一窟也被堵塞。隐隐约约的看见其中彩色古艳的许多浮雕，心怦怦动，极力要设法进去一看而不可能。窟外数十丈的高壁上满雕着小佛像，不知其几千几百，功力之伟大，叹观止矣！

向西为第二大窟。这一窟，也在民居的屋后，保存得甚好。正中为一大坐佛，高亦在六十呎左右。两壁有二佛像，一立一坐，此二像的顶上，其“宝盖”却是雕成像戏院包厢似的，三壁的浮雕，也皆完好。

再西也为一大窟（第三窟）。正中一大佛为立像，高约七十呎，体貌庄严之至。袈裟半披在身上；而袈裟上却刻了无数的小佛像，像虽小而姿态却无粗率草陋者。两旁有四立佛。东壁的二立佛间，诸雕像都极隽好。特别是一个被袈裟而手执水瓶的一像，面貌极似阿述利亚人，袈裟上的红色，至今尚新艳无比。这一像似最可注意。

窟门口的西壁上，有刻石一方，题云：“大茹茹……可登□□斯□□□鼓之□尝□□以资征福。谷浑□方妙□。”每行约十字，共约二十余行，今可辨者不到二十字耳。然极重要。大菇茹即蠕蠕国。这在魏的历史上是极重要的一个发见。茹茹国竟到云冈来雕像求福，这可见此地在不久时候，便已成了东亚的一个圣地了。

再西为第四大窟。破坏最甚。一大佛盘膝而坐，曝露在天日中，左右有二大佛龛，尚有一二壁的浮雕还完好。因为此处光线较好，故游人们都在此大佛之下摄影。据说，此像最高，从顶至踵，有七十呎以上。

再西为第五大窟，亦有一大坐佛，高约六十呎，东西壁各有一立佛。西边的一佛已被毁去。

由此再往西走，便都是些小像小龛了；在那些小龛小像里，却不时的可发现极美丽的雕像。各像坐的姿态，最为不同，有盘膝而坐者，有交膝而坐者，有一膝支于他膝上，而一手支颐而坐者，处处都是最好的雕像的陈列所。惜头部被窃者甚多，甚至有连整个小龛都被凿下的。

到了碧霞宫止，中部便告了段落。碧霞宫为嘉庆十年所修，两壁有壁画，是水墨的，画得很生动。

颇疑中部的第五部分的相连续的五个大窟，便是昙曜最初所开辟的五窟。五尊大佛像是曜时所雕刻的，其壁上及前后左右的浮雕及侍像，也许是当地官民及外国人所捐助的。也未必是一时所能立即完全雕刻好。每一个大窟，其经营必定是很费工夫的。无力的或力量小些的人民，便在窟外雕个小龛，或开辟一小窟，以求消灾获福。

西部是从碧霞宫以西直到武州山的尽西头处。山势渐渐的向西平衍下去，最西处，恰为武州河的一曲所拥抱着。

这一路向西走，共有二十多个洞窟，规模都不甚大。愈向西走，愈见龛小，且也愈见其零落，正和东部的东首相同。故以中部的第三部分，假设为昙曜最初所选择而开辟的五窟，是很有可能的，那地位恰在正中。

西部的二十余窟，被古董贩子斫去佛头不少。几个较好的佛窟，又都被堵塞住了，而以“内有手榴弹”来吓唬你。那些佛像，有原来的彩色尚完整存在者。坐佛的姿势，隽好者不少。立像的衣襞，有翩翩欲活的。在中段的地方，一连四个洞，俱被堵塞，而标曰“内有手榴弹”。西部从罅中望进去，那顶壁的色彩是那样的古艳可喜！

西邻为一大窟，土人说，内为一石塔。由外望之，顶壁的色彩也极隽美。再西有一佛龛，佛像已为风雨所侵剥，而龛上的悬帏却是细腻轻软若可以手揽取。

再西的各小窟及各龛则大都破败模糊，无足多述。

这样的匆匆的巡览了一遍，已经是过了一整天，连吃午饭的时间都忘记了。

把云冈诸石窟的大势综览了一下，如以中部的第五部分为中心，则今日的大佛寺，五佛洞和东部的大佛图的遗址，都是极宏大的另成段落的一部分。

高到五十呎至七十呎的大佛，或坐或立的，计东部有一尊，中部的大佛寺有一尊，五佛洞现存二尊（或当有三尊，一尊已毁。）连同中部的第五部分五尊，共只有九尊或十尊。《山西通志》所谓十二龛及一说的所谓的二十尊，都是不可靠的。

这一夜终夜的憧憬于被堵塞的那几个大窟的内容。恰好，第二天，赵司令来到了别墅。我们和他商议打开洞门的事。他说：“那很容易，吩咐他们打开就是了。”不料和看守的巡长一商量，却有许多的麻烦。非会同大同县的代表，古物保管会的代表及本地的村长村副眼同打开，眼同封上不可。说了许久，巡长方允召集了村长村副去打开洞门，先打东部“石窟寒泉”的一洞。他们取了长梯，只拆去最高的墙头的一段。高高的站在梯头向下望，实在看不清楚。跳又跳不下去，这洞内是一座石塔，塔的背后有佛像。因为忙乱了半天，还只开了一个洞，便只好放弃了打开西部各洞的计划，一半也因为打开了，负责任太大。

十三日的下午，一吃过饭，便到武州山的山顶上去闲逛。从云冈别墅的东首山路走上去，不一会便到了“云冈东冈龙王庙斗母宫”，其中空无人居。过此，走入山顶的大平原。这平原约有数十顷大小，上有和尚的坟塔三座，一为万历时的，一为康熙时的，其一的铭志看不清了。有农人在那里种麦种菜，我们又向西走，进入云冈堡的上堡，堡里连一间破屋也没有，都夷为菜圃麦田，有一人裸了全身在耙地。望见远山上烽火台好几座绵延不断，前后相望。大概都是明代所建的。

再向西走，到了玉皇阁，那也是一个小庙，空无人居。由此庙向下走，下了山头，便是武州河边。“断岸千尺，江流有声”，正足以形容这个地方的景色。

下午四时，动身回大同，仍坐的载重汽车。大雨点已经开始落下。但不久便放晴。下了不过十多分钟的雨，不料沿途从山上奔流下来的雨水却成了滔滔的洪流，冲坏了好几处的大道。汽车勉强的冒险而过。

到了一个桥边，山洪都从桥面上冲下去，激水奔腾，气势极盛，成了一道浊流的大瀑布，哄哄咙咙之声，震撼得人心跳。被阻在那里，二十多分钟，这道瀑布方才势缓声低，汽车才得驶过。

有没经过这种情形的，简直想不到所谓“山洪暴发”的情形是如何的可怕。

过了观音堂，汽车本来是在干的河床上走的；这次却要在急水中走着了。

七月十三夜十二时半寄于大同

（收入 1937 年商务印书馆版《西行书简》）

归绥的四“召”

这次是直接挂车到绥远的，中途并不停顿。所要游览的鸡鸣山及居庸关，都只好待之归来的时候了。八日八时许由清华园开车。九日十时十分到绥远省城。沿途无可述者。惟经过白塔车站时，可望见白塔巍然屹立。此塔为辽金时所建，中藏《华严经》万卷。清初尚可登览。张鹏翮《漠北日记》云：“七级，高二十丈，莲花为台砌，人物斗拱，较天宁寺塔更巍然。内藏篆书《华严经》万卷，拾级而上，可以登顶。嵌金世宗时阅经人姓名，俱汉字。”今则塔已颓败，不可登。《华严经》殆也已散失，无存的了。

正午，到城南古丰轩吃饭，闻此轩已历时三百余年；有烙甜馅饼的大铁锅，重至八百余斤。下午。将行装搬下车，到绥远公医院暂住。傅作义氏来谈得很久。他就住在邻宅。

十日，上午八时，乘汽车到城内各“召”游览。

锡拉图召（一作舍利图召）在城南，为绥远城内最整洁的一庙。听说，财产最多。尚可养活不少喇嘛。故不现出颓败的样子。还有一座庙，在召河附近，是这里的大喇嘛夏天的避暑所在。

此召，寺额名延寿寺。大殿分前后二部。前部完全是西藏式的“经堂”，为喇嘛们唪经的地方，柱八，皆方形，朱红色，又有围楼。堂的正中，有大座椅，是活佛讲经处。今日尚有破碎的“哈达”不少方抛在那里。三壁都画着壁画，除特殊的藏佛数像外，余皆和内地的壁画不殊，大体皆画释迦佛的生平。

后部是“佛堂”，供着五尊佛。三壁都是藏经的高柜。

殿后，有楼，似为从前藏经的地方。但现在是空着，正中供观音，东边供关羽。

我问看庙的人说，这庙什么时候造的？说是明朝。

我也很疑心是明代的古庙。“经堂”的一部却是后来添造的。它和后半部的建筑是那样的不调和。

我第一次见到这种式样的汉藏合璧的建筑。

十时，到小召，即崇福寺，蒙名巴甲召。“巴甲”就是“小”的意思。规模很弘伟，并不小。清圣祖西征时，曾驻跸在此“召”。今有纪功碑在着。

碑云：城南旧有古刹，喇嘛拖音葺而新之，奏请寺额。因赐名崇福寺。经堂及佛殿的结构，和锡拉图召相同。此“召”原由古刹改造，可证实我的“经堂”为后来新增的一说。

经堂的柱，圆形，亦作朱红色，亦有楼围绕之。

寺甚颓败。盖布施日少，喇嘛不能生活，都去而他之。

寺内藏有圣祖的甲胄一副，也是他西征时留置在寺里的。

寺门口有小学校一所，额悬“归绥县第二代用小学校”。书声琅琅。我们进去参观。教师不在校。学生数十人，所读皆《百家姓》、《三字经》、《四书》、《左传》等老书。但墙上贴着他们的窗课，除子五七言诗之外，大体都是应用的文字，像“家书”、“合同”等等。这当是很有用处的练习。这些“私塾”，其作用大约全在于此。正是应了小市民的这个需要而存在着的。

次到“五塔召”。即慈灯寺，在小召东南。颓败更甚。管“召”者为鸦片瘾极大的人，慢吞吞走来开门。大殿无甚可观。一般人所要参观的，都是那所谓“五塔”的。塔基，围十丈。上有五塔，皆建以炼砖。花纹雕刻极纤美。我们由黑漆漆的洞中，走了上去。可望见后街的平康里。砖上尚附有金彩，但大部分则均已剥落。寺建于雍正五年，故亦名“新寺”。

次到“大召”，额题“古无量寺”，周围占地四亩余。门口又悬“九边第一泉”额。泉在寺前百余步，今名玉泉井。寺的收入极少，故将前殿租给了商贩，辟作共和市场。大类北平的隆福寺，苏州的玄妙观。

大殿里的菩萨立像，都是细腰的，甚类大同的辽代之作，但身材太直，太板，没有下华严寺的菩萨像的美丽，其制作或在元明间吧。大佛像后，有铜制的小喜欢佛一尊，视为神秘，须执灯去看。像为狞恶的喜欢佛，足踏一牛，牛下则为一女。

这所庙宇，经堂和佛殿的不融合的痕迹，分得最清楚，“经堂”极显明的，可见出其为后建的。佛殿的前檐，有一半是成了经堂的屋顶；被挤塞在那里，怪不调和的。后面的楼阁，也出租于商人们。一灯荧然，有人正在那里吃鸦片烟。

这时，已经十二时多了。赶快的上了汽车，赴阎伟氏的召宴。

下午三时，到民政厅，观西太后出生处。今有亭，名懿览。四围花木甚多，较政府为胜。

次到第一师范，观公主府。府虽改为学校，遗物及匾额有存者。康熙写的，有“静宜堂”一额；公主自写的，有“静定长春”一额。西边有一小屋，中尚存公主的神牌，上书“公主千岁千千岁”，及佛幡佛经等。闻佛经即为公主生时所诵念的。公主为圣祖的姑母，康熙间，下嫁给额驸策伦敦笃。土人称她为黑蚌公主。关于她的传说很多。她的后人尚多；到现在，每年还派人来祭供一次。

归时，灯火已零星的闪耀着。

睡得很早；明天一早：便要动身到百灵庙。

八月十日九时发

（收入 1937 年商务印书馆版《西行书简》）

昭 君 墓

早晨刚给你一信，现在又要给你写信了。

上午九时半早餐后，出发游昭君墓。墓在绥远城南二十里。希白、雷小姐他们都骑马去，我因为没有骑过马，只好坐骡车。车很干净，三面皆为黑色的纱窗。但道路崎岖不平，车轴又无弹簧，身体颠簸得厉害，两只手紧握着车窗或车门，不敢一刻疏忽。一疏忽，不是头被撞痛，便是手臂或腿部嘭的一声，被撞在车门上。有时，猛烈一撞，心胆俱裂，百骸若散。好在车轮很高，相距亦阔，还不至演出覆车的危险。有马队四人，带了手提机关枪，来保护我们，因为前日城内出过抢案。骡夫走得很慢，骑马的人不时休息下来等着我们。十时三刻，才到小黑河。水不深，还不到尺。十一时一刻，到民丰渠。浊流湍急，不测深浅，渡河时，人人皆惴惴危惧。一个从者的马匹倒了下去，骑者浑身俱湿。幸渠身不大宽，河水也至多只有两尺多深。大家都不曾再出危险。骡车也安稳的渡过。据说，春时，汽车可达，此时水深，除马及骡车外，无法渡过。十一时三刻到昭君墓。墓甚高，据说有二十丈，周围数十亩。土色特黑，草色青翠，多半是香蒿，高及人腰，香味极烈。墓前列碑七八座，最古者为道光十一年长白昇演所书之“汉明妃冢”及他的碑阴的题诗。次有道光十三年长白珠澜的碑。次有戊申年耆英的碑。此外皆民国时代的新碑。民国十二年立的马福祥的墓碑云：“《辽史·地理志》：‘丰州下则曰青冢，即王昭君墓。’据此则昭君墓之在丰州，已无疑义。又考清初张文端《使俄行程录》云：归化城南直书有青冢，冢前石虎双列，白石狮子仅存其一，光莹精工，必中国所制，以赐明妃者也。又有绿琉璃瓦狼藉，似享殿遗址。”民国十九年冯曦的一碑，最为重要：

> 岁庚午，清明后十日，海础李公召集军政各长议定植树冢右。始掘土获梵文经卷，随风湮灭。既而石虎，木柱现，而零星璃瓦，碧苔叠篆，犹不可更仆数。知古人于冢右实有大招提在。

冯氏所推测的大致很对，张氏所云，享殿遗址，必是大招提的遗址无疑。“中国所制，以赐明妃者也”，语尤无根。惟清初已破败至此，则此遗址至晚必为辽金时代的遗物。惜未获碑文，无从断定。但此冢孤耸于平原上，势颇险峻，如果不是古代一个瞭望台，则也许是一个古墓。至于是否昭君之墓。则不可知了。他日也许能够发掘一次以定之。此望台或古墓的时代当较右有的庙宇为古。石虎一只，今尚倒在田陇间，极粗朴，似非名贵之物。昭君墓，包头附近尚有一座。（闻西陲更有一座）依常理推之，汉时归绥，尚为中土，明妃决不会葬在这个地方的。但青冢之说，唐人的《王昭君变文》里已提及之，有“青冢寂辽，多经岁月”的话。元人马致远有“沉黑水明妃青冢恨，破幽梦孤雁汉宫秋”一剧，黑水青冢，皆见于此。冢南的大黑河殆即所谓黑水（《元曲选》说白中，指黑水为黑龙江，万无是理）。其后明人的《和戎记》、《青冢记》诸传奇也都坐实青冢之说。究竟有此富于诗意的古址，留人凭吊，也殊不恶。休息了一会，即登冢上。仅有小路，沿山边而上，宽仅容足，一边即为壁立数丈的空际。“一失足成千古恨”，走时，很小心。半山有极小的大仙祠一所。据说，中为一洞，甚深。从前游人们常从大仙借碗汲水喝，今已不能借到了，闻之，为之一笑。冢上白土披离，似为雨冲刷的结果。仅有此方丈之地不生草。四边仍为黑土及绿草。南望，即大黑河，今已枯浅。北望大青山脉，绵延不断，为归绥的天然屏障。西北方即归绥的新旧城所在。太阳光很猛烈。徘徊了一会，方下山。在碑阴喝水，吃轻便的午饭。我先坐骡车走。骡夫说，青冢一日有三变（一变似馒头，再变为盖碗，第三变则他已忘记了)。骡夫为一老头儿，他说，现年五十六岁，十余岁时已业此，至今已四十余年了。他慨叹的道:“前清的生意好做，民国时是远不如前了。洋车抢了不少生意去。”他似对一切新事物都抱不惯。有自行车经过，骡为所惊。他便咒诅不已。他又说:“这车已经三天不开张了。”我问他:“是你自己的车么?”他说:“不，我替人赶的;买卖实在不好做。每月薪水二元，吃东家的，有时客人赐个一毛五分的。东家一天得费五毛钱养车。净赔。卖了也没人要。从前有七八百辆，如今只存二百九十多辆了。”他脸上满是烟容。我问他:“你吃烟么?”他点点头。“一个月两块钱的工钱，如何够吃烟?”他道:“对付着来。”

骡车在入城的道上，因骡惊，踢翻了一个水果担子。他道:“不要紧，我赔，我赔。”结果赔了一毛钱。他似毫不动心的，还是笑着。水果贩子还要不依。我阻止了他。骡夫却始终从容而迂缓，若不动心的。等到回到公医院，我给了三毛钱的赏钱。

“是给我的么?”他有点惊诧。

“给你做赏钱。”

他现了笑容，谢了又谢，显出感激的样子。

这可爱的人呀！世事在他看来，是怎样简朴而无容思虑。

回望昭君墓，仅见如三角台形似的一堆绿色土阜。同行的王副官说，这青冢，冬天草枯时，也并不显出土色，远望仍是青的。

这一天实在是太辛苦了。为了这末一个土阜或古墓，实在不值得写这封信。但又不能不对你诉苦。双腿为了支配的不得当，或盘膝，或伸直，直被颠簸得走路都抬不起来，软软的好像人病方愈。

最后，还有一件事要说。到昭君墓去的途中，见有不少德政碑。又有禧神庙一所，在路右，已破烂不堪，为乞丐们所占据。然在门外望之，神像虽已不存，而两壁的壁画颇佳，皆清代衣冠，作迎亲送亲的喜祥之进行队，是壁画中所仅见者。

八月十六日下午六时发

(收入1937年商务印书馆版《西行书简》)

北　平

你若是在春天到北平，第一个印象也许便会给你以十分的不愉快。你从前门东车站或西车站下了火车，出了站门，踏上了北平的灰黑的土地上时，一阵大风刮来，刮得你不能不向后倒退几步；那风卷起了一团的泥沙；你一不小心便会迷了双眼，怪难受的；而嘴里吹进了几粒细沙在牙齿间萨拉萨拉的作响。耳朵壳里，眼缝边，黑马褂或西服外套上，立刻便都积了一层黄灰色的沙垢。你到了家，或到了旅店，得仔细的洗涤了一顿，才会觉得清爽些。

“这鬼地方！那末大的风，那末多的灰尘！”你也许会很不高兴的诅咒的说。

风整天整夜的虎虎的在刮，火炉的铅皮烟通，纸的窗户，都在乒乒乓乓的相碰着，也许会闹得你半夜睡不着。第二天清早，一睁开眼，呵，满窗的黄金色，你满心高兴，以为这是太阳光，你今天将可以得一个畅快的游览了。然而风声还在虎虎的怒吼着。擦擦眼，拥被坐在床上，你便要立刻懊丧起来。那黄澄澄的，错疑作太阳光的，却正是漫天漫地的吹刮着的黄沙！风声吼吼的还不曾歇气。你也许会懊悔来这一趟。

但到了下午，或到了第三天，风渐渐的平静起来。太阳光真实的黄亮亮的晒在墙头，晒进窗里。那份温暖和平的气息儿，立刻便会鼓动了你向外面跑跑的心思。鸟声细碎的在鸣叫着，大约是小麻雀儿的唧唧声居多。——碰巧，院子里有一株杏花或桃花，正涵着苞，浓红色的一朵朵，将放未放。枣树的叶子正在努力的向外崛起。——北平的枣树是那末多，几乎家家天井里都有个一株两株的。柳树的柔枝儿已经是透露出嫩嫩的黄色来。只有硕大的榆树上，却还是乌黑的秃枝，一点什么春的消息都没有。

你开了房门，到院子里，深深的吸了一口气。啊，好新鲜的空气，仿佛在那里面便挟带着生命力似的。不由得不使你神清气爽。太阳光好不可爱。天上干干净净的没半朵浮云，俨然是“南方秋天”的样子。你得知道，北平当晴天的时候，永远的那一份儿“天高气爽”的晴明的劲儿，四季皆然，不独春日如此。

太阳光晒得你有点暖得发慌。“关不住了！”你准会在心底偷偷的叫着。

你便准得应了这自然之招呼而走到街上。

但你得留意，即使你是阔人，衣袋里有充足的金洋银洋，你也不应摆阔，坐汽车。被关在汽车的玻璃窗里。你便成了如同被蓄养在玻璃缸的金鱼似的无生气的生物了。你将一点也享受不到什么。汽车那末飞快的冲跑过去，仿佛是去赶什么重要的会议。可是你是来游玩，不是来赶会。汽车会把一切自然的美景都推到你的后面去。你不能吟味，你不能停留，你不能称心称意的欣赏。这正是猪八戒吃人参果的勾当。你不会蠢到如此的。

北平不接受那末摆阔的阔客。汽车客是永远不会见到北平的真面目的。北平是个“游览区”。天然的不欢迎“走车看花”——比走马看花还杀风景的勾当——的人物。

那末，你得坐“洋车”——但得注意：如果你是南人，叫一声黄包车，准保个个车夫都不理会你，那是一种侮辱，他们以为。（黄包，北音近于王八。）或酸溜溜的招呼道：“人力车，”他们也不会明白的。如果叫道：“胶皮，”他们便知道你是从天津来的，准得多抬些价。或索性洋气十足的，叫道，“力克夏，”他们便也懂，但却只能以“毛”为单位的给车价了。

“洋车”是北平最主要的交通物。价廉而稳妥，不快不慢，恰到好处。但走到大街上，如果遇见一位漂亮的姑娘或一位洋人在前面车上，碰巧，你的车夫也是一位年轻力健的小伙子，他们赛起车来，那可有点危险。

干脆，走路，倒也不坏。近来北平的路政很好，除了冷街小巷，没有要人、洋人住的地方，还是“无风三尺土，有雨一街泥”之外，其余冲要之区，确可散步。

出了巷口，向皇城方面走，你便将渐入佳景的。黄金色的琉璃瓦在太阳光里发亮光，土红色的墙，怪有意思的围着那“特别区”。入了天安门内，你便立刻有应接不暇之感。如果你是聪明的，在这里，你必得跳下车来，散步的走着。那两支白石盘龙的华表，屹立在中间，恰好烘托着那一长排的白石栏杆和三座白石拱桥，表现出很调和的华贵而苍老的气象来，活像一位年老有德、饱历世故、火气全消的学士大夫，没有丝毫的火辣辣的暴发户的讨厌样儿。春冰方解，一池不浅不溢的春水，碧油油的可当一面镜子照。正中的一座拱桥的三个桥洞，映在水面，恰好是一个完全的圆形。

你过了桥，向北走。那厚厚的门洞也是怪可爱的（夏天是乘风凉最好的地方）。午门之前，杂草丛生，正如一位不加粉黛的村姑，自有一种风趣。那左右两排小屋，仿佛将要开出口来，告诉你以明清的若干次的政变，和若干大臣、大将雍雍锵锵的随驾而出入。这里也有两支白色的华表，颜色显得黄些，更觉得苍老而古雅。无论你向东走，或向西走，——你可以暂时不必向北进端门，那是历史博物馆的入门处，要购票的。——你可以见到很可愉悦的景色。出了一道门，沿了灰色的宫墙根，向西北走，或向东北走，你便可以见到护城河里的水是那末绿得可爱。太庙或中山公园后面的柏树林是那末苍苍郁郁的，有如见到深山古墓。和你同道走着的，有许多走得比你还慢，还没有目的的人物；他们穿了大袖的过时的衣服，足上登着古式的鞋，手上托着一只鸟笼，或臂上栖着一只被长链锁住的鸟，懒懒散散的在那里走着。有时也可遇到带着一群小哈叭狗的人，有气势的在赶着路。但你如果到了东华门或西华门而折回去时，你将见他们也并不曾往前走，他们也和你一样的折了回去。他们是在这特殊幽静的水边遛着的！遛，是北平人生活的主要的一部分；他们可以在这同一的水边，城墙下，遛整个半天，天天如此，年年如此，除了刮大风，下大雪，天气过于寒冷的时候。你将永远猜想不出，他们是怎样过活的。你也许在幻想着，他们必定是没落的公子王孙，也许你便因此凄怆的怀念着他们的过去的豪华和今日的沦落。

拍的一声响，惊得你一大跳，那是一个牧人，赶了一群羊走过，长长的牧鞭打在地上的声音。接着，一辆一九三四年式的汽车呜呜的飞驰而过。你的胡思乱想为之撕得粉碎。——但你得知道，你的凄怆的情感是落了空。那些臂鸟驱狗的人物，不一定是没落的王孙，他们多半是以驯养鸟狗为生活的商人们。

你再进了那座门，向南走。仍走到天安门内。这一次，你得继续的向南走。大石板地，没有车马的经过，前面的高大的城楼，作为你的目标。左右全都是高及人头的灌木林子。在这时候，黄色的迎春花正在盛开，一片的喧闹的春意。红刺梅也在含苞。晚开的花树，枝头也都有了绿色。在这灌木林子里，你也许可以徘徊个几个小时。在红刺梅盛开的时候，连你的脸色和衣彩也都会映上红色的笑影。散步在那白色的阔而长的大石道，便是一种愉快。心胸阔大而无思虑。昨天的积闷，早已忘得一干二净。你将不再对北平有什么诅咒。你将开始发生留恋。

你向南走，直走到前门大街的边沿上，可望见东西交民巷口的木牌坊，可望见你下车来的东车站或西车站，还可望见屹立在前面的很宏伟的一座大牌楼。乱纷纷的人和车，马和货物；有最新式的汽车，也有最古老的大车，简直是最大的一个运输物的展览会。

你站了一会，觉得看腻了，两腿也有点发酸了，你便可以向前走了几步，极廉价的雇到一辆洋车，在中山公园口放下。

这公园是北平很特殊的一个中心。有过一个时期，当北海还不曾开放的时候，她是北平唯一的社交的集中点。在那里，你可以见到社会上各种各样的人物。——当然无产者是不在内，他们是被几分大洋的门票摈在园外的。你在那里坐了一会，立刻便可以招致了许多熟人。你不必家家拜访或邀致，他们自然会来。当海棠盛开时，牡丹，芍药盛开时，菊花盛开时的黄昏，那里是最热闹的上市的当儿。茶座全塞满了人，几乎没有一点空地。一桌人刚站了起来，立刻便会有候补的挤了上去。老板在笑，伙计们也在笑。他们的收入是如春花似的繁多。直到菊花谢后，方才渐渐的冷落了下来。

你坐在茶座上，舒适的把身体堆放在藤椅里，太阳光满晒在身上，棉衣的背上，有些热起来。前后左右，都有人在走动，在高谈，在低语。坛上的牡丹花，一朵朵总有大碗粗细。说是赏花，其实，眼光也是东溜西溜的。有时，目无所瞩，心无所思的，可以懒懒的呆在那里，整整的呆个大半天。

一阵和风吹来，遍地白色的柳絮在团团的乱转，渐转成一个球形，被推到墙角。而漫天飞舞着的棉状的小块，常常扑到你面上，强塞进你的鼻孔。

如果你在清晨来这里，你将见到有几堆的人，老少肥瘦俱齐，在大树下空地上练习打太极拳。这运动常常邀引了患肺痨者去参加，而因此更促短了他们的寿命。而这时，这公园里也便是肺痨病者们最活动的时候。瘦得骨立的中年人们，倚着杖，蹒跚的在走着，——说是呼吸新鲜空气——走了几步，往往咳得伸不起腰来，有时，喀的一声，吐了一大块浓痰在地上。为了这，你也许再不敢到这园来。然而，一到了下午，这园里却仍是拥挤着人。谁也不曾想到天天清晨所演的那悲剧。

园后的大柏树林子，也够受糟蹋的。茶烟和瓜子壳，熏得碧绿的柏树叶子都有点显出枯黄色来，那林子的寿命，大约也不会很长久。

和中山公园的热闹相陪衬的是隔不几十步的太庙的冷落。不知为了什么，去太庙的人到底少。只有年轻的情人们。偶尔一对两对的避人到此密谈。也间有不喜追逐在热闹之后的人，在这清静点的地方散步。这里的柏树林，因为被关闭了数百年之后，而新被开放之故，还很顽健似的，巢在树上的“灰鹤”也还不曾搬家他去。

太庙所陈列的清代各帝的祭殿和寝宫，未见者将以为是如何的辉煌显赫，如何的富丽堂皇，其实，却不值一看，一色黄缎绣花的被褥衣垫，并没有什么足令人羡慕。每张供桌上所列的木雕的杯碗及烛盘等等，还不如豪富人家的祖先堂的讲究。从前读一明人笔记，说，到明孝陵参观上供，见所供者不过冬瓜汤等等极淡薄贱价的菜。这里在皇帝还在宫中时，祭供时，想也不过如此。是帝王和平民，不仅在坟墓里同为枯骨，即所馨享的也不过如此如此而已。

你在第二天可以到北城去游览一趟，那一边值得看的东西很不少。后门左近有国子监，钟楼及鼓楼。钟鼓楼每县都有之，但这里，却显得异常的宏伟。国子监，为从前最高的学府，那里边，藏有石鼓——但现在这著名的石鼓却已南迁了。由后门向西走，有十刹海；相传《红楼梦》所描写的大观园就在十刹海附近。这海是平民的夏天的娱乐场。海北，有规模极大的冰窖一区。海的面积，全都是稻田和荷花荡。（北平人的养荷花是一业，和种水稻一样。）夏天，荷花盛开时，确很可观。倚在会贤堂的楼栏上，望着骤雨打在荷盖上，那喷人的荷香和刹刹的细碎的响声，在别处是闻不到、听不到的。如果在芦席棚搭的茶座上听着，虽显得更亲切些，却往往棚顶漏水，而水点落在芦席上，那声音也怪难听的，有喧宾夺主之感。最佳的是夏已过去，枯荷满海，十刹海的闹市已经收场，那时如果再到会贤堂楼上，倚栏听雨，便的确不含糊的有“留得残荷听雨声”之妙，不过，北平秋天少雨，这境界颇不易逢。

十刹海的对面，便是北海的后门。由这里进北海，向东走，经过澄心斋、松坡图书馆、仿膳、五龙亭，一直到极乐世界，没有一个地方不好。惟惜五龙亭等处，夏天人太闹。极乐世界已破坏得不堪，没有一尊佛像能保得不断折臂的。而北海之饶有古趣者，也只有这个地方。那个地方，游人是最少进去的。如果由后面向南走，你便可以走到北海董事会等处，那里也是开放的，有茶座，却极冷落。在五龙亭坐船，渡过海——冬天是坐了冰船滑过去——便是一个圆岛，四面皆水，以一桥和大门相通。岛的中央，高耸着白塔。依山势的高下，随意布置着假山、庙宇、游廊小室，那曲折的工程很足供我们作半日游。

如果，在晴天，倚在漪澜堂前的白石栏杆上，静观着一泓平静不波的湖水，受着太阳光，闪闪的反射着金光出来，湖面上偶然泛着几只游艇，飞过几只鹭鸶，惊起一串的呷呷的野鸭，都足够使你留恋个若干时候。但冬天，那是最坏的时候了，这场面上将辟为冰场，红男绿女们在那里奔走驰驶，叫闹不堪。你如果已失去了少年的心，你如果爱清静，爱独游，爱默想，这场面上你最好是不必出现。

出了北海的前门，向西走，便是金鳌玉桥。这座白石的大桥，隔断了中南海和北海。北海的白日，如画的映在水面上，而中南海的万善殿的全景，也很清晰的可看到。中南海本亦为公园，今则又成了“禁地”。只有东部的一个小地方，所谓万善殿的，是开放着。这殿很小，游人也极冷落，房室却布置得很好。龙王堂的一长排，都是新塑的泥像，很庸俗可厌。但你要是一位细心的人，你便可在一个殿旁的小室里，发见了倚在墙旁无人顾问的两尊木雕的菩萨像。那形态面貌，无一处不美，确是辽金时代的遗物；然一尊则双臂俱折，一尊则胆部只剩了半边。谁还注意到他们呢？报纸上却在鼓吹着龙王堂的神像塑得有精神，为明代的遗物。却不知那是民国三四年间的新物！仍由中南海的后门走出，那斜对过便是北平图书馆，这绿琉璃瓦的新屋，建筑费在一百四十万以上，每年的购书费则不及此数之十二。旧书是并合了方家胡同京师图书馆及他处所藏的，新书则多以庚款购入。在中国可称是最大的图书馆。馆外的花园，邻于北海者，亦以白色栏杆围隔之；惟为廉价之水门汀所制成，非真正的白石也。

由北平图书馆再过金鳌玉桥，向东走，则为故宫博物院。由神武门入院，处处觉得寥寂如古庙，一点生气都没有。想来，在还是“帝王家”的时代，虽聚居了几千宫女、太监们在内，而男旷女怨，也必是“戾气”冲天的。所藏古物，重要者都已南迁，游人们因之也寥落得多。

神武门的对门是景山。山上有五座亭，除当中最高的一亭外，多被破坏。东边的山脚，是崇祯自杀处。春天草绿时，远望景山，如铺了一层绿色的绣毡，异常的清嫩可爱。你如果站在最高处，向南望去，宫城全部，俱可收在眼底。而东交民巷使馆区的无线电台，东长安街的北京饭店，三条胡同的协和医院都因怪不调和而被你所注意。而其余的千家万户则全都隐藏在万绿丛中，看不见一瓦片，一屋顶，仿佛全城便是一片绿色的海。不到这里，你无论如何不会想象得到北平城内的树木是如何的繁密；大家小户，那一家天井不有些绿色呢。你如站在北面望下时，则钟鼓楼及后门也全都耸然可见。

三大殿和古物陈列所总得耗费你一天的工夫。从西华门或从东华门入，均可。古物陈列所因为古物运走的太多，现在只开放武英殿，然仍有不少好东西。仅李公麟的《击壤图》便足够消磨你半天。那人物，几乎没有一个没精神的，姿态各不相同，却不曾有一懈笔。

三大殿虽空无所有，却宏伟异常。在殿廊上，下望白石的“丹墀”，不能不令你想到那过去的充满了神秘气象的“朝廷”和叔孙通定下的“朝仪”的如何能够维持着常在的神秘的尊严性。你如果富于幻想，闭了眼，也许还可以如见那静穆而紧张的随班朝见的文武百官们的精灵的往来。这里有很舒适的茶座。坐在这里，望着一列一列的雕镂着云头的白石栏杆和雕刻得极细致的陛道，是那末样的富于富丽而明朗的美。

你还得费一二天的工夫去游南城。出了前门，便是商业区和会馆区。从前汉人是不许住在内城的，故这南城或外城，便成了很重要的繁盛区域。但现在是一天天的冷落了。却还有几个著名的名胜所在，足供你的留连、徘徊。西边有陶然亭，西边有夕照寺、拈花寺和万柳堂。从前都是文士们雅集之地，如今也都败坏不堪，成为工人们编麻索、织丝线之地。所谓万柳也都不存一株。只有陶然亭还齐整些。不过，你游过了内城的北海、太庙、中山公园，到了这些地方，除了感到“野趣”之外，他便全无所得的了。你或将为汉人们抱屈；在二十几年前，他们还都只能局促于此一隅。而内城的一切名胜之地，他们是全被摈斥在外的。别看清人诗集里所歌咏的是那末美好，他们是不得已而思其次的呢！

而现在，被摈斥于内城诸名胜之外的，还不依然是几十百万人么？

南城的娱乐场所，以天桥为中心。这个地方倒是平民的聚集之所；一切民间的玩意儿，一切廉价的旧货物，这里都有。

先农坛和天坛也是极宏伟的建筑。天坛的工程尤为浩大而艰巨。全是圆形的；一层层的白石栏杆，白石阶级，无数的参天的大柏树，包围着一座圆形的祭天的圣坛。坛殿的建筑，是圆的，四周的阶级和栏杆也都是圆的。这和三大殿的方整，恰好成一最有趣的对照。在这里，在大树林下徘徊着，你也便将勾引起难堪的怀古的情绪的。

这些，都只是游览的经历。你如果要在北平多住些时候，你便要更深刻的领略到北平的生活了。那生活是舒适、缓慢、吟味、享受，却绝对的不紧张。你见过一串的骆驼走过么？安稳、和平，一步步的随着一声声丁当丁当的大颈铃向前走；不匆忙，不停顿；那些大动物的眼里，表现的是那末和平而宽容，负重而忍辱的性情。这便是北平生活的象征。

和这些宏伟的建筑，舒适的生活相对照的，你不要忘记掉，还有地下的黑暗的生活呢。你如果有一个机会，走进一所“杂合院”里，你便可见到十几家老少男女紧挤在一小院落里住着的情形：孩子们在泥地上爬，妇女们是脸多菜色，终日含怒抱怨着，不时的，有咳嗽的声音从屋里透出。空气是恶劣极了；你如不是此中人，你便将不能作半日留。这些“杂合院”便是劳工、车夫们的居宅。有人说，北平生活舒服，第一件是房屋宽敞，院落深沉，多得阳光和空气。但那是中产以上的人物的话。百分之八九十以上的人口，是住着龌龊的“杂合院”里的，你得明白。

更有甚的，在北城和南城的僻巷里，听说，有好些人家，其生活的艰苦较住“杂合院”者为尤甚，常有一家数口合穿一条裤或一衣的。他们在地下挖了一个洞。有一人穿了衣裤出外了，家中裸体的几人便站在其中。洞里铺着稻草或破报纸，藉以取暖。这是什么生活呢！

年年冬天，必定有许多无衣无食的人，冻死在道上。年年冬天，必定有好几个施粥厂开办起来。来就食的，都是些可怕的窘苦的人们。然也竟有因为无衣而不能到粥厂来就吃的！

“九渊之下，更有九渊。”北平的表面，虽是冷落破败下去，尚未减都市之繁华。而其里面，却想不到是那样的破烂、痛苦、黑暗。

终日徘徊于三海公园乃至天桥的，不是罪人是什么！而你，游览的过客，你见了这，将有动于中，而怏怏的逃脱出这古城呢，还是想到“我不入地狱谁入地狱”一类的话呢？

二十三年十一月三日写

（原刊1934年12月《中学生》第50号）

长 安 行

——考古游记之一

住的地方，恰好在开“陕西省先进生产者代表会议”，碰到了不少位在各个生产战线上的先进工作者的代表们，个个红光满面，喜气洋洋，看得出是蕴蓄着无限的信心与决心，蕴蓄着无穷的克服任何困难的力量。社会主义的工业建设是一日千里地在进展着，眼看见的将是一个崭新的大西安城，一个空前的宏大的工业城市。灰色的破落的西安，将一去不复返。我想，明年今天再来时，将很难认识现在的街道形式了。许多久住在这个古城里的朋友们和我一同出城一趟，便说：“变得多了。已经连道路也认不出来了。前几个月来时，哪里有那末多的建筑物！新房子叫人连方向也辨不清了。”的确，这是最年轻的工业城市，就建筑在一座中国最古老的文化城市的基础上。

说起长安，谁不联想到秦皇、汉武来，谁不联想起汉唐盛世来，谁不联想到司马相如和司马迁就在这里写出他们的不朽的大作品来，谁不联想到李白、杜甫、王维、韩愈、白居易、杜牧来，他们的许多伟大的诗篇就在这里吟成的。站在少陵原上的杜公祠远眺樊川，一水如带，绕着以浓绿浅绿的麦苗和红馥馥的正大放着的杏花，组成绝大的一幅锦绣的高高低低的大原野，那里就是韦曲、杜曲的所在，也就是一个大学的新址的所在。杜甫的家宅还有痕迹可找到么？每一寸土，每一个清池的遗迹，都可以有它们诗般的美丽的故事给人传诵。相隔不太远的地方，就是蓝田县，就是辋川，也就是有名的诗人兼画家的王维所留恋久住的地方，就是有名的《辋川图》，和裴迪联吟的“诗中有画，画中有诗”的地方。从少陵原再过去，就是兴教寺的所在了。那是三藏法师玄奘的埋骨之地，一座高塔建筑在他的墓地上，旁有二塔，较小，那是他的大弟子圆测和窥基的墓塔；关于窥基曾流传过很美丽而凄恻的一段故事。这个地方的风景很好，远望终南山白云封绕，唐代的诗人们曾经产生出许多诗的想象来。

站在长安城的中心——钟楼的最高层上，向北看是大冢累累的高原。刘邦、吕雉的坟，以及他们的子孙的坟都在那里，晓雾初消的时候，构成了一幅像烽火台密布似的沧荒的奇景。向南向东望，是烟囱林立，扑扑突突地尽往天空上吐烟，仿佛蕴蓄着无限的热与力；就在那儿，十分重要的仰韶文化（新石器时代）遗址是相当完整地被保存着。再向东望，隐隐约约地可指出骊山的影子来；秦始皇帝就埋身其下。华清池依旧是最好的温泉之一。七月七夕，唐明皇和杨贵妃站在那里私誓“在天愿为比翼鸟，在地愿为连理枝”的长生殿也就在那里。向南望，双塔屹立，尖细若春笋的是小雁塔，壮崛而稳坐在那里似的是大雁塔。终南山在依稀仿佛之间。新建筑的密密层层地一幢幢的高楼大厦，密布在那里。向西望，那就是周文王、武王的奠立帝国的根据地，丰京和镐京遗址所在地。灵台和灵囿的残迹还可寻找呢。读着《诗经》，读着《孟子》，不禁神往于这些古老的地方了。就在这些最古老的地方，新的建筑物和工厂，纷纷地被布置在丰水的两岸。还可望到汉代的昆明池，大的石雕的牛郎、织女像还站在那里，隔着水遥遥相望呢。——当地称为石公、石婆，并各有庙。

没有一个城市比之今天的西安更为显著地揉合着“古”与“今”的了。在没有一寸土没有历史的古老文化的基础上，建立起了新的社会主义工业和新的社会主义文化。新的长安城，毫无疑问地，将比汉、唐盛世的长安城，更加扩大，更加繁华。点缀在这个新的工业大城市里的是处处都可遇到的赫赫有名的名胜古迹和古墓葬、古文化遗址。从新石器时代的仰韶文化起，中国历史的整整大半部，是在这个大都城里演出的。它就是历史的本身。就是历史的具体例证。这些，将永远不会没灭。社会主义社会里的人民都知道将怎样保护自己的光荣的古老的文化和其遗存物。在林林总总的大工厂附近，在大的研究机构和学校的左右，有一处两处甚至许多处的古迹名胜或古墓葬或古代文化遗址，将相得益彰，而绝对不会显得有什么“不调和”。他们在休假日，将成群结队地去参观半坡村的仰韶遗址，那是四千多年以前的原始社会人民的居住区域。他们看到那些圆形的、方形的住宅，葬小孩子的瓮棺。他们看到那个时代的艺术家们，怎样在红色陶器的上面，画出活泼泼两条鱼在张开大嘴追逐着，画出几只鹿在飞奔着，画出一个圆圆的大脸，却在双耳之旁加画了两条小鱼，仿佛要钻进人的耳朵里去。他们看到那时候人民所用的钓鱼钩、鱼叉、鱼网坠。他们会想象得到：在那个时候，半坡这地方是多水的，多鱼的——那时候的人从事农业生产，但似以捕鱼为副业。他们看到骨制的鱼钩，已经发明了“倒钩”，会惊诧于那时的人民的智慧的高超的。他们将远足旅行到汉武帝的茂陵去。在那里，会看见围绕着那个大土台，有多少赫赫的名臣、名将的墓。霍去病、卫青、霍光都埋葬在那里，还有李夫人的墓也紧挨着。在那里，还可以捡拾得到汉砖、汉瓦的残片。霍去病墓的石刻，正确地明白地代表了汉武帝那个伟大时代的伟大的艺术创作。现存着十一个石刻，除了两个鱼的雕刻——似是建筑的附属物——还在墓顶上外，其他九个石刻都已经盖了游廊，好好地保护起来。谁看了卧牛和卧马，特别是那一匹后腿卧地而前蹄挣扎着将起立的马，能不为其“力”与“威”震慑住呢！“马踏匈奴像”是那样的真实。一个胡人在马腹下挣扎着，手执着弓和箭，圆睁双眼，简直无用武之地，而那匹马却威武而沉着地、坚定勇猛地站着不动。那块“熊抱子”的石头，虽只是线刻，而不曾透雕，但也能把子母熊的感情表达出来。那两千多年前的中国雕刻家们的作品，是和希腊、罗马的雕刻不同的，是别具一种民族风格，是世界上最高超的艺术品之一部分。谁能为这些石刻写几部大书出来呢？有机会站在那里，带着崇高的欣赏之心，默默地端详着它们的人们，是幸福的！他们还将到华清池去，过个十分愉快的休沐日。他们还将到唐高宗的乾陵去，欣赏盛唐时代的石刻，一整列的石人、石马，一对驼鸟、一对飞马，还有拱手而立的许多酋长，番王的石像（可惜都缺了头），都值得看了又看，看个心满意足。长安城的内外，是有那末多的名胜古迹，足资流连，足以考古，足以证史的地方啊。一时是诉说不尽的。韦曲、杜曲、王曲以及曲江池、樊川等古人游乐之地，今天只要稍加疏浚，也就可以成为十分漂亮的人民公园。我想不久的将来，我们就会看到那个宏伟而美丽的大公园在长安城南出现的。“古”与“今”，古老的文化和社会主义的工业建设，结合得如此的巧妙，如此的吻合无间，正足以表现我们中国是一个很古老的国家，同时又是一个很年轻的国家。不仅西安市是如此，全国范围内的许多城市也都是同样地把“古”与“今”结合起来的，而西安市是一个特别突出的、值得特别提起的一个典型的好例子。

（原刊 1957 年《政协会刊》第 1 期）

春风满洛城

——考古游记之二

去年三月二十六日午夜，我从西安到了洛阳。这个城市也是很古老的，又是很年轻的。工厂林立在桃红柳绿的春天的田野里。还有更多的工厂在动土，在建筑。但古老的埋藏在地下的都市也都陆续地被翻掘出来。从周代的王城，汉代的东都，直到诗人白居易、历史学家司马光他们的遗迹，全都值得我们的向往和注意。这个古城的东郊，是白马寺的所在地，那是相传为汉明帝时代，白马驼经，从印度把佛教经典初次输入中国时建立起来的第一个佛教寺院。今天，山门的两座穹形门洞，其上嵌着不少块汉代的石刻（是取当地出土的汉代石刻而加以利用的，据说明朝人所为），其四围墙角，也多半使用汉砖、汉石砌成。可以说是世界上十分阔绰的一个寺院了。寺内古松苍翠，至少已有三五百年的寿命。大殿里的几尊古佛、菩萨的塑像，古雅美丽，当是元代或明初之物，甚至可能是辽、金的遗制。再往东走，乃是李密城，即金村遗址所在地，在那里曾出土了七十多块古空心墓砖，五十年前曾经震撼了一世耳目。那扑扑地向天惊飞的鸿雁，那且嗅且搜索地、威猛而稳慎地前进捕捉什么的猎狗，那执杖前行的老人，那手执竹简而趋的学者，那相遇而揖的两个行人，都将二千多年前的艺术家的现实主义的表现力，活泼泼地重现于我们的眼前。这全部墓砖，现在陈列于加拿大的博物院里。但我们是永远地不会忘记它们的。还有好些绝精绝美的战国时代的金银镶嵌（即金银错）的铜器，特别是那面人兽相搏的古铜镜，成为世界上任何博物院的骄傲。可惜，包括那面古镜在内，绝大多数都不在国内。

除了帝国主义者们长久地在洛阳掠夺出土古物之外，解放后的几年之内，才开始做着科学的考古发掘工作。这是一个“无牛眠之地”的几千年的古墓葬、古遗址的累积地。单是一九五三年到一九五五年，就发现了六千多座墓藏，其中有一千七百三十八座已经加以发掘。古遗址也已发现了两处。所得的古文物，从仰韶时期的彩陶，龙山时期的黑陶，到汉代的大量遗物，成为临时博物馆，周公庙里的辉煌的陈列品，吸引了许多游人的注意与赞叹。

我走在大道上，春风吹拂着，太阳晒得很暖和，就看见工人们在使用“洛阳铲”钻探古墓。就在那大道上，发现了一个汉代的砖墓和一个较小的土墓，我都跳下去考察一番。在农民们打井挖渠的时候，也出现了不少古墓。在新开辟的金矿公路上，有一个大汉墓，中有壁画，还保存得不坏。我也去看过。在新鲜的春天的气息里，嗅得到古代的泥土的香味。但随地有古墓的事实却引起了从事建设工作的担心。有一个干部宿舍，把两个床陷落到地下的古墓中去了，幸未伤人。新建的水塔，倾斜得很利害。压路机掉落到七米多深的大墓里去。有此种种经验教训，建设部门才知道非清理好地下的古墓葬，便不能在地上进行建设，因之，也便加强了和考古部门、文化部门的合作，因此，便处处出现了“洛阳铲”的钻探队。这是完全必要的。不清理好地下的，便不能建设好地上的。这道理已经是建设部门所“家喻户晓”的了。但有不相信这道理，一意孤行，鲁莽从事的，没有不出乱子。最深刻的教训，就是那些地方工业系统的“打包厂”“砖瓦厂”“纺纱厂”等等。

在周公庙看到的好东西多极了，也精彩极了，往往是前所未见的。像一面出土于唐墓的嵌螺钿的平托镜，那镜背上的图画，精丽工致的程度，令人心动魄荡。可以说是一幅“夜宴图”。月在天空，树上有凤凰，有鹦鹉，树下有池，池上有一对鸳鸯，相逐而行。还有两位老者，席地而座，一弹阮咸，一持杯欲饮，一双鬟侍立于后。这面古镜远比日本正仓院所藏的同类的唐代物为精美。

二十八日，到龙门去。这是值得在那里停留十月、八月，或一年、两年的时光，应该写出几本乃至几十本的专书来的一个伟大的古代艺术宝库。这里只能简单地说一下。龙门的佛像多被帝国主义者们盗去。但存在于各洞里的大小佛像，仍有二万尊以上。西山区以潜溪洞、新洞、宾阳三洞、双窑南北洞、万佛洞、老龙洞、莲花洞、破窟、奉先寺、药方洞及古阳洞为最著。宾阳洞被剜斫下去，盗运出国的两方著名的浮雕，即北魏时代的皇帝礼佛图和皇后礼佛图，斧凿的遗痕犹在，令人见之，悲愤不已！那些保存下来的石雕刻，表现了从北魏到唐代的各时期的雕刻家们最精心雕斲出来的伟大的精美的艺术品，成为中国美术史上最辉煌的若干篇页。我站在若干大佛像、小佛像的前面，细细地欣赏着，只感到时间太短促了。有人在搭木架，以石膏传摹若干代表作下来。但愿有一个时候，在北京和其他地方也能看到这些最好的中国雕刻的石膏复制的代表作品。

经过一座横跨于伊水上的草桥（这草桥到了水大时就被冲断，东西山的交通也就中断了），到了东山区。以擂鼓台、四方千佛洞为最著。十多尊的罗汉像，神情活泼极了，在国内许多泥塑木雕的罗汉像里，这里所有的，是最古老的，也是最庄严美妙的。东山区的石洞，中多空无所有，破坏最甚。有几个石灰窑，在万佛沟里烧石灰。幸及早予以制止，免于全毁。

东山的高处是香山寺，现已改为某干部疗养院。徒然破坏了这个重要的名胜古迹，而绝对解决不了疗养院的房屋问题。且山高招风，交通时断，实也不适宜于做疗养地。在山上走了一段路，到了诗人白居易的墓地。墓顶还有纸钱在飘扬。清明才过，白氏子孙住在山下者，刚来上过坟。（听说他们年年都上山上坟）。黄澄澄的将落的夕阳，照在黄澄澄的墓土上，站在那里，不禁涌起了一缕凄楚的情思。

二十九日，去访问东汉时代的太学遗址。这座太学，在其最盛时代，曾经有六万多学生在那里上学。到今天为止，恐怕世界上还没有比它规模更宏伟的一座大学。但这遗址，知道的人却不多。我们渡洛河，过枣园，沿途打听，将近二小时，才到达朱圪塔村。一路上时见地面有烟雾似的尘气上升，飞扫而过。有人说，这就是庄子所谓“野马也，尘埃也”的“野马”。一位李老者引导我们到遗址去。显著地可看出是一大片较高的地面。许多农民正在辛勤地打井。我问他们：“有发现石经的碎片么?”他们说：“近半年来已大不出了。”他们人人都知道“石经”，发现有一、二个字的碎块就可以卖钱。过去男男女女，老老少少，在农闲的时候就去挖地寻“经”。民国十八年（一九二九年）时，在黄氏墓地上出土过晋咸宁四年（公元二七八年）的“皇帝重临辟雍碑”。李老者领我们到这坟地上去看。他说，还有石经的碑座散在各村呢。我们在朱圪塔村见到一座，在大郊村见到三座。这些碑座底宽二尺三寸四，长三尺六寸，厚一尺九分。有中缝，深三寸，宽五寸又二分之一。此当是汉三体石经的碑座，应予以保护保管。“辟雍碑”也在大郊村，侧卧于地。我找了村长来，要他好好地保护这座碑，并建筑一座草屋于碑上。

下午，到倒塌掉的砖瓦厂去查勘。在这个砖瓦厂的范围里，周、汉、宋墓密布，一受大批的砖瓦的巨大重量的压力，即纷纷下陷，以至停工不用。大洞深陷的大周墓和弄塌的窑穴，互相交错着。见之触目惊心。这是“古”与“今”同受其祸的盲目地动土的活生生的大榜样。

入芒山，登其峰，见处处白纸乱飞，皆是清明时节，子孙们来上坟的余迹，坟上套坟，不知有几许历代的名人杰士，美女才子，埋身于此。有大冢隆起于远处，有如一个大平台，乃是一座汉帝的陵墓。芒山西起潼关，东到郑州，南北阔达四十里，直到黄河边上。山上均是大大小小的古今墓葬。北邙山在洛阳之北，乃是百年来有名的出土陶俑和其他古器物的所在地。大部分精美的古代艺术品都已出国。发掘之惨，旷古未闻。解放后，此风才泯绝。

洛阳市的建设规划，即如何在这个古老的城市里进行新的大规模的建设，不破坏或少破坏古墓葬和古代遗址，并如何好好地保护它们，使在崭新的林立的工厂当中，保存着特出的非保存不可的古墓葬和古代遗址的问题，正在研究讨论中。正像西安市相同，“新”和“老”，“古”和“今”，在洛阳市也一定会结合得十分好的。

龙门石窟，必须坚决地大力地加以保护。有三个大问题，必须尽快地予以解决。一、龙门煤厂，在西山区石窟附近开采，必须立即制止。绝对地要防护龙门石窟的安全和完整。这事，市委会已经注意到，并筹划到了。二、龙门石窟的洞前大车路，要予以改道。否则，各洞里常会有人在内住憩，很难防止其破坏或污损。这条改道的大车路，也已在计划中。又，河水常常要漫涨到这条大车路和下层的石洞里去，为害甚大。应该乘此修路的时机，于河边加筑石坝。三、各洞窟之间，应该开凿道路互相通联。山上开要建筑石墙，以堵住山洪、雨水的流下；奉先寺尤须急速修整，以防大佛像的继续风裂。这些，都需要有关部门共同加紧进行的。东、西山区仅靠草桥交通，也是很不方便的。已毁了的桥梁，应该早日修复。

（原刊 1957 年《政协会刊》第 2 期）

郑州，殷的故城

——考古游记之三

郑州是一个四通八达的交通要道，也是河南省的政治中心。自从河南省人民委员会由开封迁移到郑州以后，这个又古老、又先进的城市就开始大兴土木。在处处破土动工的当儿，发现了不少古文化遗址和古墓葬，特别以殷代的遗存物为最多。二里岗是新建筑的重点地区，建筑任务，急如星火。曾在那里发现一片有字的牛骨，接着又发现了殷代的烧瓦器的窑址，炼铜和制造青铜器的工场，接着又发现了殷代的制造骨器的工场。二里岗这个默默无闻的地方，顿时变得举世皆知。当时我们曾使用了一部分专家的力量，到那里从事发掘工作。但随着发掘工作的进行，建筑工程也随着在填土砌墙。没能坚决地把那些在学术研究上有重要价值的殷代遗址保存下来，只是把现场情况做了模型，并把遗存物全部取了出来而已。这是科学界的一个绝大损失！至于发现的殷代的大批墓葬，则更是随着这个城市的建设的发展，而即时发掘，即时填坑。

过了不久，更重要的消息来了，说是发现了殷代的城墙。这个远古的城墙遗址是相当于荷马史诗所歌咏的特洛伊古城的，是相当于古印度的摩亨杰达罗①遗址的。在中国，恐怕是一座最古老的城墙的遗存了。是这个大消息，引动我到郑州去。

三月三十日上午，从洛阳到了郑州。下午，就偕同陈建中同志等，到白家庄看那个殷代的城墙。这座城墙曾被白家庄作为寨墙的一部分，原来展开得很远，乃是一个可测知的三千多年前的大城

---

① 摩亨杰达罗：今通译摩亨佐达罗，印度古文明遗址。

市。但后来经过取土或拆毁，现在只保存着几十丈长的两段。就在那末一眼所及的古城址上，看到了那夯土堆砌得层次分明的城墙，每个夯眼（即打夯时的遗痕）都十分的明显。有一个特点，那夯眼很小，比起西安汉城的夯眼来，显得小得多了。可肯定地是属于更早的时代的遗迹。城墙之上，有若干殷代的墓葬，打穿了城头。可见这城墙乃是殷代的，甚至是更早期的。在那个遗址里，古代陶片俯拾皆是。龙山期的陶片也出土得不少。曾经出土过属于龙山期的一个瓦鬲，陶质薄而精致，有柄，有流。在殷代遗址里，也发现过同类型的陶器。这个遗址的时代问题，值得更加仔细的探索。但至晚是属于殷代的遗存，那是没有疑问的。

我们在这座古老的城墙的四周走着，又走上这座古城的城头。太阳光很大，但并不猛烈，天气很令人觉得愉快。时时俯下身去，捡拾些破碎的古陶片。我们决定：这一部分的城墙，绝对地不能允许有任何的破坏了，应该立即设法，积极地、周到地保护起来。

为什么郑州这个地方会有那末重要的殷代的文化遗址和大批殷代墓葬呢？在古书上没有提到过这个地方是殷代的故城。只知道郑州是“管城”故城。周初管叔封于此。《史记·殷本纪》说，周武王灭殷后，封纣“子武庚禄父以续殷祀”。“周武王崩，武庚与管叔、蔡叔作乱。成王命周公诛之，而立微子于宋以续殷后焉”。同书《周本纪》也说，武王“封商纣子禄父殷之余民。武王为殷初定未集，乃使其弟管叔鲜、蔡叔度相禄父治殷”。又说：“管叔、蔡叔群弟疑周公，与武庚作乱畔周。周公奉成王命，伐诛武庚、管叔，放蔡叔。以微子开代殷后，国于宋。”当时周武王封管叔、蔡叔时，一定是就殷故地封之的，故有“相禄父治殷”之语。今郑州既为“管城”故城，也就是管叔“相禄父治殷”之地，可见郑州乃是当时很重要的一个殷城，我们在郑州发现了许多殷代的文化遗存，是不足怪的。

接着到郑州文物清理队，看他们的陈列室和仓库。他们在短短的清理工作时间里，就获得了很大的成绩。不仅殷代的墓葬，战国到唐、宋的墓葬也发掘、清理了不少。在他们的院子里，就堆存了不少大的空心墓砖，有的是从战国墓里得到的。砖上的图案，以几何文的为最多，但也有人物图像和建筑图样的。

最重要的是殷代的种种遗存物。殷代的冶铜设备和遗址的模型，使我们看了益感到把这末重要的殷代冶铜工场毁坏了，实在是一件莫大的遗憾。制骨器的工场，也只是存留了些骨器的原料和半成品而已。骨器的原料，分为人骨、鹿骨、牛骨，各放一处，不相掺杂，且也已把可用的材料拣选齐整。像这样的大作坊，如果不是属于一座大城市，便不可能存在的。还见到一只殷代陶虎，也是极不多见的。在殷城附近，曾掘出了殉葬的犬坑九个，每坑里，少者有犬十余只，多者有犬三、四十只。可能有大墓在其附近。一只犬架上还附着金片若干，这是唯一的可见的犬身上的饰物。用犬作殉葬的墓葬，在安阳也有发现。可见这是殷代的风俗之一。

在清理队附近有一座宋代墓葬，遗存物已空，而墓的建筑却还保存得很好，可作为宋墓建筑的标本。在这一带地区，也有殷代的文化遗址。不能再听任破坏下去了。要坚决地予以保护。不可一掘就算了事。

三十一日上午九时，冒着蒙蒙细雨，到铭功路（岗杜）工地看刚发掘、清理出来的几个殷代墓葬。就在大路之旁，就在立将填坑平土、进行建筑的工区。一个是孩子的墓，一个是成人的墓。二墓的人架均在。成人的骷髅头旁，还放着一只碧玉簪。有两个墓已经清理完毕，遗存物和人架都已取出。在一个墓里得到过青铜器（小鼎?），墓的下面发现有殉葬的犬架。这里也发现过殷代人民的居住区，还有窑址，但全都在急急忙忙的配合基建的工程里给“平整”掉了。那个地区将建筑一所中学。为了下一代的教育而毁坏掉可以作为下一代教育的具体生动的历史、文化资料，这是合理的么？至于为了建筑一所饭店，一个招待所，一座办公大楼，甚至为了盖某一个机构的厨房，而大量毁坏了殷代文化遗址、居住遗址，乃至极为珍贵的殷代的制造骨器工场、冶铜工场，也岂是合理的么？不可能再在别的地方见到或得到的比较完整的殷代冶铜工场，制造骨器工场，如今是永远地消失无踪了！就在我们眼前，就在我们这一个时代，从地面上消失了去！这悲愤岂是言语所能形容的。我站在这个殷代的文化遗址上，心里感到辛辣，感到痛苦，眼眶边酸溜溜地像要落下泪来。只怪我们没有坚决地执行国家政策法令；只怪我们过于迁就那些过分强调不大重要的基建工程的重要性，而过分轻视或蔑视先民的文化遗存物的人的主张！所有造成这种不文明的毁坏，我们是至少要负一半以上的责任。为什么斗争性不强呢？为什么不执法如山呢？为什么不耐心用力，多做些教育说服工作呢？

有了这样的一场惨痛入骨的经验，遇事便不应该再那末糊涂地迁就下去了。

就在大道旁，有新建的一座人民公园，规模很大。这个地区也便是殷代文化遗址的一部分。据说是为了保护这遗址，建筑公园是再保险不过的，因为不进行基建，不盖房子，不大动土（即使动土，也不会很深），遗址当然会保存得住。但我一走进这所公园的大门，就知道有些不大对头，满不是那末一回事。有好些清理队工作人员，搭盖了田野工作时所用的几座篷帐，在那里紧张地工作着。此时，雨点大了起来，淅淅沥沥地有点像秋天的萧索之感。他们不能继续在工地上工作，都躲到篷帐里来。我们也在一座篷帐里休息着。

“有什么新发现的东西么?”陪伴着我们的赵君问道。

“又清理了几座殷代墓，出土了不少东西，”一个人指着堆在旁边的陶器等等说道。

我的心情就同天气般的阴暗。原来这个公园，动员了青年人，在挖一个“青年湖”。好大的一片湖，也就正在这殷代的文化遗址和墓葬的所在地方，而清理队的工作人员们便不得不移到这里，配合挖湖工作的进行，而急急忙忙地在发掘、在清理着。所谓建了公园便会保护得好，便不会破坏的话，也便成了“托辞”或“遁辞”。

开元寺的遗址，现在成了郑州市医院的分院。我们看见在这个医院的院子里，还危立着两个经幢。一个是唐武宗会昌六年（公元八四六年）所立的道教经幢，上面刻的是“度人经”。像这样的道教经幢，在全国是很少见的。会昌灭法，不知毁坏了多少佛教艺术的精英，却只留下了这个道教经幢，作为活生生的见证，可叹也！另有一座尊胜经幢，是后晋天福五年（公元九四〇年）所立的。这座经幢上所刻的飞天及其他浮雕，都很精采。我们说：“这两个经幢都很重要，要好好保护着。”医院里的人点点头。

晚上，和陈局长们谈保护河南省和郑州市文物古迹事，谈得很多，我们有信心和决心要做好这个保护工作。

郑州是有关古史研究的一个新的领域，必须更加仔细、更加谨慎小心地从事基建和考古发掘工作，不能再有任何粗率的破坏行为了！

（原刊 1957 年《政协会刊》第 3 期）

金梁桥外月如霜

——考古游记之四

汴梁是开封的古称。宋时，也叫做东京。有一部《东京梦华录》，记载北宋时代的开封的社会生活，甚为生动；还有一卷有名的古画，叫做《清明上河图》，为宋代大画家张择端画的，很长，从城外画到城里，把那时候的封建社会生活里的形形色色，各种各样农业、手工业、商业等等的情况，都收摄在那宏丽大画卷里了。宋人平话，常讲到这个繁华的都市。《水浒传》里也常提到开封府。“包公”的故事，也常在这里发生。明朝初年，有一位藩王（周宪王）名叫朱有燉的，写了不少剧本，民间常常搬演它们。所以李梦阳曾有诗道：“齐唱宪王新乐府，金梁桥外月如霜”。这是一个多么为历代诗人和艺术家所向往、所歌颂的一个繁华的都市啊。今天虽然已经不再是一个首都，甚至不再是一个省会，但那股诱惑人的劲儿还是存在的，它还是叫我们不能不去访问，不能不在那里留连忘返。假如我们有时间到大相国寺遛遛，我们还能够依稀仿佛地看得出旧日的繁华面目来。它还是一个市场，但已经不再是北宋时代的大相国寺了。它正处在新和旧之间。旧的已经死了，新的正在诞生。“农业合作化运动”展览，正在大雄宝殿里展出。这标志着一个新的时代的开始，旧的东西，正像钟楼、鼓楼和其他建筑物似的，有的已经湮灭不见，有的快要塌倒。新的大相国寺，就将要在这个破落的旧址上建立起来。

新的开封，新的汴梁，像许多别的古老的都市一样的，是新生了。

我于四月一日中午到了开封。第一件事就是到省博物馆参观。

它是出土文物最多，内容最丰富的大博物馆之一。其陈列是按照社会发展的规律布置的。原始社会部分和奴隶社会部分，和别的博物馆没有什么不同，但陈列品却丰富异常。仰韶文化的遗址和安阳的殷代文化遗址都就在河南省里。不仅解放前的出土物还有不少保存着，而且解放后更有许多新的发现。封建社会部分，不分朝代，而分为生产工具、农业、手工业、阶级对比、文化艺术等类。这完全是新的有创造性的陈列布置。工作人员们内部就有了不少争论。在夕阳斜照里，为了此事，开过一个座谈会，我以为：我国封建社会为期甚长，变化很多，这种“总结式”的陈列方法，的确值得慎重考虑。但既已摆出来了，也不妨暂时成为一个类型，作为讨论的资料，他们也同意我的这个意见。这个博物馆更吸引人的，乃是从汲县、辉县、新郑、安阳等地出土的青铜器。辉县出土的东西，乃是前所未见的，破碎的很多，尚未整修好。修复后陈列出来，一定会使社会上震动一下子的。两廊陈列着石刻，石像及墓志等，蔚成巨观。说是“小碑林”，其实，这碑林并不小。有魏三体石经、宋石经、北魏石棺、隋造像碑及墓志八百多方（均嵌于墙上）。最可注意的是汉代黄肠石有四十多方，不知是做什么用的，值得深入的研究。石雕像美极了，汉唐的陶俑也有极好的，令人徘徊不忍离开。也有伪品掺杂其间，但那是旧存的东西。如果把真伪好坏分别明白，这个博物馆辉煌的光彩，是决不下于西安的碑林与陕西省博物馆的。出馆后，曾到旧书店转了一下，简直一无所有，只购得汲县志一书。

晚上，在工人俱乐部里看豫剧《春香传》。开封原是歌舞的产生地之一，宋代的“瓦子”里出现了不少为人民所喜闻乐见的玩意儿，特别是“杂剧”、“平话”、“诸宫调”等等，都是开天辟地之作，影响于中国文学的发展者极深且远。至今，在大相国寺还有不少艺人仍在弹唱、演奏着。豫剧乃是地方剧里流传最广的剧种之一。它吸收了各个剧种的长处、好处，而以其特有的曼声的歌调融化之，使其完全适合于自己的需要，决不显得格格不入。《春香传》

的题材是取之于朝鲜人民所创作的剧本的，但演起来却宛然是道地的豫剧。这个剧种是有其广阔的前途的。就在这里，演着这个《春香传》，不正在表示出“齐唱宪王新乐府”的汴梁城的飞跃地在前进，在更勇敢地发扬其传统的歌舞的光辉么？

第二天一早，就到铁塔去。周密《癸辛杂识》说：“光教寺在汴城东北角，俗呼为上方寺，有琉璃塔十三层”。李濂《汴京遗迹志》云：“宋仁宗庆历中，开宝寺灵威塔毁，乃于上方院建鲮色琉璃砖塔，八角，十三层，高三百六十尺，俗称铁塔寺。”这个塔靠近城墙边，坚实雄健地矗立在大空地上。塔的上层有抗日战争时期被日寇炮火所中的大弹孔的痕迹，但并没有影响这铁塔的坚厚与稳定感。这当是今所知的最早的一座以琉璃砖建成的大建筑物。那琉璃砖至今还坚实异常，琉璃釉作深褐色，故远远地望去，像是铁质的。塔旁，有知止亭，亭中立着一尊铜制的接引佛，重约一吨，是明代的作品，很端庄、静定。

继到龙亭。这龙亭，在解放后已经修整一新。北宋的繁华的东都，其遗存物殆只有这个龙亭了。阶石及亭基均甚古老，非宋代以后物。四面都是水，仿佛令人有到了中南海及北海之感。当是汴京的内苑的一部分吧。亭前，有二水池，相传一为杨府，一为潘府，二家相仇不已。元剧里有《谢金吾诈拆天风府》，即演杨家被奸臣王钦若指使谢金吾拆毁天风府的故事。难道这里就是天风府的遗址所在？又有《杨六郎调兵破天阵》、《焦光赞活拿萧天佑》等剧。明代有《杨家府演义》，详述杨府诸将的忠义英勇和潘仁美的屡次加以陷害之事。不知怎样，二家府邸均下陷为池了。杨府遗址，尚留下一个址，相传是召集将士之物。这个故事并无任何根据，这二池明明是属于宫苑里的。但“杨家将”的故事深入人心，所以传说得津津有味。据说，大相国寺有一位老说书的人，他说“杨家将”，能够说到第十二代。龙亭左右，将辟为一个大公园，风景很秀丽，正是劳动人民的大好的休憩、游览的地方。

继到山西会馆，像是关帝庙改建的。那个建筑物很奇特，时代不过一二百年，但其中作为建筑装饰的木刻和砖刻却繁缛细致之极。在中原地带，像这样的砖木雕刻，十分少见。又到河南烟厂，看繁塔。这个塔的形状十分古怪，大塔上只有三层（不像是塔基），在第三层上，又建造了一个小塔，十分地不相称。我怀疑，在建造大塔时，造到第三层，经费就没有了，或因什么事变，竟中止继续造下去。后来的人，就在这上面，草草地造成了另一个小塔以完全这个“功德”。从来没有见到过另一座和它形制相类的塔。

相距繁塔不远处，有古吹台，这台在农学院内，风景极好。《汴京遗迹志》云：“相传汉之鼓吹台，一名梁台，一名云台，俗呼为二姑台。今改为禹王台，祀禹于其上，两庑祀古之善治水者，为卫河患也。”今此祠已不可见，但登吹台远望，汴梁城是历历在目。

赶着到大相国寺一游。正有新兴的气象。旧的封建遗存物死去了，属于人民的大市场正在兴起，那繁华的景象一定会远远地超过《东京梦华录》所记载的。

（原刊 1957 年《政协会刊》第 5 期）

苏州赞歌

苏州这个天堂似的好地方，只要你逛过一次，你就会永远地爱上了它，会久久地想念着它。它是典型的一个江南的城市，是水乡，又是鱼米之乡。

春天的时候，一大片的开着紫花的苜蓿田，夹杂着一块块的娇黄色的油菜花儿的田，还有一望无际的嫩绿可喜的刚刚插好稻秧儿的水田，那色彩本身，就是一幅秀丽无边的绝大的天然的图案画。谁不喜爱这表现着春天的烂缦而又娇嫩的颜色呢？很像维纳丝刚从海水泡沫儿里生了出来。一双眼睛还朦朦忪忪地带着惶惑之意①。它就是春天她自己！田埂上还开放着各色各样小花朵，白色的，黄色的，还有粉红色的，深红色的。清澈的春水，顺着大渠小沟，哈哈地流着。小鸟儿在叫着。合作社的男女社员们，一大早就肩负着锄头，手拿着小筐子下田去了。他们彼此在竞赛着。“青年突击队”歌，高响入云。他们把春天变得更活跃又有精神了。

千万盆的茉莉花、代代花和玫瑰花都已从玻璃房里搬出来，在花田里竞媚斗艳，老远地，就嗅到那喷射出来的清馨的香味儿。站在虎丘山的大石块上，望着桃红柳绿的山景，望着更远的五色斑斓的田野和躺在太阳光底下放亮光的湖泊和小河流。天气老是润滋滋地，不知什么时候就会有一阵春雨，在云端飘洒下来。

走在留园、西园一带的石塘上，望着运河的流水，嘴里吟着：

---

① 维纳丝：今通译维纳斯，希腊罗马神话里的爱与美之神，她是从海的浪沫里产生出来的，意大利画家 S. Bottcelli（波提切利）的名作《维纳斯的诞生》表现的就是她刚出生时双眼朦忪惶惑之态。

“凌波不过横塘路，但目送芳尘去”，足旁有一大块深绿色的菜园，正开着紫中透黑的蚕豆花儿，那不时钻入鼻孔的菜花香，夹杂着泥土气味，甜甜地像要醉人。在西园的略带野趣和荒凉味儿的后花园里，有游人们在等候着大癞头龟在池塘里出现。留园的引人入胜的园景，吸引着更多的外地的客人们。还有城里的许多花园，个个有特色，够你逛个一天半天的，狮子林的假山洞，钻得你不禁嘻嘻哈哈地大惊小怪起来，拙政园不再是几十间东倒西歪的老屋和千百株将枯未倒的老树，显得凄凉暗淡的园林了，它成为精神百倍的大好的游逛的地方。汪氏义庄就剩下靠北面的一带假山和几间房子了，但还别有风趣的吸引着游人们，它们活像是小摆设，不，它们并不小；它们乃是模拟着名山大川而缩小之于寻丈之地的。这显出了我们老祖先们怎样地喜爱自然，又怎样地能够把自然缩小了搬运到家园里来。从一扇小窗里望过去，不是有几棵碧绿的芭蕉树，一峰玲珑剔透的太湖石，还有小小的几株花木么？那就显得那个屋角勃勃地有生趣、有远趣起来。无梁殿是一座很坚实的古建筑。沧浪亭就在水边，具有渺荡的深趣。中国最古老的“天文图”和“舆地图”就放在孔庙里。许多的记载织工们斗争的石碑，也在玄妙观等处发现。这些美好的园林，和重要的古迹名胜，不仅供应了苏州市人民自己和它四乡的工农兵的享用和游逛，而且，更重要的是给予江南一带的特别是大上海市的工农兵以惊喜，以舒畅，以闲憩的休息和快乐。苏州人和扬州人所擅长培植的小盆景，这些苏州市的大大小小的园林，就活像是一座座的大盆景。

苏州不完全是一个游逛的、休息的城市。它有长久的斗争的历史。苏州是中国封建社会的一个典型的手工业城市。织坊老早就成立了，织工们的斗争史值得写成厚厚的几本书。“吴侬软语”的苏州人民，看起来好像很温和，但往往是站在斗争的最前线，勇猛无前，坚忍不屈。它那里产生了不少民族英雄，革命烈士以至劳动模范，他们的故事是可歌可泣的，是十分地感动人的。

苏州城外有一座寒山寺，那是以唐代诗人张继的一首“姑苏城外寒山寺，夜半钟声到客船”而著名的。清初诗人王渔洋，就为了要题一首诗在这寺的山门上，半夜里坐船赶到那里，在山门上用墨笔写了诗，然后就下船离开了，连大殿也没进。到了今天，还有不少人慕名而去到那里。有一口大钟，但已经不是原来的那口钟了，听说原来的钟是被日本帝国主义者盗去的，下落不明。如今，这座本来荒凉不堪的寺院，变成了很华美。有一座盘梯的楼，很精致，是从城里一个旧家搬来的，包括搬运、重建、修整、油漆等等费用，只花上五千元。苏州人民就是会那末勤俭起家的。听说那些美丽的园林，也都是花了不多的钱而都收拾得“有声有色”，漂漂亮亮。

苏州的许多工艺美术品，特别是刺绣、云锦等等，乃是国家的光荣，也是国家的财富。它的农业的成就，乃是属于全国高产地区，供给着许多城市，其农业的生产技术和经验乃是值得推广的。

苏州城和苏州人民是勤俭的，谦虚的，温暖的，却又是那末可喜可爱。凡是到过那里一次的人，准保不会忘了它。

（原刊 1958 年 10 月 30 日《人民日报》）

黄昏的观前街

我刚从某一个大都市归来。那一个大都市，说得漂亮些，是乡村的气息较多于城市的。它比城市多了些乡野的荒凉况味，比乡村却又少了些质朴自然的风趣。疏疏的几簇住宅，到处是绿油油的菜圃，是蓬蒿没膝的废园，是池塘半绕的空场，是已生了荒草的瓦砾堆。晚间更是凄凉。太阳刚刚西下，街上的行人便已“寥若晨星”。在街灯如豆的黄光之下，踽踽的独行着，瘦影显得更长了。足音也格外的寂寥。远处野犬，如豹的狂吠着。黑衣的警察，幽灵似的扶枪立着。在前面的重要区域里，仿佛有“站住!”“口号!”的呼叱声。我假如是喜欢都市生活的话，我真不会喜欢到这个地方；我假如是喜欢乡间生活的话，我也不会喜欢到这个所在。我的天！还是趁早走了吧。(不仅是“浩然”，简直是“凛然有归志”了!)

归程经过苏州，想要下去，终于因为舍不得抛弃了车票上的未用尽的一段路资，蹉跎的被火车带过去了。归后不到二天，长个子的樊与矮而美髯的孙，却又拖了我逛苏州去。早知道有这一趟走还不中途而下，来得便利么？

我的太太是最厌恶苏州的，她说舒舒服服的坐在车上，走不几步，却又要下车过桥了。我也未见得十分喜欢苏州；一来是，走了几趟都买不到什么好书，二来是，住在阊门外，太像上海，而又没有上海的繁华。但这一次，我因为要换换花样，却拖他们住到城里去。不料竟因此而得到了一次永远不曾领略到的苏州景色。

我们跑了几家书铺，天色已经渐渐的黑下来了，樊说，“我们找一个地方吃饭吧。”饭馆里是那末样的拥挤，走了两三家，才得到了一张空桌。街上已上了灯。楼窗的外面，行人也是那末样的拥挤。没有一盏灯光不照到几堆子人的，影子也不落在地上，而落在人的身上。我不禁想起了某一个大城市的荒凉情景，说道，“这才可算是一个都市！”

这条街是苏州城繁华的中心的观前街。玄妙观是到过苏州的人没有一个不熟悉的；那末粗俗的一个所在，未必有胜于北平的隆福寺，南京的夫子庙，扬州的教场。观前街也是一条到过苏州的人没有一个不曾经过的；那末狭小的一道街，三个人并列走着，便可以不让旁的人走，再加之以没头苍蝇似的乱攒而前的人力车，或箩或桶的一担担的水与蔬菜，混合成了一个道地的中国式的小城市的拥挤与纷乱无秩序的情形。

然而，这一个黄昏时候的观前街，却与白昼大殊。我们在这条街上舒适的散着步，男人，女人，小孩子，老年人，摩肩接踵而过，却不喧哗，也不推拥；我所得的苏州印象，这一次可说是最好。——从前不曾于黄昏时候在观前街散步过。半里多长的一条古式的石板街道，半部车子也没有，你可以安安稳稳的在街心踱方步。灯光耀耀煌煌的，铜的，布的，黑漆金字的市招，密簇簇的排列在你的头上，一举手便可触到了几块。茶食店里的玻璃匣，亮晶晶的在繁灯之下发光，照得匣内的茶食通明的映入行人眼里，似欲伸手招致他们去买几色苏制的糖食带回去。野味店的山鸡野兔，已烹制的，或尚带着皮毛的都一串一挂的悬在你的眼前——就在你的眼前，那香味直扑到你的鼻上。你在那里，走着，走着，你如走在一所游艺园中。你如在暮春三月，迎神赛会的当儿，挤在人群里，跟着他们跑，兴奋而感到浓趣。你如在你的少小时，大人们在做寿，或娶亲，地上铺着花毯，天上张着锦幔，长随打杂老妈丫头，客人的孩子们，全都穿戴着崭新的衣帽，穿梭似的进进出出，而你在其间，随意的玩耍，随意的奔跑。你白天觉得这条街狭小，在这时，你才觉这条街狭小得妙。她将你紧压住了，如夜间将自己的手放在心头，做了很刺激的梦；他将你紧紧地拥抱住了，如一个爱人身体的热情的拥抱；她将所有的宝藏，所有的繁华，所有的可引动人的东西，都陈列在你的面前，即在你的眼下，相去不到三尺左右，而别用一种黄昏的灯纱笼罩了起来，使他们更显得隐约而动情，如一位对窗里面的美人，如一位躲于绿帘后的少女。她假如也像别的都市巷道那样的开朗阔大，那末，便将永远感不到这种亲切的繁华的况味，你便将永远受不到这种紧紧的轧压于你的全身，你的全心的燠暖而温馥的情趣了。你平常觉得这条街闲人太多，过于拥挤，在这时却正显得人多的好处。你看人，人也看你；你的左边是一位时装的小姐，你的右边是几位随了丈夫、父亲上城的乡姑，你的前面是一二位步履维艰的道地的苏州老，一二位尖帽薄履的苏式少年，你偶然回过头来，你的眼光却正碰在一位容光射人，衣饰过丽的少奶奶的身上。你的团团转转都是人，都是无关系的无关心的最驯良的人；你可以舒舒适适的踱着方步，一点也不用担心什么。这里没有乘机的偷盗，没有诱人入魔窟的“指导者”，也没有什么电掣风驰，左冲右撞的一切车子。每一个人都是那末安闲的散步着；川流不息的在走，肩摩踵接的在走，他们永不会猛撞你身上而过。他们是走得那末安闲，那末小心。你假如偶然过于大意的撞了人，或踏了人的足——那是极不经见的事！他们抬眼望了你，你对他们点点头，表示歉意，也就算了。大家都感到一种的亲切，一种的无损害，一种的无忧无虑的生活；大家都似躲在一个乐园中，在明月之下，绿林之间，悠闲的微步着，忘记了园外的一切。

那末鳞鳞比比的店房，那末密密接接的市招，那末耀耀煌煌的灯光，那末狭狭小小的街道，竟使你抬起头来，看不见明月，看不见星光，看不见一丝一毫的黑暗的夜天。她使你不知道黑暗，她使你忘记了这是夜间。啊，这样的一个“不夜之城！”

“不夜之城”的巴黎，“不夜之城”的伦敦，你如果要看，你且去歌剧院左近走着，你且去辟加德莱圈散步，准保你不会有一刻半秒的安逸；你得时时刻刻的担心，时时刻刻的提防着，大都市的灾害，是那末多。每个人都是匆匆的走马灯似的向前走，你也得匆匆的走；每个人都是紧张着矜持着，你也自然得会紧张着，矜持着。你假如走惯了黄昏时候的观前街，你在那里准得是吃大苦头，除非你已将老脾气改得一干二净。你假如为店铺的窗中的陈列品所迷住了，譬如说，你要站住了仔仔细细的看一下，你准得要和后面的人猛碰一下，他必定要诧异的望了望你，虽然嘴里说的是“对不起”。你也得说“对不起”，然而你也饱受了他，以至他们的眼光的奚落。你如走到了歌剧院的阶前，你如走到了那尔逊的像下①，你将见斗大的一个个市招或广告牌，闪闪在放光；一片的灯光，映射得半个天空红红的。然而那里却是如此的开朗敞阔，建筑物又是那末的宏伟，人虽拥挤，却是那样的藐小可怜，Taxi 和 Bus 也如小甲虫似的在一连串的走着。大半个天空是黑漆漆的，几颗星在冷冷的睐着眼看人。大都市的繁华终敌不住黑夜的侵袭，你在那里，立了一会，只要一会，你便将完全的领受到夜的凄凉了。像观前街那样的燠暖温馥之感，你是永远得不到的。你在那里是孤零的，是寂寞的，算不定会有什么飞灾横祸光临到你身上，假如你要一个不小心。像在观前街的那末舒适无虑的亲切的感觉，你也是永远不会得到的。

有观前街的燠暖温馥与亲切之感的大都市，我只见到了一个委尼司；即在委尼司的 St. Mark 方场的左近②。那里也是充满了闲人，充满了紧压在你身上的燠暖的情趣的；街道也是那末狭小，也许更要狭，行人也是那末拥挤，也许更要拥挤，灯光也是那末辉辉煌煌的，也许更要辉煌。有人口口声声的称呼苏州为东方的委尼司；别的地方，我看不出，别的时候，我看不出，在黄昏时候的观前街，我却深切的感到了。——虽然观前少了那末弘丽的 Piazza of St. Mark，少了那末轻妙的此奏彼息的乐队。

---

① 那尔逊：今通译纳尔逊（1758—1805），英国海军上将，被誉为“英国皇家海军之魂”。

② 委尼斯：通译威尼斯。St. Mark 方场：即圣马可广场。

石 湖

前年从太湖里的洞庭东山回到苏州时，曾经过石湖。坐的是一只小火轮，一眨眼间，船由窄窄的小水口进入了另一个湖。那湖要比太湖小得多了，湖上到处插着蟹簖和围着菱田。他们告诉我："这里就是石湖。"我跃然的站起来，在船头东张西望的，想尽量地吸取石湖的胜景。见到湖心有一个小岛，岛上还残留着东倒西歪的许多太湖石。我想："这不是一座古老的园林的遗迹么？"

是的，整个石湖原来就是一座大的园林。在离今八百多年前，这里就是南宋初期的一位诗人范成大（1126—1193）的园林。他和陆游、杨万里同被称为南宋三大诗人。成大因为住在这里，就自号石湖居士，"石湖"因之而大为著名于世。杨万里说："公之别墅曰石湖，山水之胜，东南绝境也。"我们很向往于石湖，就是为了读过范成大的关于石湖的诗。"石湖"和范成大结成了这样的不可分的关系，正像陶渊明的"栗里"，王维的"辋川"一样，人以地名，同时，地也以人显了。成大的《石湖居士诗集》，吴郡顾氏刻的本子（1688 年刻），凡三十四卷，其中歌咏石湖的风土人情的诗篇很不少。他是一位中国文学史上重要的田园诗人，继承了陶渊明、王维的优良传统，描写着八百多年前的农民的辛勤的生活。他的《四时田园杂兴》六十首，就是淳熙丙午（1186 年）在石湖写出的，在那里，充溢着江南的田园情趣，像读米芾和他的儿子米友仁所作的山水，满纸上是云气水意，是江南的润湿之感，是平易近人的熟悉的湖田农作和养蚕、织丝的活计，他写道：

昼出耘田夜绩麻，村庄儿女各当家。

童孙未解供耕织，也傍桑阴学种瓜。

农村里是不会有一个“闲人”存在的，包括孩子们在内。

垂成穑事苦艰难，忌雨嫌风更怯寒。
笺诉天公休捣剩，半偿私债半输官。

他是同情于农民的被剥削的痛苦的。更有连田也没有得种的人，那就格外的困苦了。

采菱辛苦废犁锄，血指流丹鬼质枯。
无力买田聊种水，近来湖面亦收租。

他住在石湖上，就爱上那里的风土，也爱上那里的农民，而对于他们的痛苦，表示同情。后来，在明朝弘治间（1488—1505），有莫旦的，曾写了一部《石湖志》，却只是夸耀着莫家的地主们的豪华的生活，全无意义。至今，在石湖上莫氏的遗迹已经一无所存，问人，也都不知道，是“身与名俱朽”的了。但范成大的名字却人人都晓得。

去年春天，我又到了洞庭东山。这次是走陆路的，在一年时间里，当地的农民已经把通往苏州的公路修好了。东山的一个农业合作社里的人，曾经在前年告诉过我：

“我们要修汽车路，通到苏州，要迎接拖拉机。”

果然，这条公路修好了，如今到东山去，不需要走水路，更不需要花上一天两天的时间了，只要两小时不到，就可以从苏州直达洞庭东山。我们就走这条公路，到了石湖。我们远远地望见了渺茫的湖水，安静地躺在那里，似乎水波不兴，万籁皆寂。渐渐地走近了，湖山的胜处也就渐渐地豁露出来。有一座破旧的老屋，总有三进深，首先唤起我们注意。前厅还相当完整，但后边却很破旧，屋顶已经可看见青天了，碎瓦破砖，抛得满地。墙垣也塌颓了一半。这就是范成大的祠堂。墙壁上还嵌着他写的《四时田园杂兴》的石刻，但已经不是全部了。我们在湖边走着，在不高的山上走着。四周的风物秀隽异常。满盈盈的湖水一直溢拍到脚边，却又温柔地退回去了，像慈母抚拍着将睡未睡的婴儿似的，它轻轻地抚拍着石岸。水里的碎磁片清晰可见。小小的鱼儿，还有顽健的小虾儿，都在眼前游来蹦去。登上了山巅，可望见更远的太湖。太湖里点点风帆，历历可数。太阳光照在粼粼的湖水上面，闪耀着金光，就像无数的鱼儿在一刹那之间，齐翻着身。绿色的田野里，夹杂着黄色的菜花田和紫色的苜蓿田，锦绣般地展开在脚下。

这里的湖水，滋育着附近地区的桑麻和水稻，还大有鱼虾之利。劳动人民是喜爱它的，看重它的。

“正在准备把这一带全都绿化了，已经栽下不少树苗了。”陪伴着我们的一位苏州市园林处的负责人说道。

果然有不少各式各样的矮树，上上下下，高高低低地栽种着。不出十年，这里将是一个很幽深新洁的山林了。他说道：“园林处有一个计划，要把整个石湖区修整一番，成为一座公园。”当然，这是很有意义的，而且东山一带已将成为上海一带的工人的疗养区，这座石湖公园是有必要建设起来的。

他又说道：“我们要好好地保护这一带的名胜古迹，范石湖的祠堂也要修整一下。有了那个有名的诗人的遗迹，石湖不是更加显得美丽了么？”

事隔一年多，不知石湖公园的建设已经开始了没有？我相信，正像苏州—洞庭东山之间的公路一般，勤劳勇敢的苏州市的人民一定会把石湖公园建筑得异常漂亮，引人入胜，来迎接工农阶级的劳动模范的游览和休养的。

（原刊 1958 年 1 月 4 日《人民日报》）

月夜之话

是在山中的第三夜了。月色是皎洁无比，看着她渐渐的由东方升了起来。蝉声叽……叽……叽……的曼长的叫着，岭下涧水潺潺的流声，隐略的可以听见，此外，便什么声音都没有了。月如银的圆盘般大，静定的挂在晚天中，星没有几颗，疏朗朗的间缀于蓝天中，如美人身上披的蓝天鹅绒的晚衣，缀了几颗不规则的宝石。大家都把自己的摇椅移到东廊上坐着。

初升的月，如水银似的白，把她的光笼罩在一切的东西上；柱影与人影，粗黑的向西边的地上倒映着。山呀，田地呀，树林呀，对面的许多所的屋呀，都朦朦胧胧的不大看得清楚，正如我们初从倦眠中醒了来，睁开了眼去看四周的东西，还如在渺茫梦境中似的；又如把这些东西都幕上了一层轻巧细密的冰纱，它们在纱外望着，只能隐约的看见它们的轮廓；又如春雨连朝，天色昏暗，极细极细的雨丝，随风飘拂着，我们立在红楼上，由这些蒙雨织成的帘巾向外望着。那末样的静美，那末样柔秀的融和的情调，真非身临其境的人不能说得出的。

“那末好的月呀！”擘黄先生赞赏似的叹美着。

同浴于这个明明的月光中的，还有梦旦先生和心南先生，静悄悄的，各人都随意的躺在他的摇椅上，各自在默想他的崇高的思绪。也不知道有多少秒，多少分，多少刻的时间是过去了，红栏杆外是月光，蝉声与溪声，红栏杆内是月光照浴着的几个静思的人。

月光光，
照河塘。

骑竹马，
过横塘。
横塘水深不得过，
娘子牵船来接郎。
问郎长，问郎短，
问郎此去何时返。

心南先生的女公子依真跳跃着的由西边跑了过来，嘴里这样的唱着。那清脆的歌声漫溢于朦胧的空中，如一塘静水中起了一个水沤似的，立刻一圈一圈的扩大到全个塘面。

“这是各处都有的儿歌，辜鸿铭曾选入他的《幼学弦歌》中。”梦旦先生说。他真是一个健谈的人，又恳挚，又多见闻，凡是听过他的话的人，总不肯半途走了开去。

“福州还有一首大家都知道的民歌，也是以月为背景的，真是不坏。”梦旦先生接着说；于是他便背诵出了这一首歌。

原文：

共哥相约月出来，
怎样月出哥未来？
没是奴家月出早？
没是哥家月出迟？
不论月出早与迟；
恐怕我哥未肯来。
当日我哥未娶嫂，
三十无月哥也来。

译文：

与他相约月出来，
怎么月出了他还未来？
莫不是我家月出得早？

莫不是他家月出得迟？
不论月出早与迟；
只怕他是不肯来了吧！
当日他没有娶妻时，
没有月的三十夜也还来呢。

这首歌的又真挚又曲折的情绪，立刻把大家捉住了。像那末好的情歌，真不多见。

“我真想把它抄录了下来呢!”我说。于是梦旦先生又逐句的背念了一遍，我便录了下来。

“大约是又成了《山中通信》的资料吧，”擘黄先生笑着说道，他今天刚看见我写着《山中通信》。

“也许是的，但这样的好词，不写了下来，未免太可惜了。”

“我也有一个，索性你再写了吧。”擘黄说。

我端正了笔等着他。

七月七夕鹊填桥，
牛郎织女渡天河。
人人都说神仙好，
一年一度算什么！

“最后一句真好，凡是咏七夕的诗，恐怕不见得有那样透澈的口气吧。可见民歌好的不少，只在自己去搜集而已。”擘黄说。

大家的话匣子一开，沉静的气氛立刻打破了，每个人都高高兴兴的谈着唱着，浑忘了皎洁月光与其他一切。月已升得很高，倒向西边的柱影，已渐渐的短了。

梦旦先生道：“还有一首歌，你们听人说过没有？”

“采苹你去问秋英，
怎么姑爷跌满身？”
“他说：相公家里回，

也无火把也无灯。”
“既无火把也要灯！
他说相公家里回，
怎么姑爷跌满身？
采苹你去问秋英！”

“是的，听见过的，”擘黄说，“但其层次与说话之语气颇不易分得出明白。”

“大约是小姐见姑爷夜间回来，跌了一身的泥，不由得起了疑心，便叫丫头采苹去问跟班秋英。采苹回到小姐那里，转述秋英的话，相公之所以跌得一身泥者，因由家里回来，夜色黑漆漆的，又无火把又无灯笼也。第二首完全是小姐的话，她的疑心还未释，相公既由家回，如无火把也要有灯，怎么会跌得一身泥？于是再叫采苹去问秋英。虽然是如连环诗似的二首，前后的意思却很不同。每个人的口气也都逼真的像。”梦旦先生说。

经了这样一解释，这首诗，真的也成了一首名作了。

真鸟仔，
啄瓦檐，
奴哥无“母”这数年。
看见街上人讨“母”，
奴哥目泪挂目檐。
有的有，没的没，
有人老婆连小婆！
只愿天下作大水，
流来流去齐齐没。

这一首也是这一夜采得的好诗，但恐非“非福州人”所能了解。所谓“真鸟仔”者，即小麻雀也。“母”者，即女子也，即所谓公母之“母”是也。“奴哥”者，擘黄以为是他人称他的，我则以为是自称的口气，兹译之如下：

小小的麻雀儿，
在瓦檐前啄着，啄着，
我是这许多年还没有妻呀！
看见街上人家闹洋洋的娶亲，
我不由得双泪挂眼边。
有的有，没有的没有，
有的人，有了妻，却还要小老婆。
但愿天下起了大水，
流来流去，使大家一齐都没有。

这个译文，意思未见得错，音调的美却完全没有了。所以要保存民歌的绝对的美，似非用方言写出来不可。

这一夜，是在山上说得最舒畅的一夜，直到了大家都微微的呵欠着，方才散了，各进房门去睡。第二夜，月光也不坏。我却忙着写稿子；再一夜，天色却不佳，梦旦先生和擘黄又忙着收拾行囊，预备第二天一早下山。像这样舒畅的夜谈，却终于只有这一夜，这一夜呀！

一九二六年九月十四日

（收入 1927 年开明书店版《山中杂记》）

回过头去

——献给上海的诸友

回过头去，你将望见那些向来不曾留恋过的境地，那些以前曾匆匆的吞嚼过的美味，那些使你低徊不已的情怀，以及一切一切；回过头去，你便如立在名山之最高峰，将一段一段所经历的胜迹及来路都一一重新加以检点，温记；你将永忘不了那蜿蜒于山谷间的小径，衬托着夕阳而愈幽倩，你将永忘不了那满盈盈的绿水，望下去宛如一盆盛着绿藻金鱼的晶缸，你将忘不了那金黄色的寺观之屋顶，塔尖，它们耸峙于柔黄的日光中，隐若使你忆记那屋盖下面的伟大的种种名迹。尤其在异乡的客子，当着凄凄寒雨，敲窗若泣之际，或途中的游士，孤身寄迹于舟车，离愁填满胸怀而无可告诉之际，最会回过头去。

如今是轮到我回过头去的份儿了。

孤舟——舟是不小，比之于大洋，却是一叶之于大江而已——奔驰于印度洋上，有的是墨蓝的海水，海水，海水，还有那半重浊，半晴明的天空；船头上下的簸动着，便如那天空在动荡；水与天接处的圆也有韵律的一上一下移动。第一天，第二天，第三天，一直是如此。没有片帆，没有一缕的轮烟，没有半节的地影，便连前几天在中国海常见的孤峙水中的小岛也没有。呵，我们是在大海洋中，是在大海洋的中央了。我开始对于海有些厌倦了，那海是如此单调的东西。我坐在甲板上，船栏外便是那墨蓝色的海水，海水，海水。勉强的闭了两眼，一张眼便又看见那墨蓝色的海水，海水，海水。我不愿看见，但它永远是送上眼来。到舱中躺下，舱洞外，又是那奔腾而过的墨蓝色的海水，海水，海水。闭了眼，没用！在上海，春夏之交，天天渴望着有一场舒适的午睡。工作日不敢睡；可爱的星期日要预备设法享用了它，不忍睡。于是，终于不曾有过一次舒适的午睡。现在，在海上，在舟中，厌倦，无聊，无工作，要午睡多末久都不成问题，然而奇怪！闭了眼，没用！脸向内，向外，朝天花板，埋在枕下，都没用！我不能入睡。舱洞外的日光，映着海波而反照入天花板上，一摇一闪，宛如浓荫下树枝被风吹动时的日光。永久是那样的有韵律的一摇一闪。船是那样的簸动，床垫是如有人向上顶又往下拉似的起伏着；还是甲板上是最舒适的所在。不得已又上了甲板。甲板上有我的躺椅。我上去了见一个军官已占着它，说了声 Pardon，他便立起来走开；让我坐下了。前面船栏外是那墨蓝色的海水，海水，海水，左右尽是些异邦之音，在高谈，在絮语，在调情，在取笑，面前，时时并肩走过几对的军官，又是有韵律似的一来一往的走过面前，好似肚内装了法条的小儿玩具，一点也不变动，一点也不肯改换它们的路径，方向，步法。这些机械的无聊的散步者，又使我生了如厌倦那深蓝色的海水，海水，海水似的厌倦。

一切是那样的无生趣，无变化。

往昔，我常以日子过得太快而暗自心惊，一个星期，一个星期，如白鼠在笼中踏转轮似的那末快的飞过去。如今那下午，那黄昏，是如何的难消磨呀！铛铛铛，打了报时钟之后，等待第二次的报时钟的铛铛铛，是如何的悠久呀！如今是一时一刻的挨日子过，如今是强迫着过那有韵律的无变化的生活，强迫着见那一切无生趣无变动的人与物。

在这样的无聊赖中，能不回过头去望着过去么？

呵，呵，那末生动，那末有趣的过去。

长脸人的愈之面色焦黄，手指与唇边都因终日香烟不离而形成了洗涤不去的垢黄色，这曾使法租界的侦探误认他为烟犯而险遭拘捕，又加之以两劈疏朗朗的往下堕的胡子，益成了他的使人难忘的特征。我是最要和他打趣的。他那样的无抵抗的态度呀！

伯祥，圆脸而老成的军师，永远是我们的顾问；他那谈话与手势曾迷惑了我们的全体与无数的学生；只有我是常向他取笑的，往往的“伯翁这样”“伯翁那样”的说着，笑着；他总是淡然的说道：“伯翁就是那样好了。”只有圣陶和颉刚是常和他争论的，往往争论得面红耳热。

予同，我们同伴中的翩翩少年；春二三月，穿了那件湖色的纺绸长衫，头发新理过，又香又光亮，和风吹着他那件绸衫，风度是多末清俊呀！假如站在水涯，临流自照，能不顾影自怜！可惜闸北没有一条清莹的河流。

圣陶，另一个美秀的男性；那长到耳边的胡子如不剃去，却活是一个林长民——当然较他漂亮——剃了，却回复了他的少年，湖色的夹绸衫：漂亮——青缎马褂，必恭必敬的举止，唯唯呐呐若无成见的谦抑态度，每个人见了都要疑心他是一个“老学究”。谁也料不到他是意志极坚强的人。这使他老年了不少，这使他受了许多人的敬重。

东华，那瘦削的青年，是我们当中的最豪迈者。今天他穿着最漂亮的一身冬衣，明天却换了又旧又破的夹衣，冻得索索抖：无疑的，他的冬衣是进了质库。他常失踪了一二天，然后又埋了头坐在书桌上写译东西，连午饭也可以不吃，晚间可以写到明天三四点钟。他可以拿那样辛苦得来的金钱，一掷千金无悔。我们都没有他那样的勇气与无思虑。

调孚，他的矮身材，一见了便使人不会忘记。他向不放纵，酒也不喝，一放工便回家；他总是有条有理的工作着，也不诉苦也不夸扬。但有时，他也似乎很懒，有人拿东西请他填写，那是很重要的，他却一搁数月，直到了事变了三四次，他却始终未填！我猜想，他在家庭里是一个太好的父亲了。

石岑，我想到他的头上脸上的白斑点，不知现在已否退去或还在扩大它的领土。他第一次见人，永远是恳恳切切的，使人沉醉在他的无比的好意中。有时却也曾显出他的崭绝严厉的态度，我曾见他好几次吩咐门房说，有某人找他，只说他不在。他的谈话，是伯翁的对手。他曾将他的恋爱故事，由上海直说到镇江，由夜间十一时直说到第二天天色微明，这是一个不能忘记的一夜，圣陶，伯翁他们都感到深切的趣味。还有，他的耳朵会动，如猫狗兔似的，他曾因此引动了好几百个学生听讲的趣味。

还有，镇静而多计谋的雁冰，易羞善怒若小女子的仲云，他们可惜都在中国的中央，我们有半年以上不见了。

还有，声带尖锐的雪村老板，老于事故的乃乾，渴想放荡的锦晖，宣传人道主义的圣人傅彦长，还有许多许多——时刻在念的不能一一写出来的朋友们。

这些朋友一个个都若在我面前现出。

有人写信来问我说："你们的生活是闭户著书，目不窥园呢，还是天天卡尔登，夜夜安乐宫呢?"很抱歉的，我那时没有回答他。

说到我们的生活，真是稳定而无奇趣，我们几乎是不住在上海似的，固然不能说我们目不窥园——因为涵芬楼前就有一个小园子，我们曾常常去散散步——然而天天卡尔登的福气，我们可真还不曾享着。在我们的群中，还算是我，是一个常常跑到街上的人，一个星期中，总有两三个黄昏是在外面消磨过的，但却不是在什么卡尔登，安乐宫。有什么好影片子，便和君箴同到附近影戏院中去看；偶然也一个人去；远处的电影院便很少能使我们光顾了——

"今天 Apollo 的片子不坏，圣陶，你去么?"

"不，今天不去。"

"又要等到礼拜天才去么?"

他点点头。他们都是如此，几乎非礼拜天是不出闸北的。

除了喝酒，别的似乎不能打动圣陶和伯祥破例到"上海"去一次。

"今天喝酒去么?"

他们迟疑着。

"伯翁，去吧。去吧。"我半恳求地说。

“好的，先回家去告诉一声，”伯祥微笑的说，“大约你夫人又出去打牌了，所以你又来拉我们了。”我没有话好说，只是笑着。

“那末，走好了，愈之去不去？去问一声看。”圣陶说。

愈之虽不喝酒，——他真是滴酒不入口的；他自己说，有一次在吃某亲眷的喜酒时，因为被人强灌了两杯酒，竟至昏倒地上，不省人事了半天。我们怕他昏倒，所以不敢勉强他喝酒——然而我们却很高兴邀他去，他也很高兴同去，有时，予同也加入。于是我们便成了很热闹的一群了。

那酒店——不是言茂源便是高长兴——总是在四马路的中段，那一段路也便是旧书铺的集中地。未入酒店之前，我总要在这些书铺里张张望望好一会；这是圣陶所最不高兴而伯祥，愈之所淡然的；我不愿意以一人而牵累了大家的行动，只得怅然的匆匆的出了铺门，有时竟至于望门不入。

我们要了几壶“本色”或“京庄”，大约是“本色”为多。每人面前一壶。这酒店是以卖酒为主的，下酒的菜并不多。我们一边吃，一边要菜。即平常不大肯入口的蚕豆，毛豆在这时也觉得很有味。那琥珀色的“京庄”，那象牙色的“本色”，倾注在白磁里的茶杯中，如一道金水；那微涩而适口的味儿，每使人沉醉而不自觉。圣陶伯祥是保守着他们日常饮酒的习惯，一小口一小口，从容的喝着。但偶然也肯被迫的一口喝下了一大杯。我其初总喜欢豪饮，后来见了他们的一小口一小口的可以喝多量而不醉，便也渐渐的跟从了他们。每人大约不过是二三壶，便陶然有些酒意了。我们的闲谈源源不绝；那真是闲谈，一点也没有目的，一点也无顾忌。尽有说了好几次的话了，还不以为陈旧而无妨再说一次。我却总以愈之为目的而打趣他；他无法可以抵抗；“随他去说好了，就是这样也不要紧。”他往往的这样说。呵，我真思念他。假定他也同行，我们的这次旅游，便没有这样枯寂了！我说话往往得罪人，在生人堆里总强制着不敢多开口，只有在我们的群里是无话不谈，是尽心尽意而倾谈着，说错了不要紧，谁也不会见怪的，谁也不会肆以讥弹的。呵，如今我与他们是远隔着千里万里了；孤孤踽踽，时刻要留意自己的语言，何时再能有那样无顾忌的畅谈呀！

我们尽了二三壶酒，时间是八九点钟了，我们不敢久停留，于是大家便都有归意。又经过了书铺，我又想去看看，然而碍着他们，总是不进门的时候居多。不知怎样的，我竟是如此的“积习难忘”呀。

有几次独自出门，酒是没有兴致独自喝着，却肆意的在那几家旧书铺里东翻翻西挑挑。我买书不大讲价，有时买得很贵，然因此倒颇有些好书留给我。有时走遍了那几家而一无所得；懊丧没趣而归，有时却于无意得到那寻找已久的东西，那时便如拾到一件至宝，心中充满了喜悦。往往的，独自的到了一家菜馆，以杯酒自劳，一边吃着，一边翻翻看看那得到的书籍。如果有什么忧愁，如果那一天是曾碰着了不如意的事，当在这时，却是忘得一干二净，心中有的只是“满足”。

呵，有书癖者，一切有某某癖者，是有福了！

我尝自恨没有过过上海生活；有一次，亡友梦良六儿经过上海，我们在吉升栈谈了一夜。天将明时六儿要了三碗白糖粥来吃。那甜美的粥呀，滑过舌头，滑下喉口，是多末爽美，至今使我还忘不了它。去年的阴历新年，我因过年时曾于无意中多剩下些钱，便约了好些朋友畅谈了一二天，一二夜；曾有一夜，喝了酒后，偕了予同，锦晖，彦长他们到卡尔登舞场去一次，看那些翩翩的一对对舞侣，看那天花板上一明一亮的天空星月的象征，也颇为之移情。那一夜直至明早二时方归家。再有一夜，约了十几个人，在一品香借了一间房子聚谈；无目的的谈着，谈着，谈着，一直到了第二天早晨。再有一次是在惠中。心南先生第二天对我说：

“我昨夜到惠中去找朋友，见客牌上有你的名字，究竟是不是你？”

“是的，是我们几个朋友在那里闲谈。”

他觉得有些诧异。

地山回国时，我们又在一品香谈了一夜。彦长，予同，六逸，还有好些人，我们谈得真高兴，那高朗的语声也许曾惊扰了邻人的梦，那是我们很抱歉的！我们曾听见他们的低语，他们的着了拖鞋而起来灭电灯。当然，他们是听得见我们的谈话。

除了偶然的几次短旅行，我和君箴从没有分离过一夜；这几夜呀，为了不能自制的谈兴却冷落了她！

六逸，一个胖子，不大说话的，乃是我最早的邻居之一；看他肌肉那末盛满，却是常常的伤风。自从他结婚以后，却不大和我们在一处了。找他出来谈一次，是好不容易呀。

我们的“上海”生活不过是如此的平淡无奇，我的回忆不过是如此的平淡无奇。然而回过头去，我不禁怅然了！一个个的可恋念的旧友，一次次的忘不了的称心称意的谈话，即今细念着，细味着，也还可以暂忘了那抬头即见的墨蓝色的海水，海水，海水呢。

（收入1932年新中国书局版《海燕》集）

永在的温情

——纪念鲁迅先生

十月十九日下午五点钟，我在一家编译所一位朋友的桌上，偶然拿起了一份刚送来的 *Evening Post*，被这样的一个标题：

“中国的高尔基今晨五时去世”惊骇得一跳。连忙读了下来，这惊骇变成了事实：果然是鲁迅先生去世了！

这消息像闷雷似的，当头打了下来，呆坐在那里不言不动。

谁想得到这可怕的噩耗竟这样的突然的来呢？

鲁迅先生病得很久了；间歇的发着热，但热度并不甚高。一年以来，始终不曾好好的恢复过；但也从不曾好好的休息过。半年以来，情形尤显得不好。缠绵在病榻上者总有三四个月。朋友们都劝他转地疗养。他自己也有此意。前一个月，听说他要到日本去。但茅盾告诉我，双十节那一天还遇见他在 Isis 看 *Dobrovsky*①；中国木刻画展览会，他也曾去参观。总以为他是渐渐的复原了，能够出来走走了。谁又想得到这可怕的噩耗竟这样突然的来呢？

刚在前几天，他还有信给我，说起一部书出版的事；还附带的说，想早日看见《十竹斋笺谱》的刻成。我还没有来得及写回信。

谁想得到这可怕的噩耗竟这样的突然的来呢？

我一夜不曾好好的安心的睡。

第二天赶到万国殡仪馆，站在他遗像的面前，久久的走不开。再一看，他的遗体正在像下，在鲜花的包围里。面貌还是那末清癯而带些严肃，但双眼却永远的闭上了！

---

① Isis：即上海大戏院。*Dobrovsky*：电影名《复仇艳遇》，由普希金小说《杜布罗夫斯基》改编的俄罗斯影片。

我要哭出来，大声的哭，但我那时竟流不出眼泪，泪水为悲戚所灼干了。我站在那里，久久走不开。我竟不相信，他竟是那样突然的便离我们而远远的向不可知的所在而去了。

但他的友谊的温情却是永在的，永在我的心上，——也永在他的一切友人的心上，我相信。

初和他见面时，总以为他是严肃的冷酷的。他的瘦削的脸上，轻易不见笑容。他的谈吐迟缓而有力。渐渐的谈下去，在那里面，你便可以发见其可爱的真挚，热情的鼓励与亲切的友谊。他虽不笑，他的话却能引你笑。和他的兄弟启明先生一样，他是最可谈，最能谈的朋友，你可以坐在他客厅里，他那间书室（兼卧室）里，坐上半天，不觉得一点拘束，一点不舒服。什么话都谈。但他的话头却总是那末有力。他的见解往往总是那末正确。你有什么怀疑，不安，由于他的几句话也许便可以解决你的问题，鼓起你的勇气。

失去了这样的一位温情的朋友，就个人讲，将是怎样的一个损失呢?

他最勤于写作，也最鼓励人写作。他会不惮烦的几天几夜的在替一位不认识的青年，或一位不深交的朋友，改削创作，校正译稿。其仔细和小心远过于一位私塾的教师。

他曾和我谈起一件事；有一位不相识的青年寄一篇稿子来请求他改。他仔仔细细的改了寄回去。那青年却写信来骂他一顿，说被改涂得太多了。第二次又寄一篇稿子来，他又替他改了寄回去。这一次的回信，却责备他改得太少。

“现在做事真难极了!”他慨叹的说道。对于人的不易对付，和做事之难，他这几年来时时的深切的感到。

但他并不灰心，仍然的在做着吃力不讨好的改削创作，校正译稿的事，挣扎着病躯，深夜里，仔仔细细的为不相识的青年或不深交的朋友在工作。

这样的温情的指导者和朋友，一旦失去了，将怎样的令人感到不可补赎之痛呢?

他所最恨的是那些专说风凉话而不肯切实的做事的人。会批评，但不工作；会讥嘲，但不动手；会傲慢自夸，但永远拿不出东西来，像那样的人物，他是不客气的要摈之门外，永不相往来的。所谓无诗的诗人，不写文章的文人，他都深诛痛恶的在责骂。

他常感到“工作”的来不及做，特别是在最近一二年，凡做一件事，都总要快快的做。

“迟了恐怕要来不及了，”这句话他常在说。

那样的清楚的心境，我们都是同样的深切的感到的。想不到他自己真的便是那末快的便逝去，还留下要做的许多事没有来得及做——但，后死者却要继续他的事业下去的！

我和他第一次的相见是在同爱罗先珂到北平去的时候。

他着了一件黑色的夹外套，戴着黑色呢帽，陪着爱罗先珂到女师大的大礼堂里去。我们匆匆的谈了几句话。因为自己不久便回到南边来，在北平竟不曾再见一次面。

后来，他自己说，他那件黑色的夹外套，到如今还有时着在身上。

我编的《小说月报》的时候，曾不时的通信向他要些稿子。除了说起稿子的事，别的话也没有什么。

最早使我笼罩在他温热的友情之下的，是一次讨论到“三言”问题的信。

我在上海研究中国小说，完全像盲人骑瞎马，乱闯乱摸，一点凭藉都没有，只是节省着日用，以浅浅的薪入购书，而即以所购入之零零落落的破书，作为研究的资源。那时候实在贫乏得，肤浅得可笑，偶尔得到一部原版的《隋唐演义》却以为是了不得的奇遇，至于“三言”之类的书，却是连梦魂里也不曾读到。

他的《中国小说史略》的出版，减少了许多我在暗中摸索之苦。我有一次写信问他《醒世恒言》、《警世通言》及《喻世明言》的事，他的回信很快的便来了，附来的是他抄录的一张《醒世恒言》的全目。——这张目录我至今还保全在我的一部《中国小说史略》里。他说，“喻世”，“警世”，他也没有见到。《醒世恒言》他只有半部。但有一位朋友那里藏有全书。所以他便借了来，抄下目录寄给我。

当时，我对于这个有力的帮助，说不出应该怎样的感激才好。这目录供给了我好几次的应用。

后来，我很想看看《西湖二集》（那部书在上海是永远不会见到的），又写信问他有没有此书。不料随了回信同时递到的却是一包厚厚的包裹。打开了看时，却是半部明末版的《西湖二集》，附有全图。我那时实在眼光小得可怜，几曾见过几部明版附插图的平话集？见了这《西湖二集》为之狂喜！而他的信道，他现在不弄中国小说，这书留在手边无用，送了给我吧。这贵重的礼物，从一个只见一面的不深交的朋友那里来，这感动是至今跃跃在心头的。

我生平从没有意外的获得。我的所藏的书，一部部都是很辛苦的设法购得的；购书的钱，都是中夜灯下疾书的所得或减衣缩食的所余。一部部书都可看出我自己的夏日的汗，冬夜的凄栗，有红丝的睡眼，右手执笔处的指端的硬茧和酸痛的右臂。但只有这一集可宝贵的书，乃是我书库里唯一的友情的赠与。——只有这一部书！

现在这部《西湖二集》也还堆在我最宝爱的几十部明版书的中间，看了它便要泫然泪下。这可爱的直率的真挚的友情，这不意中的难得的帮助，如今是不能再有了！

但我心头的温情是永在的！——这温情也永在他的一切友人的心上，我相信。

“九一八”以后，他到过北平一趟，得到青年人最大的热烈的欢迎。但过了几天，便悄悄的走了。他原是去探望他母亲的病去的。我竟来不及去看他。

但那一年寒假的时候，我回到上海，到他寓所时，他便和我谈起在北平的所获。

“木刻画如今是末路了，但还保存在笺纸上。不过，也难说，保全得不会久”，他深思的说道。

他搬出不少的彩色笺纸，来给我看，都是在北平时所购得的。

“要有人把一家家南纸店所出的笺纸，搜罗了一下，用好纸刷印个几十部，作为笺谱，倒是一件好事。”他说道。

过了一会，他又道：“这要住在北平的人方能做事。我在这里不能做这事。”

我心里很跃动，正想说，“那末，我来做吧。”而他慢吞吞的续说道：“你倒可以做，要是费些工作，倒可以做。”

我立刻便将这责任担负了下来，但说明搜辑而得的笺纸，由他负选择之责。我相信他的选择要比我高明得多。

以后，我一包一包的将购得的笺样送到上海，经他选择后，再一包一包的寄回。

中间，我曾因事把这工作停顿了二三个月。他来信说，“这事我们得赶快做，否则，要来不及做，或轮不到我们做。”

在他的督促和鼓励之下，那六巨册的美丽的《北平笺谱》方才得以告成。

有一次，我到上海来，带回了亡友王孝慈先生所藏的《十竹斋笺谱》四册，顺便的送到他家里给他看。

这部谱，刻得极精致，是明末版画里最高的收获。但刻成的年月是崇祯十六年的夏天，所以流传得极少。

“这部书似也不妨翻刻一下，”我提议道；那时，我为《北平笺谱》的成功所鼓励，勇气有余。

“好的，好的，不过要赶快做！”他道。

想不到全部要翻刻，工程浩大无比，所耗也不赀，几乎不是我们的力量所及。第一册已出版了，第二册也刻好待印；而鲁迅先生却等不及见到第三册以下的刻成了！

对于美好的东西，似乎他都喜爱。我曾经有过一个意思，要集合六朝造像及墓志的花纹刻为一书。但他早已注意及此了。他告诉我说，他所藏的六朝造像的拓本也不少，如今还在陆续的买。

他是最能分别得出美与丑，永远的不朽与急就的草率的。

除了以朽腐为神奇，而沾沾自喜，向青年们施以毒害的宣传之外，他对于古代的遗产，决不歧视，反而抱着过分的喜爱。

他曾经告诉过我，他并不反对袁中郎；中郎是十分方巾气的，这在他文集里便可见。他所厌弃，所斥责的乃是只见中郎的一面，而恣意鼓吹着的人物。

京平刚从鲁迅先生那里得到最大的鼓励。他感激得几乎哭出来。但想不到鲁迅竟这样的突然的过去了！

第三天，我在万国殡仪馆门口遇见他；他的嘴唇在颤动，眼圈在红。

从万国公墓归来后，他给我一封信道："我心已经分裂。我从到达公墓时，就失去了约束自己的力量，一直到墓石封合了！我竟痛哭失声。先生，这是我平生第一痛苦的事了，他匆匆的瞥了我一眼，就去了——"

但他并没有去。他的温情永在我的心头——也永在他的一切友人的心上，我相信。

二十五年十月二十五日写

（原刊 1936 年 11 月《文学》第 7 卷第 5 期）

韬奋的最后

韬奋的身体很衰弱，但他的精神却是无比的踔厉。他自香港撤退，历尽了苦辛，方才到了广东东江一带地区。在那里住了一时，还想向内地走。但听到一种不利于他的消息，只好改道到别的地方去。天苍苍，地茫茫，自由的祖国，难道竟摈绝着他这样一位为祖国的自由而奋斗的子孙么？

他在这个时候，开始感觉到耳内作痛，头颅的一边，也在隐隐作痛。但并不以为严重。医生们都看不出这是什么病。

他要写文章，但一在提笔思索，便觉头痛欲裂。这时候，他方才着急起来，急于要到一个医诊方便的地方就医。于是间关奔驰，从浙东悄悄地到了上海。为了敌人们对于他是那样的注意，他便不得不十分的谨慎小心。知道他的行踪的人极少。

他改换了一个姓名，买到了市民证，在上海某一个医院里就医。为了安全与秘密，后来又迁徙了一二个医院。

他的病情一天天的坏，整个脑壳都在作痛，痛得要炸裂开来，痛得他终日夜不绝的呻吟着。鼻孔里老淌着脓液。他不能安睡，也不能起坐。

医生断定他患的脑癌，一个可怕的绝症。在现在的医学上，还没有有效的医治方法。但他自己并不知道。他的夫人跟随在他身边。医生告诉她：他至多不能活到二星期。但他在病苦稍闲的时候，还在计划着以后的工作。他十分焦急的在等候他的病的离体。他觉得祖国还十分的需要着他，还在急迫的呼唤着他。他不能放下他的担子。

有一个短时期，他竟觉得自己仿佛好了些。他能够起坐，能够谈话，甚至能够看报。医生也惊奇起来，觉得这是一个奇迹：在病理上被判定了死刑和死期的人怎么还会继续的活下去，而且仿佛有倾向于痊愈的可能，医生觉得有点不可思议。

这时期，他谈了很多话，拟定了很周到的计划。但他也想到，万一死了时，他将怎样指示他的家属们和同伴们。他要他的一位友人写下了他的遗嘱。但他却是绝对的不愿意死。他要活下去，活下去为祖国而工作。他想用现代的医学，使他能够继续的活下去。

他有句很沉痛的话，道："我刚刚看见了真理，刚刚找到了自己要走的路，难道便这样的死了么？"

没有一个人比他更真实的需要生命，不是为了自己，而是为了真理，而是为了祖国。

他的精神的力量，使他的绝症支持了半年之久。

到了最后，病状蔓延到了喉头。他咽不下任何食物，连流汁的东西也困难。只好天天打葡萄糖针，以延续他的生命。

他不能坐起来，他不断的呻吟着。整个头颅，像在火焰上烤，像用钢锯在解锯，像用斧子在劈，用大棒在敲打，那痛苦是超出于人类所能忍受的。他的话开始有些模糊不清。然而他还想活下去。他还想，他总不至于这样的死去的。

他的夫人自己动手为他打安眠药的针，几乎不断的连续的打。打了针，他才可以睡一会。暂时从剧痛中解放出来。刚醒过来的时候，精神比较好，还能够说几句话。但隔了几分钟，一阵阵的剧痛又来袭击着他了。

他的几个朋友觉到最后的时间快要到来，便设法找到我蛰居的地方，要我去看望他，我这时候才第一次知道他的在上海和他的病情。

我们到了一条冷僻的街上，一所很清静的小医院，走了进去。静悄悄的一点声息都没有，自己可以听见自己呼吸的声音。

我们推开病室的门，他夫人正悄悄地坐在一张椅上，见我们进来，点点头，悄悄地说道："正打完针，睡着了呢。"

"昨夜的情形怎样?"

"同前两天相差不了多少。"

"今早打过几回针?"

"已经打了三次了。"

这种针本来不能多打，然而他却依靠着这针来减轻他的痛楚。医生们决不肯这样连续地替他打的，所以只好由他夫人自己动手了。

我带着沉重的心，走近病床。从纱帐外望进去，已经不大认识，躺在那里的便是韬奋他自己了。因为好久不剃，胡须已经很长。面容瘦削苍白得可怕。胸部简直一点肉都没有，隔着医院特用的白单被，根根肋骨都隆起着。双腿瘦小得像两根小木棒。他闭着双眼，呼吸还相当匀和。

我不敢说一句话，静静地在等候他的醒来。

小桌上的大鹏钟在的嗒的嗒的一秒一秒地走着。

窗外是一片灰色的光，一个阴天，没有太阳，也没有雨，也没有风。小麻雀在唧唧的叫着，好像只有它们在享受着生命。

等了很久，我觉得等了很久，韬奋在转侧了，呻吟了，脓水不断地从鼻孔中流出。他夫人用棉花拭干了它。他睁开了眼，眼光还是有神的。他看到了我，微弱的说道："这些时过得还好罢?"几乎是一个字一个字挣扎出来的。

我说，"没有什么，只是躲藏着不出来。"

他大睁了眼睛还要说什么，可是痛楚来了，他咬着牙，一阵阵的痉挛，终于爆出了叫喊。

"你好好的养着病吧，不要多说话了。"我忍住了我要问他说的话，那么多要说的话。连忙离开了他的床前，怕增加他的痛楚。

"替我打针吧，"他呻吟地说道。

他夫人只好又替他打了一针。

于是隔了一会，他又闭上了眼沉沉睡去。

病房里恢复了沉寂。

我有许多话都倒咽了下去，他也许也有许多话想说而未说。我静静的望着他，在数着他的呼吸，不忍离开，一离开了，谁知道是不是便永别了呢？

“我们走吧，”那位朋友说，我才矍然的从沉思中醒来。我们向他夫人悄悄说声再会，轻轻的掩上了门，退了出来。

“恐怕不会有希望的了。”我道。

“但他是那末样想活下去呢！”那个朋友道。

我恨着现代的医学者为什么至今还不曾发明一种治癌症的医方，我怨着为什么没有一个医生能够设法治愈了他的这个绝症。

我祷求着，但愿有一个神迹出现，能使这个祖国的斗士转危为安。

隔了十多天没有什么消息。我没有能再去探望他，恐怕由我身上带给他麻烦。

有一天，那位朋友又来了，说道；“韬奋晚天晚上已经故世了！今天下午在上海殡仪馆大殓。”

我震动了一下，好几秒钟说不出一句话来。

我低了头，默默地为他致哀。

固然我晓得他要死，然而我感觉他不会死，不应该死。

他为了祖国，用尽了力量，要活下去，然而他那绝症却不容许多活若干时候。

他是那样的不甘心的死去！

我从来没有看见像他那样的和死神搏斗得那末利害的人。医生们断定了一二星期死去的人，然而他却继续的活了半年。直到最后，他还想活着，还想活着为祖国而工作！

这是何等的勇气，何等的毅力！忍受着半年的为人类所不能忍受的苦，日以继夜的忍受着，呻吟着，只希望赶快愈好，只愿着有一天能够愈好，能够为祖国做事。

然而他斗不过死神！抱着无穷的遗憾而死去！

他仍用他的假名入殓，用他的假名下葬，生怕敌人们的觉察。后来，韬奋死的消息，辗转的从内地传出；却始终只有极少数的人知道他是死在上海的。敌人们努力的追寻着邹韬奋的线索，不问生的或是死的，然而他们在这里却失败了！他们的爪牙永远伸不进爱国者们的门缝里去！他们始终迷惘着邹韬奋的生死和所在地的问题。

到了今天，我们可以成群的携着鲜花到韬奋墓地上凭吊了！凭吊着这位至死还不甘就死的爱祖国的斗士！

惜周作人

在抗战的整整十四个年头里，中国文艺界最大的损失是周作人附逆。郑孝胥“走马上任”去了，我们一点也不觉得惋惜；陈柱暗中受津贴，结果不得不明目张胆的公开出来，我们也一点不为之痛心。因为他们都是属于过去一个时代的人物，他们本来是已经不在我们的阵伍中，这种人的失去，对于我们的文坛是丝毫不足轻重的。陈柱刊出他的《待焚草》，马君武先生一见便抛在一边，说道：“这些东西，不焚何待!”郑孝胥的《海藏楼诗》也不是“今人”之物；一个日本人到了他的海藏楼，一见，便诧叹道：“穷的诗人住了这样的大宅，我倒也愿意做一个穷诗人呢。”那样无病呻吟的东西，本来不会有什么真的灵魂的。

周作人却和他们不同了。周作人是在五四时代长成起来的。他倡导“人的文学”，译过不少的俄国小说，他的对于希腊文学的素养也是近人所罕及的；他的诗和散文，都曾有过很大的影响。他的《小河》，至今还有人在吟味着。他确在新文学上尽过很大的力量。虽然他后来已经是显得落伍了，但他始终是代表着中国文坛上的另一派。假如我们说，五四以来的中国文学有什么成就，无疑的，我们应该说，鲁迅先生和他是两个颠扑不破的巨石重镇；没有了他们，新文学史上便要黯然失光。

鲁迅先生是很爱护他的，尽管他们俩晚年失和，但鲁迅先生口中从来没有一句责难他的话。“知弟莫若兄。”鲁迅先生十分地知道他的癖气和性格。倒是周作人常常有批评鲁迅先生的话。他常向我说起，鲁迅怎样怎样的。但我们从来没有相信过他的话。鲁迅是怎样的真挚而爽直，而他则含蓄而多疑，貌为冲淡，而实则热中；号称“居士”，而实则心悬“魏阙”。所以，其初是竭力主张性灵，后来却一变而为什么大东亚文学会的代表人之一了。然而他的过去的成就，却仍不能不令人恋恋。

所以，周作人的失去，我们实在觉得十分地惋惜，十分地痛心！没有比这个损失更大了！

周作人怎样会失去的呢？

我在“七七”以前，离开北平的时候，曾经和他谈过一次话，这是最后的一次了，这时，抗战救国的空气十分地浓厚。我劝他，有必要的时候，应该离开北平。他不以为然。他说，和日本作战是不可能的。人家有海军，没有打，人家已经登岸来了。我们的门户是洞开的，如何能够抵抗人家？他持的是“必败论”。我说：不是我们去侵略日本。如果他们一步步的迫进来，难道我们一点也不加抵抗么？他没有响。后来我们便谈他事了。

“七七”以后，我们在南方的朋友们都十分地关心着他。许多人都劝他南下。他说，他怕鲁迅的“党徒”会对他不利，所以不能来。这完全是无中生有的托辞。其实，他是恋恋于北平的生活，舍不得八道湾的舒适异常的起居，所以不肯搬动。

茅盾他们在汉口的时候，曾经听到关于他的传说，有过联名的表示。但在那时候，他实在还不曾“伪”。绍虞有过一封信给我，说，下学期燕京大学已正式的聘请他为教授，他也已经答应下来了。绝对的没有什么问题。我根据这封信，曾经为他辩白过。我们是怎样的爱惜着他！生怕他会动摇，会附逆，所以一听到他已肯就聘燕大，便会那样的高兴！

但他毕竟附了逆！燕大的聘书他也退回去了。其近因，是为了阴历元旦的时候，有几个青年人去找他。向他开了几枪，枪子为大衣纽扣所抵住，并没有穿进，所以他便幸免了。一个车夫替了他死去。

然而实际的原因恐并不是如此。那一场“暗杀”并不能促使他背叛祖国。世间那有如此的“一不做，二不休”之人呢？其远因必定是另有所在的。“必败论”使他太不相信中国的前途，而太相信日本海陆军力量的巨大。成败利钝之念横梗于心中，便不能不有所背，有所从了。同时，安土重迁和贪惯舒服的惰性，又使他设想着种种危险和迫害，自己欺骗着自己，压迫着自己，令他不能不选择一条舒服而“安全”的路走了。他在那个时候，做梦也不会想到日本帝国要如此崩溃，世界会是这样一个样子的。

钱稻孙，另一个背叛祖国的人，曾对一个伪立北京大学的教员——那一个人不愿用真实的姓名，要求改用一个假名字应聘，生怕将来政府回来了，会有问题——说道：“你以为会这样的么？我从来没有作此想过！”因为他们是那末坚定的相信“中国的运命”，所以他们才敢于做汉奸。这恐怕又是汉奸的产生的原因之一。

周作人也便是这末想，而成为一个汉奸的。

即在他做了汉奸之后，我们几个朋友也还不能忘情于他。适之先生和尹默先生好像都曾苦劝过他，而凤举先生和我，也常在想着，怎样才能使他脱离了那个汉奸的圈子呢？

我们总想能够保全他。即在他被捕之后，我们几个朋友谈起，还想用一个特别的办法，囚禁着他，但使他工作着，从事于翻译希腊文学什么的。

他实在太可惜了！我们对他的附逆，觉得格外痛心，比见了任何人的堕落还要痛心！我们觉得，即在今日，我们不单悼惜他，还应该爱惜他！

记黄小泉先生

我永远不能忘记了黄小泉先生。他是那样的和蔼、忠厚、热心、善诱。受过他教诲的学生们没有一个能够忘记了他。

他并不是一位出奇的人物；他没有赫赫之名；他不曾留下什么有名的著作，他不曾建立下什么令年青人眉飞色舞的功勋。他只是一位小学教员，一位最没有野心的忠实的小学教员。他一生以教人为职业。他教导出不少位的很好的学生。他们都跑出他的前面，跟着时代走去，或被时代拖了走去。但他留在那里，永远的继续的在教诲，在勤勤恳恳的做他的本分的事业。他做了五年，做了十年，做了二十年的小学教员，心无旁骛，志不他迁，直到他儿子炎甫承继了他的事业之后，他方才歇下他的担子，去从事一件比较轻松些，舒服些的工作。

他是一位最好的公民。他尽了他所应尽的最大的责任；不曾一天躲过懒，不曾想到过变更他的途程。——虽然在这二十年间尽有别的机会给他向比较轻松些，舒服些的路上走去。他只是不息不倦的教诲着，教诲着，教诲着。

小学校便是他的家庭之外的唯一的工作与游息之所。他没有任何不良的嗜好。连烟酒也都不入口。

有一位工人出身的厂主，在他从绑票匪的铁腕之下脱逃出来的时候，有人问他道："你为什么会不顾生死的脱逃出来呢?"

他答道："我知道我会得救。我生平不曾做过一件亏心的事，从工厂出来便到礼拜堂；从家里出来便到工厂。我知道上帝会保佑我的。"

小泉先生的工厂，便是他的学校，而他的礼拜堂也便是他的学校。他是确确实实的不曾到过第三个地方去；从家里出来便到学校，从学校出来便到家里。

他在家里是一位最好的父亲。他当然不是一位公子少爷，他父亲不曾为他留下多少遗产。也许只有一所三四间屋的瓦房——我已经记不清了，说不定这所瓦房还是租来的。他的薪水的收入是很微小的。但他的家庭生活很快活。他的儿子炎甫从小是在他的“父亲兼任教师”的教育之下长大的。炎甫进了中学，可以自力研究了，他才放手。但到了炎甫在中学毕业之后，却因为经济的困难，没有希望升学，只好也在家乡做着小学教员。炎甫的收入极少，对于他的帮助当然是不多。这几十年间，他们的一家，这样的在不充裕的生活里度过。

但他们很快活。父子之间，老是像朋友似的在讨论着什么，在互相帮助着什么。炎甫结了婚。他的妻是我小时候很熟悉的一位游伴。她在他们家里觉得很舒服。他们从不曾有过什么不愉快的争执。

小泉先生在学校里，对于一般小学生的态度，也便是像对待他自己的儿子炎甫一样；不当他们是被教诲的学生们，不以他们为知识不充足的小人们；他只当他们是朋友，最密切亲近的朋友。他极善诱导启发，出之以至诚，发之于心坎。我从不曾看见他对于小学生有过疾言厉色的责备。有什么学生犯下了过错，他总是和蔼的在劝告，在絮谈，在闲话。

没有一个学生怕他，但没有一个学生不敬爱他。

他做了二十年的高等小学校的教员，校长。他自己原是科举出身。对于新式的教育却努力的不断的在学习，在研究，在讨论。在内地，看报的人很少，读杂志的人更少；我记得他却订阅了一份《教育杂志》（?），这当然给他以不少的新的资料与教导法。

他是一位教国文的教师。所谓国文，本来是最难教授的东西；清末到民国六七年间的高等小学的国文，尤其是困难中之困难。不能放弃了旧的四书五经，同时又必须应用到新的教科书。教高小学生以《左传》、《孟子》和《古文观止》之类是“对牛弹琴”之举。但小泉先生却能给我们以新鲜的材料。

我在别一个小学校里，国文教员拖长了声音，板正了脸孔，教我读《古文观止》。我至今还恨这部无聊的选本！

但小泉先生教我念《左传》，他用的是新的方法，我却很感到趣味。

仿佛是，到了高小的第二年，我才跟从了小泉先生念书。我第一次有了一位不可怕而可爱的先生。这对于我爱读书的癖性的养成是很有关系的。

高小毕业后，预备考中学。曾和炎甫等几个同学，在一所庙宇里补习国文。教员也便是小泉先生。在那时候，我的国文，进步得最快。我第一次学习着作文。我永远不能忘记了那时候的快乐的生活。

到进了中学校，那国文教师又在板正了脸孔，拖长了声音在念《古文观止》！求小泉先生时代那末活泼善诱的国文教师是终于不可得了！

所以，受教的日子虽不很多，但我永远不能忘记了他。

他和我家有世谊，我和炎甫又是很好的同学，所以，虽离开了他的学校，他还不断的在教诲我。

假如我对于文章有什么一得之见的话，小泉先生便是我的真正的“启蒙先生”，真正的指导者。

我永远不能忘记了他，永远不能忘记了他的和蔼，忠厚，热心，善诱的态度——虽然离开了他已经有十几年，而现在是永不能有再见到他的机会了。

但他的声音笑貌在我还鲜明如昨日！

二十三年（1934）七月九日在张家口车上

（原刊1934年9月《太白》创刊号）

悼夏丏尊先生

夏丏尊先生死了，我们再也听不到他的叹息，他的悲愤的语声了；但静静的想着时，我们仿佛还都听见他的叹息，他的悲愤的语声。

他住在沦陷区里，生活紧张而困苦，没有一天不在愁叹着。是悲天？是悯人？

胜利到来的时候，他曾经很天真的高兴了几天。我们相见时，大家都说道，“好了，好了，”个个人的脸上似乎都泯没了愁闷，耀着一层光彩。他也同样的说道：“好了，好了！”

然而很快的，便又陷入愁闷之中。他比我们敏感，他似乎失望，愁闷得更迅快些。

他曾经很高兴的写过几篇文章；很提出些正面的主张出来。但过了一会，便又沉默下去，一半是为了身体逐渐衰弱的关系。

他是一个自由主义者，反对一切的压迫和统制。他最富于正义感。看不惯一切的腐败、贪污的现象。他自已曾经说道：“自恨自己怯弱，没有直视苦难的能力，却又具有着对于苦难的敏感。”又道；“记得自己幼时，逢大雷雨躲入床内；得知家里要杀鸡就立刻逃避；看戏时遇到《翠屏山》《杀嫂》等戏，要当场出彩，预先俯下头去，以及妻每次产时，不敢走入产房，只在别室中闷闷地听着妻的呻吟声，默祷她安全的光景。”（均见《平屋杂文》）

这便是他的性格。他表面上很恬淡，其实，心是热的；他仿佛无所褒贬，其实，心里是泾渭分得极清的。在他淡淡的谈话里，往往包含着深刻的意义。他反对中国人传统的调和与折衷的心理。他常常说，自己是一个早衰者，不仅在身体上，在精神上也是如此。

他有一篇《中年人的寂寞》：

> 我已是一个中年的人。一到中年，就有许多不愉快的现象，眼睛昏花了，记忆力减退了，头发开始秃脱而且变白了，意兴、体力甚么都不如年青的时候，常不禁会感觉得难以名言的寂寞的情味。尤其觉得难堪的是知友的逐渐减少和疏远，缺乏交际上的温暖的慰藉。

在《早老者的忏悔》里，他又说道：

> 我今年五十，在朋友中原比较老大。可是自己觉得体力减退，已好多年了。三十五六岁以后，我就感到身体一年不如一年，工作起不得劲，只得是恹恹地勉强挨，几乎无时不觉到疲劳，甚么都觉得厌倦，这情形一直到如今。十年以前，我还只四十岁，不知道我年龄的，都以我是五十岁光景的人，近来居然有许多人叫我"老先生"。论年龄，五十岁的人应该还大有可为，古今中外，尽有活到了七十八十，元气很盛的。可是我却已经老了，而且早已老了。

这是他的悲哀，但他的并不因此而消极，正和他的不因寂寞而厌世一样。他常常愤慨，常常叹息，常常悲愁。他的愤慨、叹息、悲愁，正是他的入世处。他爱世、爱人、尤爱"执著"的有所为的人，和狷介的有所不为的人，他爱年轻人；他讨厌权威，讨厌做作、虚伪的人。他没有机心；表里如一。他藏不住话，有什么便说什么，所以大家都称他"老孩子"。他的天真无邪之处，的确够得上称为一个"孩子"的。

他从来不提防什么人。他爱护一切的朋友，常常担心他们的安全与困苦。我在抗战时逃避在外，他见了面，便问道："没有什么么？"我在卖书过活，他又异常关切的问道；"不太穷困么？卖掉了可以过一个时期吧。"

“又要卖书了么?”他见我在抄书目时问道。

我点点头：向来不作乞怜相，装作满不在乎的神气，有点倔强，也有点傲然，但见到他的皱着眉头，同情的叹气时，我几乎也要叹出气来。

他很远的挤上了电车到办公的地方来，从来不肯坐头等，总是挤在拖车里。我告诉他，拖车太颠太挤，何妨坐头等，他总是不改变态度，天天挤，挤不上，再等下一部；有时等了好几部还挤不上。到了办公的地方，总是叹了一口气后才坐下。

“丏翁老了，”朋友们在背后都这末说。我们有点替他发愁，看他显著的一天天的衰老下去。他的营养是那末坏，家里的饭菜不好，吃米饭的时候很少；到了办公的地方时，也只是以一块面包当作午餐。那时候，我们也都吃着烘山芋、面包、小馒头或羌饼之类作午餐，但总想有点牛肉、鸡蛋之类伴着吃，他却从来没有过；偶然是涂些果酱上去，已经算是很奢侈了。我们有时高兴上小酒馆去喝酒，去邀他，他总是不去。

在沦陷时代，他曾经被敌人的宪兵捉去过。据说，有他的照相，也有关于他的记录。他在宪兵队里，虽没有被打，上电刑或灌水之类，但睡在水门汀上，吃着冷饭，他的身体因此益发坏下去。敌人们大概也为他的天真而恳挚的态度所感动吧，后来，对待他很不坏。比别人自由些，只有半个月便被放了出来。

他说，日本宪兵曾经问起了我，“你有见到郑某某吗?”他撒了谎，说道，“好久好久不见到他了。”其实，在那时期，我们差不多天天见到的。他是那末爱护着他的朋友!

他回家后，显得更憔悴了；不久，便病倒。我们见到他，他也只是叹气，慢吞吞的说着经过。并不因自己的不幸的遭遇而特别觉得愤怒。他永远是悲天悯人的。——连他自己也在内。

在晚年，他有时觉得很起劲，为开明书店计划着出版辞典；同时发愿要译《南藏》。他担任的是《佛本生经》(“Jataka”)的翻译，已经译成了若干，有一本仿佛已经出版了。我有一部英译本的

“Jataka”，他要借去做参考，我答应了他，可惜我不能回家，托人去找，遍找不到。等到我能够回家，而且找到“Jataka”时。他已经用不到这部书了。我见到它，心里便觉得很难过，仿佛做了一件不可补偿的事。

他很耿直，虽然表面上是很随和。他所厌恨的事，隔了多少年，也还不曾忘记。有一次，在一个宴会上遇到了一个他在杭州第一师范学校教书时代的浙江教育厅长，他便有点不奈烦，叨叨的说着从前的故事。我们都觉得窘，但他却一点也不觉得。

他是爱憎分明的！

他从事于教育很久，多半在中学里教书。他的对待学生们从来不采取严肃的督责的态度。他只是恳挚的诱导着他们。

> ……我入学之后，常听到同学们谈起夏先生的故事，其中有一则我记得最牢，感动得最深的，是说夏先生最初在一师兼任舍监的时候，有些不好的同学，晚上熄灯，点名之后，偷出校门，在外面荒唐到深夜才回来；夏先生查到之后，并不加任何责罚，只是恳切的劝导，如果一次两次仍不见效；于是夏先生第三次就守候着他，无论怎样夜深都守候着他，守候着了，夏先生对他仍旧不加任何责罚，只是苦口婆心，更加恳切地劝导他，一次不成，二次，二次不成，三次……，总要使得犯过者真心悔过，彻底觉悟而后已。
>
> ——许志行：《不堪回首悼先生》

他是上海立达学园的创办人之一，立达的几位教师对于学生们所应用的也全是这种恳挚的感化的态度。他在国立暨南大学做过国文系主任，因为不能和学校当局意见相同，不久，便辞职不干。此后，便一直过着编译的生活，有时，也教教中学。学生们对于他，印象都非常深刻，都敬爱着他。

他对于语文教学，有湛深的研究。他和刘薰宇合编过一本《文章作法》，和叶绍钧合编过《文章讲话》、《阅读与写作》及《文心》，也像做国文教师时的样子，细心而恳切的谈着作文的心诀。他自己作文很小心，一字不肯苟且；阅读别人的文章时，也很小心，很慎重，一字不肯放过。从前《中学生》杂志有过“文章病院”一栏，批评着时人的文章，有发必中；便是他在那里主持着的；他自己也动笔写了几篇东西。

古人说“文如其人”。我们读他的文章，确有此感。我很喜欢他的散文，每每劝他编成集子。《平屋杂文》一本，便是他的第一个散文集子。他毫不做作，只是淡淡的写来，但是骨子里很丰腴。虽然是很短的一篇文章，不署名的，读了后，也猜得出是他写的。在那里，言之有物；是那末深切的混和着他自己的思想和态度。

他的风格是朴素的，正和他为人的朴素一样。他并不堆砌，只是平平的说着他自己所要说的话。然而，没有一句多余的话，不诚实的话，字斟句酌，决不急就。在文章上讲，是“盛水不漏”，无懈可击的。

他的身体是病态的胖肥，但到了最后的半年，显得瘦了，气色很灰暗。营养不良，恐怕是他致病的最大原因。心境的忧郁，也有一部分的因素在内。友人们都说他“一肚皮不合时宜”。在这样一团糟的情形之下，“合时宜”的都是些何等人物，可想而知。怎能怪丏尊的牢骚太多呢！

想到这里，便仿佛听见他的叹息，他的悲愤的语声在耳边响着。他的忧郁的脸、病态的身体，仿佛还在我们的眼前出现。然而他是去了！永远的去了，那悲天悯人的语调是再也听不到了！

如今是，那末需要由叹息、悲愤里站起来干的人，他如不死，可能会站起来干的。这是超出于友情以外的一个更大的损失。

一九四六年

（原刊1946年6月1日《文艺复兴》第1卷第5期）

悼许地山先生

许地山先生在抗战中逝世于香港。我那时正在上海蛰居，竟不能说什么话哀悼他。——但心里是那末沉痛凄楚着。我没有一天忘记了这位风趣横逸的好友。他是我学生时代的好友之一，真挚而有益的友谊，继续了二十四五年，直到他的死为止。

人到中年便哀多而乐少。想起半生以来的许多友人们的遭遇与死亡，往往悲从中来，怅惘无已。有如雪夜山中，孤寺纸窗，卧听狂风大吼，身世之感，油然而生。而最不能忘的，是许地山先生和谢六逸先生，六逸先生也是在抗战中逝去的。记得二十多年前，我住在宝兴西里，他们俩都和我同住着，我那时还没有结婚，过着刻板似的编辑生活，六逸在教书，地山则新从北方来。每到傍晚，便相聚而谈，或外出喝酒。我那时心绪很恶劣，每每借酒浇愁，酒杯到手便干。常常买了一瓶葡萄酒来，去了瓶塞，一口气咕嘟嘟的全都灌下去。有一天，在外面小酒店里喝得大醉归来，他们俩好不容易的把我扶上电车，扶进家门口。一到门口，我见有一张藤的躺椅放在小院子里，便不由自主的躺了下去，沉沉入睡。第二天醒来，却睡在床上。原来他们俩好不容易的又设法把我抬上楼，替我脱了衣服鞋子。我自己是一点知觉也没有了。一想起这两位挚友都已辞世，再见不到他们，再也听不到他们的语声，心里便凄楚欲绝。为什么“悲哀”这东西老跟着人跑呢？为什么跑到后来，竟越跟越紧呢？

地山在北平燕京大学念书。他家境不见得好。他的费用是由闽南某一个教会负担的。他曾经在南洋教过几年书，他在我们这一群未经世故人情磨炼的年轻人里，天然是一个老大哥。他对我们说了许多我们从来没有听到过的话。他有好些书，西文的，中文的，满满的排了两个书架。这是我所最为羡慕的。我那时还在省下车钱来买杂志的时代，书是一本也买不起的。我要看书，总是向人借。有一天傍晚，太阳光还晒在西墙，我到地山宿舍里去。在书架上翻出了一本日本翻版的《太戈尔诗集》，读得很高兴。站在窗边，外面还亮着。窗外是一个水池，池里有些翠绿欲滴的水草，人工的流泉，在淙淙的响着。

“你喜欢太戈尔的诗么[①]？”

我点点头，这名字我是第一次听到，他的诗，也是第一次读到。

他便和我谈起太戈尔的生平和他的诗来。他说道，“我正在译他的《吉檀迦利》呢。”随在抽屉里把他的译稿给我看。他是用古诗译的，很晦涩。

“你喜欢的还是《新月集》吧。”便在书架上拿下一本书来。“这便是《新月集》，”他道，“送给你；你可以选着几首来译。”

我喜悦的带了这本书回家。这是我译太戈尔诗的开始。后来，我虽然把英文本的太戈尔集，陆续的全都买了来，可是得书时的喜悦，却总没有那时候所感到的深切。

我到了上海，他介绍他的二哥敦谷给我。敦谷是在日本学画的。一位孤芳自赏的画家，与人落落寡合，所以，不很得意。我编《儿童世界》时，便请他为我作插图。第一年的《儿童世界》，所有的插图全出于他的手。后来，我不编这周刊了，他便也辞职不干。他受不住别的人的指挥什么的，他只是为了友情而工作着。

地山有五个兄弟，都是真实的君子人。他曾经告诉过我，他的父亲在台湾做官，在那里有很多的地产。当台湾被日本占去时，曾经宣告过，留在台湾的，仍可以保全财产，但离开了的，却要把财

① 太戈尔：今通译泰戈尔。

产全部没收。他父亲招集了五个兄弟们来，问他们谁愿意留在台湾，承受那些财产，但他们全都不愿意。他们一家便这样的舍弃了全部资产，回到了祖国。因此，他们变得很穷。兄弟们都不能不很早的各谋生计。

他父亲是邱逢甲的好友。一位仁人志士，在台湾独立时代，尽了很多的力量，写着不少慷慨激昂的诗。地山后来在北平印出了一本诗集。他有一次游台湾，带了几十本诗集去，预备送给他的好些父执，但在海关上，被日本人全部没收了。他们不允许这诗集流入台湾。

地山结婚得很早。生有一个女孩子后，他的夫人便亡故。她葬在静安寺的坟场里。地山常常一清早便出去，独自到了那坟地上，在她坟前，默默的站着，不时的带着鲜花去。过了很久，他方才续弦，又生了几个儿女。

他在燕大毕业后，他们要叫他到美国去留学，但他却到了牛津。他学的是比较宗教学。在牛津毕业后，他便回到燕大教书。他写了不少关于宗教的著作；他写着一部《道教史》，可惜不曾全部完成。他编过一部《大藏经引得》[①]。这些，都是扛鼎之作，别的人不肯费大力从事的。

茅盾和我编《小说月报》的时候，他写了好些小说，像《换巢鸾凤》之类，风格异常的别致。他又写了一本《无从投递的邮件》[②]，那是真实的一部伟大的书，可惜知道的人不多。

最后，他到香港大学教书，在那里住了好几年，直到他死。他在港大，主持中文讲座，地位很高，是在“绅士”之列的。在法律上有什么中文解释上的争执，都要由他来下判断。他在这时期，帮助了很多朋友们。他提倡中文拉丁化运动，他写了好些论文，这些，都是他从前所不曾从事过的。他得到广大的青年们的拥护。他常常参加座谈会，常常出去讲演。他素来有心脏病，但病状并不显

---

① 《大藏经引得》：应为《佛藏子目引得》。

② 《无从投递的邮件》：应为《无法投递之邮件》。

著，他自己也并不留意静养。

有一天，他开会后回家，觉得很疲倦，汗出得很多，体力支持不住，使移到山中休养着。便在午夜，病情太坏，没等到天亮，他便死了。正当祖国最需要他的时候，正当他为祖国努力奋斗的时候，病魔却夺了他去。这损失是属于国家民族的，这悲伤是属于全国国民们的。

他在香港，我个人也受过他不少帮助。我为国家买了很多的善本书，为了上海不安全，便寄到香港去；曾经和别的人商量过，他们都不肯负这责任，不肯收受，但和地山一通信，他却立刻答应了下来。所以，三千多部的元明本书，抄校本书，都是寄到港大图书馆，由他收下的。这些书，是国家的无价之宝；虽然在日本人陷香港时曾被他们全部取走，而现在又在日本发现，全部要取回来，但那时如果仍放在上海，其命运恐怕要更劣于此。——也许要散失了，被抢得无影无踪了。这种勇敢负责的行为，保存民族文化的功绩，不仅我个人感激他而已！

他名赞堃，写小说的时候，常用落花生的笔名。“不见落花生么？花不美丽，但结的实却用处很大，很有益，”当我问他取这笔名之意时，他答道。

他的一生都是有益于人的；见到他便是一种愉快。他胸中没有城府。他喜欢谈话。他的话都是很有风趣的，很愉快的。老舍和他都是健谈的。他们俩曾经站在伦敦的街头，谈个三四个钟点，把别的约会都忘掉。我们聚谈的时候，也往往消磨掉整个黄昏，整个晚上而忘记了时间。

他喜欢做人家所不做的事。他收集了不少小古董，因为他没有多余的钱买珍贵的古物。他在北平时，常常到后门去搜集别人所不注意的东西。他有一尊元朝的木雕像，绝为隽秀，又有元代的壁画碎片几方，古朴有力。他曾经搜罗了不少“压胜钱”[①]，预备做一

---

① 压胜钱：即厌胜钱，许地山在《旅印书简》等处曾提及。

部压胜钱谱，抗战后，不知这些宝物是否还保存无恙。他要研究中国服装史，这工作到今日还没有人做。为了要知道“纽扣”的起源，他细心的在查古画像，古雕刻和其他许多有关的资料。他买到了不少摊头上鲜有人过问的“喜神像”，还得到很多玻璃的画片。这些，都是与这工作有关的。可惜牵于他故，牵于财力，时力，这伟大的工作，竟不能完成。

我写中国版画史的时候，他很鼓励我。可惜这工作只做了一半，也困于财力而未能完工。我终要将这工作完成的。然而地山却永远见不到它的全部了！

他心境似乎一直很愉快，对人总是很高兴的样子。我没有见他疾言厉色过；即遇怫意的事，他似乎也没有生过气。然而当神圣的抗战一开始，他便挺身出来，献身给祖国，为抗战做着应该做的工作。

抗战使这位在研究室中静静的工作着的学者，变为一位勇猛的斗士。

他的死亡，使香港方面的抗战阵容失色了。他没有见到胜利而死，这不幸岂仅是他个人的而已！

他如果还健在，他一定会更勇猛的为和平建国，民主自由而工作着的。

失去了他，不仅是失去了一位真挚而有益的好友，而且是，失去了一位最坚贞，最有见地，最勇敢的同道的人。我的哀悼实在不仅是个人的友情的感伤！

（原刊 1946 年 7 月《文艺复兴》第 1 卷第 6 期）

想起和济之同在一处的日子

这几年，连续的丧失了许多好友。地山的死，使我痛苦最甚。我们正在做着一件事，他帮了我许多的忙。而他的死，几乎使那件事付托无人。而想起了三十年前在他铠甲厂宿舍里的纵谈，应和着窗前流水的淙淙，至今犹像在眼前。接着，六逸又在贵阳死了。我们在上海同住在一个宿舍里好几年，且在同一个文化机关里同事了好几年。他是那么刚正不阿，而对于朋友们又是那么慈祥从容，一团和气。他的温和的语笑，如今也还像在眼前晃着，现在，我又在哭济之了[①]！济之死在沈阳，和六逸一样，都是为了穷，为了工作过度而死的！他太太呜咽地说道："他独自个死在那边，没有一个亲人。入殓时不知穿什么衣服，有没有好好的成殓?"说着，便大哭起来。我伤心得连泪水也被灼干了，一句安慰的话也说不出来。

想起三十年前学生时代终日同在一处的朋友们，经过了这三十年，已经是凋落将尽了。梦良、亦几、秋白、庐隐早已成古人了。地山、济之又死，怎么不令我们几个活在这苦难的世界上的人兴"人生无常"之恸呢?

我和济之认识最早。在五四运动的前一年，我常常到北京青年会看书。那个小小的图书馆里，有七八个玻璃橱的书，其中以关于社会学的书，及俄国文学名著的英译本为最多。我最初很喜欢读社会问题的书。青年会干事美国人步济时是一位和蔼而肯帮助人的好人。他介绍给我看些俄国文学的书。在那里面，有契诃夫的戏曲集

---

① 济之：即耿济之（1899—1947），现代学者、翻译家，译作有《樱桃园》、《复活》等。

和短篇小说集，有安特列夫的戏曲集，托尔斯太的许多小说等。我对之发生了很大的兴趣。这小小的图书馆成了我常去盘桓的地方。有一位孔先生，不记得他是哪个学校的学生了，也常去。我们谈得很起劲。他介绍济之给我相识。恰好那时候青年会要办一个学生刊物，便约我和济之几个人来编。同时，还有秋白、菊农、地山几个人，同在这个编委会里。这个刊物定名为《新社会》。我们经常的聚在一起闲谈，很快的便成为极要好的朋友们，几乎天天都见面。我住的地方最狭窄，也最穷。济之和菊农的家，在我们看来，很显得阔气。秋白的环境也不好。他在我们几个人当中，最为老成，而且很富于哲学思想，他读着老子和庄子。地山住在燕大宿舍里，也是我们里的一位老大哥，他有过不少的社会经验，在南洋一带，当过中学教员。我们常常带着好奇心，听他叙述南洋的故事和他自己及他一家在台湾的可歌可泣的生活。和他们两个人比起来，济之、菊农和我，简直是还没有见过世面的孩子们。

我们这个集团，很起劲的工作着。我常常很早的起来，从东城步行到琉璃厂附近的一家印刷所里去校对。但过不了几个月，这个刊物便被封闭了，经理某君也被捉去关了好几天才放出来。这是我们遭受到暴力的压迫与摧残。我那个时候，才懂得些世故。济之向来是不大说话的，但那时也很愤慨。我们立刻又计划着出版一个月刊，定名《人道》；在那里，秋白的文章写得最多。但只出版了一期，便因为经济的困难和青年会的怕麻烦，也夭折了。

五四运动爆发了，我们也没有工夫从事于文字工作了。我们这几个人都被选为代表；秋白、济之做了俄专的代表，菊农做了燕大的代表，我也做了我的学校的代表，我们仍是经常的聚集在一处。我们常常在晚上开会，而且总在教会学校里，一个个的溜进去，开会完了，又一个个的溜出来，还要看看背后有没有人跟踪着。有一次，秋白便被侦探们注意的跟随了好久。

济之虽沉默寡言，处事却极有条理。在那时候，我们对于文学的兴趣突然大炽。我常常带了书到会场里看。济之有一位前辈叶君办了一个《新中国》杂志，需要些文艺的稿子，他和秋白便开始了俄国文学的翻译工作。我记得他的第一篇译文是托尔斯太的《家庭幸福》。说来很可怜，那时候的俄专，教的是俄文，却从来不讲什么俄国文学。济之、秋白知道译托尔斯太的著作，对于俄国文学的源流，却无书可资参考，便托我在英文书里找这一类的材料替他们做注解。我那时所能得到的，也只是薄薄的一本 Bome Library 的《俄国文学史》而已。我自己也从英文里，重译了一篇俄国小说，登载在《新中国》里，这是我第一次由写稿获得稿费的事。记得那时候够多么高兴！我午餐向来是以烩老饼或云吞当饭的，那一天却破例叫了两个菜，正式吃了一顿白米饭。大约还花不到五毛大洋吧。在我已是十分的豪奢了。以后，又和蒋百里先生见面，替共学社译了不少俄国文学的名著。济之和秋白合译了《托尔斯太短篇小说集》，我译了契诃夫的《樱桃园》，后来，济之又译了《复活》和其他的几部大书。他结婚的时候，便是靠《复活》的稿费补助的。

为了对于文学兴趣的浓厚，我们便商量着组织一个文艺协会。第一次开会便借济之的万宝盖胡同的寓所。到会的有蒋百里、周作人、孙伏园、郭绍虞、地山、秋白、菊农、济之和我，还约上海的沈雁冰，一同是十二个人，共同发表了一篇宣言，这便是文学研究会的开始。

高梦旦先生到了北平来，我和济之去找他，预备在商务印书馆出版一个文学杂志。梦旦先生说，还是把《小说月报》改革一下吧。当时便决定由雁冰接办《小说月报》，而由我负责在北京集稿寄去。这时候，地山第一次用落华生的笔名，写他的小说，济之和秋白也为《小说月报》译些俄国小说。

过了半年多，我毕业了，派到上海来服务。济之也毕业了，被派到外交部工作。不久，他便结婚了。又被派到莫斯科使馆里做事。此后十几年，他总在莫斯科和西比利亚一带做着外交官。我们见面的机会很少。但每当他回国的时候，我们总要见面几次，盘桓好几天。他第一次回来时候，和家眷同归；他那时已是两个孩子的父亲了。显得更沉着，更沉默寡言。但他虽做着外交官，他的翻译的工作却从未间断过。许多托尔斯太、屠格涅夫的大著作都由他介绍到中国来。

不知什么时候，他发现他自已有很严重的心脏病，便请假回国休养。接着，抗战起来了。他住在上海，几次要到内地去。有一次已经到了香港，因为心脏病复发，不能走，但只好又回到上海来。这七八年，我们总聚会在一处。他还是继续不断的做着翻译的工作。他的负担很重。每天都不能不写个两三千字，又计划着要编一部《中俄字典》。

日寇进占租界时，我离开了家，埋名隐姓的住在一个朋友家里。我们总有半年不曾见面。后来，我又找到了他。我们计划着要译些什么以维持生活。当时，便和开明书店商量，他着手译高尔基的几部小说；杜斯妥夫斯基的《白痴》和《兄弟们》两部大著作①，也是他在这时候译成的。后来，又替生活书店译了一部高尔基的小说。《中俄字典》也开始着手编写。他是那么起劲而过度地工作着。

我们常在开明书店见面，常常的以大饼或生煎馒头或烘山芋当午饭。仿佛又恢复了学生时代的生活。在那时候，吃一顿白米饭可真不易！调孚是从家里带了一包炒米粉来，用茶送了下去，勉强的吞咽着当作一顿饭。彼此相顾苦笑。但也并不以为苦。觉得这苦是应该吃的！济之在那时还开了一爿旧书店，这是我替他出的主意。然而，根本不能挣钱，不能补助他的生计。不久，这爿店也便关门了。

他本来很胖。然而最近几年来，大约因为过度工作的结果，显著的瘦了下来。他本来很乐观，而最后，也显得十分忧郁。而工作的重担却总是压住他，一刻也不放松，他的负担实在太重了！

---

① 杜斯妥夫斯基：今通译陀思妥耶夫斯基。《兄弟》：今通译《卡拉马佐夫兄弟》。

胜利了，我们都很喜悦，他也常常显着笑容，做着种种的梦。过了两个多月，他才由他兄弟式之的介绍，飞到重庆，就了东北的长春铁路理事会的总务处长。他如何能做这么繁琐的工作呢？他不曾回上海，便由重庆直飞到沈阳就任。待遇很菲薄，家用还是不够。他写信来，依然要翻译点什么。去年，他请假回来，我们又重聚了一个多月。他更瘦了。自觉心脏病又严重起来，腿有点肿。我们劝他不要再去了。然而，在这里有什么办法可留下他呢？

他在这一个多月的逗留中，总是计划着要译些什么，编些什么。《中俄字典》也依旧继续的编下去，参考书也带去了不少。他走的时候，我因为忙，没有去送他，也没有和他长谈，想不到这一别便永远的见不到他了！

他最后给我的一封信，说起那工作对他的不适宜，想要有机会教书。还谈起他的一位同学韩君死了，留下不少俄文书，遗嘱要卖了维持生活，托我设法。不料，他自己不久也就成了古人了！

回想到三十年来相处的日子，见到他灵前的白烛的发抖的光焰和他宛然犹在的遗容，心里便透过一阵冷颤。济之便这样的一瞑不视了么？蓝印的讣闻，正放在桌上，翻开了便见到他的遗容，简直如见到他还坐在我客室里谈着似的，然而他却永远不会再见到了！

多少少年时候的朋友们都这样匆匆地了结了他们的一生，没有见到“太平”，没有享受过应该享受的生活，济之便是一个。他们能够死得瞑目么？呜呼！我不忍再写下去了！

三十六年（1947）四月三日写

（原刊1947年4月5日《文汇报》）

忆六逸先生

谢六逸先生是我们朋友里面的一个被称为“好人”的人，和耿济之先生一样，从来不见他有疾言厉色的时候。他埋头做事，不说苦，不叹穷，不言劳。凡有朋友们的委托，他无不尽心尽力以赴之。我写《文学大纲》的时候，对于日本文学一部分，简直无从下手，便是由他替我写下来的——关于苏联文学的一部分是由瞿秋白先生写的。但他从来不曾向别人提起过。假如没有他的有力的帮忙，那部书是不会完成的。

他很早的便由故乡贵阳到日本留学。在早稻田大学毕业后，就到上海来做事。我们同事了好几年，也曾一同在一个学校里教过书。我们同住在一处，天天见面，天天同出同入。彼此的心是雪亮的。从来不曾有过芥蒂，也从来不曾有过或轻或重的话语过。彼此皆是二十多岁的人。——我们是同庚——过着很愉快的生活，各有梦想，各有致力的方向，各有自己的工作在做着。六逸专门研究日本文学和文艺批评。关于日本文学的书，他曾写过三部以上。有系统的介绍日本文学的人，恐怕除他之外，还不曾有过第二个人。他曾发愿要译紫部式的《源氏物语》，我也极力怂恿他做这个大工作。后来不知道为什么他竟没有动笔。

他和其他的从日本留学回来的人，显得落落寡合。他没有丝毫的门户之见，他其实是外圆而内方的。有所不可，便决不肯退让一步，他喜欢和谈得来的朋友们在一道，披肝沥胆，无所不谈。但遇到了生疏些的人，他便缄口不发一言。

我们那时候，学会了喝酒，学会了抽烟。我们常常到小酒馆里去喝酒，喝得醉醺醺的回来。他总是和我们在一道，但他却是滴酒不入的。有一次，我喝了大醉回来，见到天井里的一张藤的躺椅，便倒了下去，沉沉入睡。不知什么时候，被他和地山二人抬到了楼上，代为脱衣盖被。现在，他们二人都已成了故人，我也很少有大醉的时候。想到少年时代的狂浪，能不有“车过腹痛”之感!

我老爱和他开玩笑，他总是笑笑，说道“就算是这样吧。”那可爱的带着贵州腔的官话，仿佛到现在还在耳边响着。然而我们却再也听不到他的可爱的声音了!

我们一直同住到我快要结婚的时候，方才因为我的迁居而分开。

那时候，我们那里常来住住的朋友们很多。地山的哥哥敦谷，一位极忠厚而对于艺术极忠心的画家，也住在那儿。滕固从日本回国时，也常在我们这里住。六逸和他们都很合得来。我们都不善于处理日常家务，六逸是负起了经理的责任的。他担任了那些琐屑的事务，毫无怨言，且处理得很有条理。

我的房里，乱糟糟的，书乱堆，画乱挂，但他的房里却收拾得整整有条，火炉架上，还陈列了石膏像之类的东西。

他开始教书了。他对于学生们很和气，很用心的指导他们，从来不曾显出不耐烦的心境过。他的讲义是很有条理的。写成了，就是一部很好的书，他的《日本文学史》，就是以他的讲义为底稿的。他对于学生们的文稿和试卷，也评改得很认真，没有一点马虎。好些喜欢投稿的学生，往往先把稿子给他评改。但他却从不迁就他们，从不马虎的给他们及格的分数。他永远是“外圆内方”的。

曾经有一件怪事，发生过。他在某大学里做某系的主任，教“小说概论”。过了一二年，有一个荒唐透顶的学生，到他家里，求六逸为他写的《小说概论》做一篇序，预备出版。他并没有看书，就写了。后来，那部书出版了，他拿来一看，原来就是他的讲义，差不多一字不易。我们都很生气。但他只是笑笑。不过从此再也不教那门课程了。他虽然是好脾气，对此种欺诈荒唐的行为，自不能不介介于心，他生性忠厚，却从来不曾揭发过。

他教了二十六七年的书，尽心尽责的。复旦大学的新闻学系，由他主持了很久的时候。在“七·七”的举国抗战开始后，他便全家迁到后方去。总有三十年不曾回到他的故乡了，这是第一次的归去。他出来时是一个人，这一次回去，已经是儿女成群的了。那么远迢迢的路，那么艰难困顿的途程，他和他夫人，携带了自十岁到抱在怀里的几个小娃子们走着，那辛苦是不用说的。

自此一别，便成了永别，再也不会见到他了！胜利之后，许多朋友们都由后方归来了，他的夫人也携带了他的孩子们东归了，但他却永远永远的不再归来了，他的最小的一个孩子，现在已经靠十岁了。

记得我们别离的时候，我到他的寓所里去送别。房里家具凌乱的放着，一个孩子还在喂奶，他还是那么从容徐缓的说道：“明天就要走了。”然而，我们的眼互相的望着，各有说不出的黯然之感。不料此别便是永别！

他从来没有信给我，——仿佛只有过一封信吧，而这信也已抛失了——他知道我的环境的情形，也知道我行踪不定，所以，不便来信，但每封给上海友人的信，给调孚的信，总要问起我来。他很小心，写信的署名总是用的假名字，提起我来，也用的是假名字。他是十分小心而仔细的。

他到了后方，为了想住在家乡之故，便由复旦而转到大夏大学授课。后来，又在别的大学里兼课，且也在交通书局里担任编辑部的事。贵阳几家报纸的文学副刊，也多半由他负责编辑。他为了生活的清苦，不能不多兼事。而他办事，又是尽心尽力的，不肯马虎，所以，显得非常的疲劳。体力也日见衰弱下去。

生活的重担，压下去，压下去，一天天的加重，终于把他压倒在地。他没有见到胜利，便死在贵阳。

他素来是乐天的，胖胖的，从来不曾见过他的愤怒。但听说，他在贵阳时，也曾愤怒了好几回。有一次，一个主省政的官吏，下令要全贵阳的人都穿上短衣，不许着长衫。警察在街上，执着剪刀，一见有身穿长衫的人，便将下半截剪了去。这个可笑的人，听说便是下令把四川全省靠背椅的靠背全部锯了去的。六逸愤怒了！他对这幼稚任性，违抗人民自由与法律尊严的命令不断的攻击着。他的论点正确而有力。那个人结果是让步了，取消了那道可笑的命令。六逸其他为了人民而争斗的事，听说还有不少。这愤怒老在烧灼着他的心。靠五十岁的人也没有少年时代的好涵养了。

时代迫着他愤怒、争斗，但同时也迫着他为了生活的重担而穷苦而死。

这不是他一个人所独自走着的路。许多有良心的文人们都走着同样的路。

我们能不为他——他们——而同声一哭么？

三十六年七月十七日写

（原刊 1947 年 9 月 15 日《文讯》第 7 卷第 3 期）

哭佩弦

从抗战以来，接连的有好几位少年时候的朋友去世了。哭地山、哭六逸、哭济之，想不到如今又哭佩弦了①。在朋友们中，佩弦的身体算是很结实的。矮矮的个子，方而微圆的脸，不怎么肥胖，但也决不瘦。一眼望过去，便是结结实实的一位学者。说话的声音，徐缓而有力。不多说废话，从不开玩笑；纯然是忠厚而笃实的君子。写信也往往是寥寥的几句，意尽而止。但遇到讨论什么问题的时候，却滔滔不绝。他的文章，也是那么的不蔓不枝，恰到好处，增加不了一句，也删节不掉一句。

他做什么事都负责到底。他的《背影》，就可作为他自己的一个描写。他的家庭负担不轻，但他全力的负担着，不叹一句苦。他教了三十多年的书，在南方各地教，在北平教；在中学里教，在大学里教。他从来不肯马马虎虎的教过去。每上一堂课，在他是一件大事。尽管教得很熟的教材，但他在上课之前，还须仔细的预备着。一边走上课堂，一边还是十分的紧张。记得在清华大学的时候，有一次我在他办公室里坐着，见他紧张的在翻书。我问道：

"下一点钟有课么?"

"有的，"他说道，"总得要看看。"

像这样负责的教员，恐怕是不多见的。他写文章时，也是以这样的态度来写。写得很慢，改了又改，决不肯草率的拿出去发表。我上半年为《文艺复兴》的"中国文学研究"号向他要稿子，他

---

① 佩弦：即朱自清。佩弦是他的字。

寄了一篇《好与巧》来；这是一篇结实而用力之作。但过了几天，他又来了一封快信，说，还要修改一下，要我把原稿寄回给他。我寄了回去。不久，修改的稿子来了，增加了不少有力的例证。他就是那末不肯马马虎虎的过下去的！

他的主张，向来是老成持重的。

将近二十年了，我们同在北平。有一天，在燕京大学南大地一位友人处晚餐。我们热烈的辩论着“中国字”是不是艺术的问题。向来总是“书画”同称。我却反对这个传统的观念。大家提出了许多意见。有的说，艺术是有个性的；中国字有个性，所以是艺术。又有的说，中国字有组织，有变化，极富于美术的标准。我却极力的反对着他们的主张。我说，中国字有个性，难道别国的字便表现不出个性了么？要说写得美，那末，梵文和蒙古文写得也是十分匀美的。这样的辩论，当然是不会有结果的。

临走的时候，有一位朋友还说，他要编一部《中国艺术史》，一定要把中国书法的一部门放进去。我说，如果把“书”也和“画”同样的并列在艺术史里，那末，这部艺术史一定不成其为艺术史的。

当时，有十二个人在座。九个人都反对我的意见，只有冯芝生和我意见全同。佩弦一声也不言语。我问道：

“佩弦，你的主张怎样呢？”

他郑重的说道：“我算是半个赞成的吧。说起来，字的确是不应该成为美术。不过，中国的书法，也有他长久的传统的历史。所以，我只赞成一半。”

这场辩论，我至今还鲜明的在眼前。但老成持重，一半和我同调的佩弦却已不在人间，不能再参加那末热烈的争论了。

这样的一位结结实实的人，怎么会刚过五十便去世了呢？——我说“结结实实”，这是我十多年前的印象。在抗战中，我们便没有见过。在抗战中，他从北平随了学校撤退到后方。他跟着学生徒步跑，跑到长沙，又跑到昆明。还照料着学校图书馆里搬出来的几千箱的书籍。这一次的长征，也许使他结结实实的身体开始受了伤。

在昆明联大的时候，他的生活很苦。他的夫人和孩子们都不能在身边，为了经济的拮据，只能让他们住在成都。听说，食米的恶劣，使他开始有了胃病。他是一位有名的衣履不周的教授之一。冬天，没有大衣，把马用的毡子裹在身上，就作为大衣；而在夜里，这一条毡子便又作为棉被用。

有人来说，佩弦瘦了，头上也有了白发。我没有想象到佩弦瘦到什么样子；我的印象中，他始终是一位结结实实的矮个子。

胜利以后，大家都复员了，应该可以见到。但他为了经济的关系，径从内地到北平去，并没有经过南方。我始终没有见到瘦了后的佩弦。

在北平，他还是过得很苦。他并没有松下一口气来。

暑假后，是他应该休假的一年。我们都盼望他能够到南边来游一趟。谁知道在假期里他便一瞑不视了呢？我永远不会再有机会见到瘦了后的佩弦了！

佩弦虽然在胜利三年后去世，其实他是为抗战而牺牲者之一。那末结结实实的身体，如果不经过抗战的这一个阶段的至窘极苦的生活，他怎么会瘦弱了下去而死了呢？他的致死的病是胃溃疡，与肾脏炎。积年的吃了多沙粒和稗子的配给米，是主要的原因。积年的缺乏营养与过度的工作，使他一病便不起。尽管有许多人发了国难财，胜利财，乃至汉奸们也发了财而逍遥法外，许多瘦子都变成了肥头大脸的胖子，但像佩弦那样的文人、学者与教授，却只是天天的瘦下去，以至于病倒而死。就在胜利后，他们过的还是那末苦难的日子，与可悲愤的生活。

在这个悲愤苦难的时代，连老成持重的佩弦，也会是充满了悲愤的。在报纸上，见到有佩弦签名的有意义的宣言不少。他曾经对他的学生们说，“给我以时间，我要慢慢的学”。他在走上一条新的路上来了。可惜的是，他正在走着，他的旧伤痕却使他倒了下去。

他花了整整一年工夫，编成《闻一多全集》。他既担任着这一个工作，他便勤勤恳恳的专心一志的负责到底的做着。《闻一多全集》的能够出版，他的力量是最大的；他所费的时间也最多。我们读到他的《闻一多全集》的序，对于他的“不负死友”的精神，该怎样的感动。

地山刚刚走上一条新的路，便死了；如今佩弦又是这样。过了中年的人要蜕变是不容易的。而过了中年的人经过了这十多年的折磨之后，又是多末脆弱啊！佩弦的死，不仅是朋友们该失声痛哭，哭这位忠厚笃实的好友的损失，而且也是中国的一个重大的损失，损失了那末一位认真而诚恳的教师，学者与文人！

三十七年八月十七日写于上海

（原刊1948年9月15日《文讯》第9卷第3期）

回忆早年的瞿秋白

秋白遇害于一九三五年六月十八日。在他遇害之前的四五年我们已经不大见面了。偶然见了一面，我也从来不去打听他的住处，甚至有几次在街头遇到了，他戴着鸭舌帽，帽檐低压着眉梢，坐着洋车，疾驰而过，我们只是彼此望了一下，连招呼也不打。

在现在虽然是隔了近二十年，秋白的瘦削而苍白的脸，带着很浓厚的常州口音的谈吐，还是活生生的活在我的心上，活在所有他的朋友们、同志们的心上。

秋白和我的岁数不相上下（他生于1899年）。在五四运动的前后，我们都不过是二十岁左右的青年，而他却显得十分的老成持重颇有些老大哥的样子，好些问题，我们不能解决的，总要请教到他。他的筹划和见解都不像是一个二十岁左右的青年人。他是那么早熟而干练！

他的早年的环境很不好。在北平念书的时候，是寄居在一位他的堂房哥哥的家里。这位哥哥在外交部做一个小官，生活也不怎么充裕。不过，我常到他住的房子里，觉得房子收拾得很干净，明窗净几，笔砚罗列；靠墙摆了一排书架，架上的书，有哲学的，有古文学的，那时，我见了颇觉深奥，有点不容易了解。他还会刻图章，听懂得的人说，他对于刻印的一道，功夫很深。他对于古文学的修养远比我和同时的许多朋友们高深的。

那时，常聚在一起的朋友们，有耿济之、瞿世英、许地山、秋白和我，还有济之的弟弟式之等六七人。为了我们全都住在东城，为了兴趣的关系，我们在无形中竟形成了一个集团。我们虽然不在同一个学校读书，但彼此往返得比同学亲热得多。

我那时也是寄居在叔父的家里，有点像清教徒的样子，不抽烟，不喝酒，生活异常的刻苦，不论多远的路，总是步行，反对坐洋车，绝对的不穿绫着缎，不问冬夏，老是布长衫一袭。秋白、济之他们就显得比我阔绰得多。我记得，秋白那时已经吸上了纸烟，烟瘾很大，手指上都染得黄黄的。也会喝酒了，而且喝得相当的多，酒量很不小。这些，都叫我吃惊而羡慕。我当时觉得，他的生活经验比我是丰富得多了。

北平的青年会会所在东城，我常到会所里去看书——虽然我不是一个会员，更不是一个教授。秋白、济之他们也常去，地山和世英，因为在盔甲厂燕京大学念书的关系，和青年会的交往，经常是密切的。这时，青年会的干事是一位美国人步济时。他是研究社会学的，思想相当的进步，而且也很喜欢文学。在青年会小小的图书室里，陈列得最多的是俄国文学名著的英文译本和关于社会学和社会问题的书，我开始接触着托尔斯太、柴霍甫、高尔基几位的小说和剧本。而秋白和济之在俄文专修馆里也正读着托尔斯太和柴霍甫。他们从俄文开始译托尔斯太的短篇小说，我却从英文译本重译柴霍甫的剧本。我们那时候对于俄国文学是那么热烈的向往着，崇拜着，而且是具着那么热烈的介绍翻译的热忱啊！我们第一次得到的稿费，记得都是翻译俄国的作品的稿费。秋白和济之合译了一本《托尔斯太短篇小说集》交给共学社，由商务印书馆出版，这是第一部的译本。我编的《俄国戏曲集》，其中有秋白、济之、我自己，还有好几位俄专的同人们所译的剧本，也交给了共学社，不久，也由商务出版了。

青年会想出版一个青年读物，一本周刊，找着我们几个人谈着编辑的事。我们就组织了一个编辑委员会，秋白、济之、世英、地山和我，共五个人。经理部的事务，由青年会的一位学生干事负责，我负责编辑和校对的事。这周刊，定名为《新社会》。我们经常的讨论着编辑方针；这些会议，在秋白寓所举行的不少。为的是他身体不好，有肺病的征候，而且晚上失眠，早上起不来。我们到了的时候，他每每是还坐在床上，也就拥被而谈，滔滔不绝。他的见解是很正确的。我们不能不细细地倾听他的意见。

后来，《新社会》被北方的军阀封闭了，我们的经理也被捕下狱。幸而，是青年会的刊物，被捕的经理很快的就被释放出来。我们愤慨极了！特别是秋白，主张非再接再励的干下去不可。我们立刻和青年会方面商量着，想要继续再出一种刊物。好容易说动了他们，决定再出一种月刊——为的是，他们怕周刊太尖锐了，不如出月刊——经过了短期的筹备，这个定名为《人道》的月刊第一期出版了。这个《人道》月刊，主要的推动力是秋白。他是那么勇敢而兴奋的工作着。可惜，第二期快要编成，而因为经费来源的关系——主要的还是青年会方面害怕了——竟不能继续的出版下去。

在五四运动的时候，我们不是发难者；打“赵家楼”的一幕，我们没有参加。可是，我们都代表着我们的学校参加了学生会。秋白和济之都是俄专的代表，世英是燕大的代表，我是铁路学校的代表。我们是随时有被逮捕的危险的。开会的时间和地点都很秘密。秋白有一次在路上走着，被暗探跟上了，差一点没被捉去。

李守常先生在北大图书馆的时候①，秘密的主持着一个“社会主义研究会”（?）的组织。这是一个社会主义者们的联合阵线；有共产党，有基尔特社会主义者（郭梦良等），还有我们，秋白和我是对社会主义有信仰而没有什么组织的人。经常的在北大图书馆和教室里开会。相当的秘密。守常先生尤其谨慎小心。在开会之前，必须到室外巡视一周，看看有没有什么可疑的人物在左近。但这个“会”，很快的就结束了，一来是，为了环境更恶劣下去的关系，二来是，联合阵线显得不太联合，而共产党需要一个更严密的组织。

我们组织了一个研究文学的团体，名为“文学研究会”，我们

---

① 李守常：即李大钊。

五个人都是发起的人。

就在这个时候，秋白有一个很好的机会到苏联去。北平的晨报社，一个“研究系”的机关报纸，要派遣几位记者到欧洲去。他们决定了派遣俞颂华、李宗武和秋白三位，先到苏联。俞颂华和李宗武二位后来到德国去，秋白始终留在苏联。这次的出国，奠定了秋白的思想路线，也使他成为一位最坚强的共产党的斗士。

他的通讯继续在《晨报》上发表，犀利的笔锋，正确的报导，震撼着当时的读者群。后来集为一本《新俄游记》交给我，作为一本“文学研究会丛书”在商务出版。

他回国以后，行踪就没有一定了；他的《赤都心史》也是“文学研究会丛书”之一，我记得，这部书还是原稿，不曾在报纸上发表过。那时候，《晨报》上已不登载他的通信了。

不久之后，连《赤都心史》和《新俄游记》也都被军阀们禁止发售了。

就在他做着党的工作，而行动相当秘密的时候，他还替我的《俄国文学史》写了最后的关于苏联文学的一章。关于这部分的材料，在那时候，我自己是一点也找不到的。

虽然从此以后，见面的机会极少，也就从此天人永隔，可是他的声音笑貌，一闭眼还是如在目前的。

（原刊 1949 年 7 月 18 日《文汇报》）

编者后记

郑振铎是一个有着多种身份的人，他是学者、作家、翻译家，又是出版家、藏书家、文博专家，还是新中国的文化官员。在他涉足的领域，他都倾注了极大的热情，也取得了杰出的成就，而且其中有些方面具有开创的性质。

作为学者，郑振铎的成就体现在两部著作上。一是《插图本中国文学史》，这与他注重古书的图版关系密切，对古典文学的深入研究，加以丰富的古代版刻插图资料，便成就了这部独一无二的中国古代文学史。另一部是《中国俗文学史》，这是他重视民众喜闻乐见文艺样式以及相关创作的文学观念的体现，俗文学研究的创始之功不可磨灭。

作为作家，郑振铎的作品应该说主要在散文方面。不过，他的一般抒情和叙事性作品并不多见，有的是杂文，有的是散文诗，有的是游记，有的是艺谭。所以多见这种样式，又是与他的经历和兴趣有关。比如，他的杂文类作品多见于国内战争和抗日战争期间，批判社会的昏暗，揭露汉奸的无耻，很有些战斗力；他的散文诗类作品，则是他在翻译泰戈尔散文诗基础上的自我创作，这些作品与冰心的此类作品一起构成了我国新文学散文诗创作的第一波成绩。本书的前两个部分，选收的就主要是这两类作品。

出版家、藏书家的郑振铎，自然对书情有独钟，这方面的作品也甚为丰富。早年间，他曾经节衣缩食，大量收集古籍善本，尤其是俗文学类和图版丰富的书籍，从而形成了厚实的收藏。他竭尽心力地致力于此，兴趣爱好固然是促动力的一方面，而保存民族文化遗产的使命感则是更为主要的。遗憾的是，由于日本人的入侵，迫于生计的郑振铎不得不卖书换米，而那些他视同生命的好书又被日人的飞机轰炸焚毁！因此，郑振铎谈书的文字颇多，也极富情感。本书选收了五篇这样的文章；同一部分的《访笺杂记》其实也在谈书，其他几篇则是谈艺的篇什。

新中国成立后，郑振铎担任了文物、文化方面的领导，工作的需要使他有了游览考察名胜古迹的更多机会，从而写下了不少游记类的作品。本书第四部分选收的就是此类作品。郑振铎的此类作品不同于一般的游记，它并不着力描写自然风景，而是主要刻绘名胜古迹，展示其历史文化元素。阅读这样的作品，不仅可以获得一般的旅游知识，而且仿佛跟随一位学识渊雅的文博专家导游，能够感受到丰厚的人文意蕴。

郑振铎热心、温厚，所以朋友极多。这些友人有的曾在一起工作过，有的则交往并不算多而心意相通；有的亦师亦友，有的平头伙伴；有的是革命者，有的则附过逆。无论是谁，他都能真情忆念、客观评价。在这些文章里，我们不仅能够了解人物与历史，也能获得做人做事的人生启迪。

郑振铎早期散文以杂文和散文诗为多，议论性、抒情性较浓。后期的散文叙述性更为突出，有着很浓厚的文化味。显然这是时代使然，也与作者的生活经历相关，体现了作者的爱憎，反映了作者的信念。

郑振铎的散文从二十世纪二十年代开始就曾结集出版，先后有《山中杂记》、《海燕》、《欧行杂记》、《蛰居散记》、《民族文话》、《劫中得书记》等。新中国成立后拟整理编辑《灯火集》、《访书日记》、《艺林杂话》、《考古游记》、《漫步书林》等，惜因飞机失事牺牲而未克成功。这个选集未按作者原集编排，但也大体反映了作者散文创作的题材、时代特点等情状。

编　者

图书在版编目（CIP）数据

郑振铎散文/乔继堂主编；鄢晓霞选编．—上海：上海科学技术文献出版社，2012. 10

ISBN 978-7-5439-5562-2

Ⅰ．①郑…　Ⅱ．①乔…②鄢…　Ⅲ．①散文集—中国—现代　Ⅳ．①I266

中国版本图书馆 CIP 数据核字(2012)第 225914 号

责任编辑：张　树

封面设计：戴东明

郑振铎散文

郑振铎／著　鄢晓霞／选编

*

上海科学技术文献出版社出版发行

（上海市长乐路 746 号　邮政编码 200040）

全国新华书店经销

北京建泰印刷有限公司印刷

开本 150×230　1/16　印张 16　插页 2　字数 210 千字

2012 年 10 月第 1 版　2012 年 10 月第 1 次印刷

ISBN 978-7-5439-5562-2

定价：25.00 元

http：//www.sstlp.com